Konrad Schmid

Der Glanz der Archenmuschel

Roman

© 2019 Konrad Schmid

Autor: Konrad Schmid
Umschlaggestaltung: Konrad Schmid

Verlag & Druck: tredition GmbH, Halenreie 40-44, 22359 Hamburg

ISBN:
Paperback: 978-3-7497-9020-3
Hardcover: 978-3-7497-9021-0
e-Book: 978-3-7497-9022-7

Bibliografische Information der Deutschen Nationalbibliothek:
Die Deutsche Nationalbibliothek verzeichnet diese Publikation in der Deutschen Nationalbibliografie; detaillierte bibliografische Daten sind im Internet über http://dnb.d-nb.de abrufbar.

Die Arche-Noah-Muschel ist im Mittelmeer und Atlantik vereinzelt oder in kleinen Kolonien zu finden. Von ihrer stark gerippten und massiven Schale wird wohlschmeckendes Fleisch umhüllt.

Prolog

Keiner der beiden wendete den Blick zur Seite. Von fern rückten Föhnwolken an die Bank am Uferweg heran. Die Sitzenden starrten geradeaus auf den schlammgrünen Fluss hinunter. Mit der Gemächlichkeit eines Greises schlich er in seinem Bett an ihnen vorüber.

Die Holzbank im Schatten einer weit ausladenden Weide betrachtete der Mann mit den dunklen Flecken im Gesicht als seine eigene, saß er doch jeden Tag auf seinem Stammplatz, wenn das Wetter trocken war. Es freute ihn, wenn sich jemand neben ihn setzte. Noch mehr, wenn der andere sich auf ein angenehmes Gespräch einließ. Klagen über den Verlust des treuen Hundes oder eine heimtückische Krankheit wollte er nicht hören. Genauso wenig mochte er es, wenn ihm Witze aufgedrängt wurden. Dann saß er lieber allein auf seiner Bank und schaute auf den Fluss, der ihn an sein Leben erinnerte. Langsam und ruhig zog das Wasser an ihm vorbei. Er konnte sich nicht vorstellen, es würde sich in seinem Alter noch etwas ändern. Der Fluss machte ihn sicher.

Im Alter wohnen wir in den Ruinen unserer Gewohnheiten, unterbrach der Ältere das anhaltende Schweigen.

Der andere wurde von der Eröffnungssentenz seines Banknachbarn überrumpelt und blieb stumm.

Ein Radsportler in einem grell-grünen Dress passierte die Sitzenden wie eine kurze Bildstörung.

Wer eilt, eilt nur dem Tod entgegen, gab der Ältere zum Besten, ohne auf die Zustimmung des Jüngeren zu hoffen, der sich um keinen Kommentar bemühte.

Manchmal, setzte der Ältere unverdrossen fort, kommt ein Eichhörnchen zu mir. Erdnüsse habe ich immer eingesteckt. Sie sollten das einmal sehen, wie mir das Tier mit seinen langen Fingerkrallen die Nüsse von der Hand wischt. Die Augen funkeln wie dunkler Kandiszucker, wenn es mein Verhalten beobachtet.

Sind geschickte Kletterer, springen von Ast zu Ast, gab der Jüngere sein Schweigen auf, um nicht länger unhöflich zu sein.

Mh. Machen mächtige Sätze, einer Heuschrecke gleich. Das Hörnchen habe ich nie in Gesellschaft gesehen, immer nur allein. Keine Ahnung, warum.

Vielleicht sind sie Einzelgänger, wenn sie ausgewachsen sind.

Gut möglich. Dann bemerken sie gar nicht, wenn ein Artgenosse im Nachbarrevier stirbt, stellte der Ältere fest.

Dann leben sie, ohne den Tod zu kennen, behauptete der Jüngere, als wäre er mit diesen Tieren vertraut.

Sie meinen also, sie kennen ihn nicht. Beneidenswerte Wesen, fügte der Ältere nach einer Pause an.

Schweigend sannen sie ihren Worten nach.

Wie lange sitzen Sie schon hier?, wechselte der Jüngere das Thema.

Seit dem Frühstück.

Ist noch kühl gewesen.

Besser hier als zu Hause.

Sie bewohnen doch keine Ruine?, erkundigte sich der Jüngere scherzhaft und wandte für einen Moment seinen Kopf dem anderen zu, der keine Miene verzog und weiterhin das träge Wasser beobachtete.

Ich wohne nicht allein.

Keine Reaktion auf der anderen Seite. Dem Jüngeren fiel nichts Unverfängliches ein.

Sie nervt, erklärte der Ältere ohne Groll.

Womit?

Putzwahn. Sie kann nicht anders.

Dann glänzt alles daheim.

Schweigen.

Keiner rührte sich, nur das Wasser schlich lautlos vorüber. Sie schauten auf den einsamen Fluss. Kein Boot. Kein Treibholz. Keine Wasserleiche.

Angeln Sie?, wollte der Jüngere wissen.

Hier beißt keiner an.

Tatsächlich?

Den Fischen gefällt`s hier nicht. Zu wenig Futter, kein guter Laichplatz, heißt es immer. Früher gab es hier Schwäne. Haben stundenlang ihr Gefieder geputzt. Eitle Vögel. Jeder Pfau ist ein Anfänger gegen sie.

Grüblerisch strich der Jüngere zweimal über sein glatt rasiertes Kinn. In Rufweite ließ sich eine Elster nieder und untersuchte mit ihrem Schnabel eine glänzende Folie am Wegrand.

Lautes Räuspern des Älteren.

Es ist nicht leicht mit ihr, muss ich sagen.

Die Elster flog ohne ihr Fundstück weg.

Könnte es sein, dass Sie gar wegwollen?, erkundigte sich der Jüngere spontan und bereute im nächsten Moment seine Frage, die ihm nicht zustand.

Wohin denn?

Ist mir so rausgerutscht. Vergessen Sie`s!

Ich bleib auf meiner Bank, obwohl sie nicht mir gehört. Hier hab ich`s gut. Wirklich.

Hm. Und Sie wollten niemals von hier weg?

Schon.

Seine gefrorene Miene taute plötzlich auf und er lachte still in sich hinein.

Wie ich jung war. Nach Kathmandu wollte ich, ins magische Mekka der Aussteiger, wie man damals gesagt hat. Gekommen bin ich bis zum Plattensee. War aufregend am Balaton mit einer lustigen Ungarin. Mulatschag mit Palinka ohne Ende, erzählte er mit einer lebhaften, jung wirkenden Stimme, als wäre er letzte Woche erst dort gewesen.

Palinka hat sie geheißen?, fragte der andere nach.

Das war der Schnaps, das Mittel gegen alles. Auch gegen Fernweh.

Seine Augen bekamen einen seligen Glanz.

Wer weiß, was aus der Sache geworden wäre. Mir ist das Geld ausgegangen und so bin ich nach Hause.

Und ein zweites Mal zum Plattensee?

Auf keinen Fall. Reizt mich nicht mehr. Bin auch zu alt dafür.

Verstehe. In jungen Jahren will jeder einmal weg. Einfach die Tür zu Hause zuschlagen und abhauen. So schnell geht das. Gestern hat mich ein Bekannter angerufen. Hat gesagt, er werde sich verändern. Irgendetwas stimmt nicht mit ihm. Irgendetwas muss passiert sein, denn seine Stimme hat anders geklungen. So, als wäre ein Ruck durch ihn gegangen. Zuletzt hat er noch gesagt, er besitze jetzt kein Auto mehr und sie würden sich längere Zeit nicht sehen. Viel mehr war ihm nicht zu entlocken.

Klingt mysteriös. Welchen Beruf hat Ihr Bekannter?

Taxifahrer. Wir spielen manchmal Billard zusammen in Salzburg.

Könnte sein, dass er vom Autofahren genug hat, vermutete der Ältere und spuckte zum Fluss hin. Könnte sein.

Lass mich ran!

Ohne wissbegierige Seitenblicke ging er durch das allgemein zu wenig beachtete Knutzing. Zur selben Zeit schob sich aus Richtung Schaming ein Schwarm Haufenschichtwolken, deren dunkle Schollen üppigen Regen ankündigten, geradewegs auf ihn zu. Der Mann, der in seinen Dokumenten den Namen Eugen Noland führte, hielt es bei diesen Aussichten für angebracht, seinen ausgestreckten Daumen himmelwärts zu halten und sich für eine unbestimmte Spanne seiner verbleibenden Lebenszeit dem Geschick eines unbekannten Autofahrers anzuvertrauen. Er hielt sich für unverdächtig, keineswegs hatte er Übles im Sinne. Kurze, brünette Haare, schlank, eben 40 geworden. Auf geradem Weg zum Mann in den besten Jahren. Die Narbe an der linken Schläfe ein Andenken an ein schmerzhaftes Abenteuer. Trotz mehrerer Gelegenheiten ein unbeschriebenes Blatt in den Akten der Polizei. Als Erste hielt eine junge Frau mit radikal gekürztem Haar an, die dem Mann mit dem blauen Rucksack wegen ihrer bunten Freundschaftsbänder am rechten Handgelenk noch vor ihrem ersten gesprochenen Wort sympathisch schien.

Wohin?, begann sie ihren für den Autostopper überraschend lakonischen Dialog.

Eugendorf!, tat es ihr der Anhalter gleich.

Kofferraum ist offen, lautete die unmissverständliche Aufforderung zum Mitfahren.

Als Eugen seinen Rucksack neben einer Kiste mit appetitlichem jungem Gemüse verstaut hatte, drehte sie eine überraschend abgefahrene Musik auf, die ihn den Entschluss einzusteigen bereuen ließ. Sie schaltete im grungigen Rhythmus der Bassgitarre abrupt hinauf und hinunter, was dem betagten Getriebe manch donnerndes Krachen entlockte, und trommelte mit beiden Handflächen gegen das Lenkrad. Die intensive Beschallung des Innenraumes bewirkte, dass sich ein knallartiges Geräusch von draußen der Wahrnehmung der Fahrzeuginsassen entzog. Erst als der dröhnende Wagen in eine humpelnde Fortbewegung verfiel, brachte Eugen die in den Grunge versunkene Lenkerin mit hektischen Handzeichen dazu, stehen zu bleiben. Unwillig stieg sie aus, ging um den Wagen herum und fluchte lauter als ihre Musik das treffende Wort „Arschpartie!" in den wohlgepflegten Mischwald hinein. Auf drei Reifen und den Gummiresten des vierten holperte der eingeschränkt fahrbare Untersatz in die Einmündung eines mutmaßlichen Holzweges, wo sie dem Schaden zu Leibe rücken wollte. Eugen war ebenfalls ausgestiegen, rätselte nun aber hauptsächlich über die zwei knappen Worte auf ihrem schwarzen T-Shirt, die ein mehrdeutiges „Lass mich!" von den lesenden Mitmenschen verlangten. Da der textlose Rückenteil keine Erklärung zur Brustseite lieferte, ignorierte der hilfsbereite Anhalter die Aufschrift. Burschikos stand sie vor ihm wie eine, die unter älteren Brüdern aufgewachsen war. Als die Lenkerin ihren Oberkörper aus dem Kofferraum in einer schwungvollen Drehung herausstreckte, hielt sie einen Wagenheber in Händen. Eugen spürte, es wäre an der Zeit, seine Passivität aufzugeben, und fragte sie, ob sie es ihm übelnehme, wenn er Hand anlege und ihr unter die Arme greife. Es sei ihm ein Vergnügen, wenn sie ihn ranlasse. Er habe genug Erfahrung.

Für einen Augenblick des Nachdenkens, der ihr die Sittenreinheit seines Angebotes wohl nicht erschloss, verharrte sie stumm und reagierte mit einem unerwarteten Wortschwall.

Nur nichts überstürzen! Du kannst mir zuerst das Reserverad montieren. Stellst du dich dabei geschickt an, werden wir weitersehen.

Eugen verstand ihren letzten Satz genauso wenig wie die Aufschrift auf dem T-Shirt, nickte bloß freundlich, als wüsste er bestens Bescheid über den weiteren Verlauf im Mischwald. Er drehte an der ausgeleierten Kurbel des Wagenhebers, bis die Schräglage des Autos einen gelungenen Radwechsel in Aussicht stellte. Im Nu war der vollwertige Ersatz befestigt und das Werkzeug im Kofferraum verstaut.

Sapperlott, bist du flott!, entfuhr es ihr im melodischen Rhythmus eines ländlichen Tanzes und nach einem Blick auf die Uhr stellte sie fest: Jetzt hat die Musikprobe sowieso schon angefangen.

Also deswegen die Klarinette auf dem Rücksitz!

Genau, bestätigte sie.

Das anschließende Geschehen brachte Eugen restlose Klarheit über die eigenwillige Sprache seiner Mitfahrgelegenheit, vermochte jedoch einzig von einem in seiner Ruhe gestörten Ziegenmelker glaubwürdig beobachtet zu werden. Diese höchst seltene Nachtschwalbe, der ein bösartiger ornithologischer Mythos einen üblen Ruf verpasste und deren wüstes Aussehen das Bizarre einer britischen Modeschöpferin übertraf, wurde bis ins 19. Jahrhundert verdächtigt, des Nachts arglos schlummernden Ziegen die Augen mit ihrem brutalen Schnabel auszuhacken und anschließend die warme Milch auszusaugen. Der aufmerksam gewordene Vogel hielt sein Schnabelklappern rücksichtsvoll zurück, um dem rasanten Ereignis auf dem moosweichen Waldboden seinen ungeplanten Verlauf zu sichern. Eine Welle hilfreicher Hormone riss die Musikantin und ihren überraschten Fahrgast ans gemeinsame Ziel. Das ungeplante Andockmanöver vollzog sich im Tempo einer Wettfahrt. Es war ihre Leidenschaft, von der er sich mittragen ließ. Inmitten prächtig aufgerichteter Farne blieb letztlich, vom Taumel spontaner Lust verursacht, das kaputte Rad zurück. Die Frage „Wie war`s für dich?" blieb unausgesprochen. Es war passiert und dem verwundert fragenden Blick des Anhalters, als wollte er wissen, warum, erklärte die Klarinettistin: Soll ich immer schüchtern sein, nur weil ich jung und weiblich bin? Manchmal reizt mich das Ungewöhnliche halt. Und dass du geschickte Hände hast, weißt du ja. Die wollte ich unbedingt haben.

Der nunmehr kühl gewordene Mischwald nahm sein Rauschen wieder auf. Auf der weiteren Fahrt durch die bäuerliche Gegend verriet die Musikantin, sie habe als ursprüngliche Aufschrift auf ihrer Brustseite „Lass mich ran!" vorgesehen gehabt. Der Autostopper verstand nun endgültig, was er bereits hautnah erlebt hatte.

Der Grund für die Textverknappung war ihr keine Mitteilung und Eugen keine Frage wert. Keiner der beiden Verkehrsteilnehmer wollte den Namen des anderen in Erfahrung bringen. Sie beließen es beim anonymen Du. Wenige Kurven später tauchte das Weichbild von Eugendorf hinter der Windschutzscheibe auf. Ohne die drohenden Regenwolken hätte er das Muttermal an einer exponierten Stelle der wortkargen Klarinettenspielerin niemals kennen gelernt. Der braune Fleck erinnerte ihn an die Pomeranze, die auf der Spitze seines Queues klebte. Was für ein Anfang, sagte er sich nach dem Aussteigen. Einen halben Tag von zu Hause weg und schon

findet eine deutlich Jüngere meine Hände unwidersteh-
lich. Sehen aus wie immer. Vergnügungsreisen gibt es
auch zu Fuß. Du musst nur die richtigen Leute treffen.
Grandiose Aussichten für die nächsten Monate, redete
er sich ein.

In Seekirchen wollte er seinen ersten Tag als Tramper
beenden. Kein Gedanke an Elsa bei der Suche nach einer
Schlafgelegenheit.

*Seine Hände haben von hinten ihre nackten Hüften be-
drängt, während sie ein Nachthemd in ihrem Schrank
sucht. Warum heute (hast du dich sofort gefragt), noch
dazu nach einem schlimmen Tag? Im nächsten Moment
hatte sie die Antwort. Im Fernsehfilm ist eine lautstarke
Sexszene gezeigt worden. Muss ihn animiert haben. Behutsam hat sie seine Hände entfernt, ohne jede Gegen-
wehr und sich zu ihm umgedreht. Heute nicht (leise, aber
mit Nachdruck gesagt), ich bin zu erschöpft. Verschieben
wir`s auf Sonntag, ich habe diesmal am Wochenende
frei. Am Sonntag kannst du mich noch vor dem Frühstück
haben. Sex beim ersten Tageslicht hat dir doch immer
gefallen, weißt du noch? Nachher liegen wir still und
warten, bis unsere Körper trocken sind, bis es zu regnen
beginnt oder eine Taube vor dem Fenster lärmt. So wie
früher. Heute bin ich zu kaputt, um es mit dir genießen
zu können. (Wenn schon, dann willst du auch dein Vergnügen haben, Elsa).*

Er gab sich einsichtig, holte sich ein zweites Bier aus dem Kühlschrank. Sie hörte das Schließen der Tür und das Öffnen der Flasche. Gerade noch mal gut gegangen (seufzte sie in sich hinein). Sie war erleichtert. Keine Diskussion über ihre Lustlosigkeit. Die Arbeit fordert sie an manchen Tagen mehr, als er glauben will. Manchmal wünscht sie sich ein winziges Messgerät, das ihr den Belastungspegel anzeigt. Das ihr mitteilt, wieviel noch geht bis Dienstschluss. Nach fünf Stunden weiß sie manchmal nicht, ob ihre Kraft bis zum Abend reicht. Dann kommt sie kaputt zu Hause an. An solchen Abenden will sie nur mehr ausatmen. Runterkommen, um einschlafen zu können. Unvorstellbar, aus dem Pflegemodus in die Liebeslust hinaufzuschalten.

Ihm den wahren Grund zu erklären, hast du noch immer nicht geschafft, Elsa. Wenn er dieses Notizbuch einmal findet, wird er dich besser verstehen. (Lieber spät als nie).

Nach dem Verlassen des Krankenhauses wird sie nach anstrengenden Diensten zu einer Unberührbaren. Tagesüber muss sie immer wieder nach Männern greifen. Sie hat behaartes Fleisch in den Fingern, feistes, muskulöses und schrumpfendes. Ohne Hülle und in Fülle. Das genügt für einen schweren Rucksack auf ihren Schultern. Ärzte untersuchen heute, ohne den Patienten anzugreifen. Die Apparate nehmen ihnen körperliche Berührungen ab. Für das Pflegepersonal ist alles beim Alten geblieben. Körperkontakt und so tun, als sei jeder Handgriff eine Herzensangelegenheit. Am liebsten möchtest du dich nach der Arbeit einigeln. Du kannst dich nicht verstellen. Kannst ihm nicht vorspielen, du willst seine zupackenden Erobererhände spüren und in seinen Armen versinken (wünscht sich jeder). Welcher Mann kann deine Weigerung schon verstehen, ohne sich zurückgesetzt zu fühlen? Welcher Mann würde deine Erklärung nicht sofort mit dem Rat erwidern: Dann lass dich doch in die Kinderabteilung versetzen, wenn du es bei den Männern nicht mehr schaffst!

Die Steigerung dazu wäre noch der Ratschlag: An deiner Stelle würde ich ärztliche Hilfe in Anspruch nehmen, Elsa. Was sollte dabei herauskommen? Du kennst die Mediziner nur zu gut. Du brauchst nur an diesen Leupold denken. Da kommst du vom Regen in den Wolkenbruch.

Seine fragenden Blicke und den angebotenen Schluck aus seinem Glas hast du ignoriert. Wortlose Flucht mit hängenden Schultern ins Bett.

Wenn du eine Schutzkapsel brauchst, kannst du dich selbst nicht leiden.

In drei Tagen ist Sonntag, Elsa.

Die Nacht mit Bonaventura

Abendliche Stille behütete den Weiler. Eine Handvoll Häuser, die sich zusammengefunden hatten, um nicht einsam in der ländlichen Gegend stehen zu müssen. Sollten sich einmal weitere hinzugesellen, stünde dem Aufstieg zu einem Dorf nichts mehr im Wege. Kein Laut drang aus den verdunkelten Fenstern.

Zwei jüngere Frauen, denen ein altes Holzhaus gehörte, boten dem zufällig entdeckten Mann mit Rucksack über den Gartenzaun hinweg einen Schlafplatz an. Keine Scheune weit und breit, erklärten sie, das eine Gehstunde entfernte Gasthaus Zur fröhlichen Einkehr sei seit Jahren geschlossen. Eine Nacht unter ihrem Dach werde er nicht bereuen. So hilfsbereit seien sie allemal, wenn ein sympathischer Mann nicht wisse, wo er Unterschlupf finden könne. Er werde in der Dunkelheit nichts Bequemeres finden.

Eine Laune der kühlen Abenddämmerung. Was sonst, vermutete er. Dankbar nahm er an.

Vielleicht eine nette Gesellschaft, dachte sich die Stämmige der beiden gut gelaunten Frauen. Ärmellos stand sie vor dem Überraschungsgast und stützte ihre Hände an den unübersehbaren Hüften ab. Aus jeder Achselhöhle hing ein kleiner Ziegenbart, feucht und glänzend. Ihr Apfelgesicht strahlte Eugen mädchenbrav an.

Ein harmloses Geräusch wird Sie doch nicht stören, fiel sie mit der Tür ins gastlich scheinende Haus.

Bloß ein unregelmäßiges Ticken. Wie von einer taktlosen Uhr, meinte die Größere der beiden in beruhigendem Ton.

Gehört zum Haus wie das Salz zum frischen Stangerl, ergänzte lachend die Burschikosere der beiden. Uns fällt es schon lange nicht mehr auf.

Wenn`s weiter nichts ist, gab der Gast sich unbesorgt.

Garantiert nicht!, versicherte das Duo beinahe im Gleichklang.

Zwei ehrliche, ungenierte Landeier, unter deren Dach ich gemütlich schlafen werde, schätzte Eugen die Lage ein.

Die Größere ging über die Wendeltreppe voran. Durchtrainierte Statur einer Fußballspielerin. Innenverteidigerin in der Kampfmannschaft, so seine Vermutung. Waden wie gemeißelt. Hinter der Tür ein ungemütlicher Raum. Streng genommen nicht mehr als eine abweisende Leere, kein Zimmer.

Eine pinkfarbige Gymnastikmatte auf dem Boden, am einzigen Fenster ein geflochtener Ohrensessel.

Die Matte ist weich, verkündete sie und machte ihm einen Moment lang schöne Augen.

Gut so.

Der alte Sessel wird Ihre Nachtruhe wohl kaum stören.

Warum auch. Aber das Geräusch? Was ist mit dem Geräusch?, musste er noch erfahren.

Nur ein harmloser Klopfkäfer. In seinem Fraßgang schlägt er mit seinem beinharten Schädel gegen das Holz. Nagt unablässig, der fleißige Kerl. Irgendwann bringt er den Dachstuhl zum Einsturz. Ist aber noch lange nicht so weit. Übrigens, ich bin die Gritlind, erklärte sie ihm jovial.

Eugen murmelte zum Zeichen der Dankbarkeit für die Unterkunft seinen Vornamen.

Falls er noch etwas brauche, solle ...

Er schüttelte den Kopf. Diesem Haushalt traute er kein kühles Bier zu.

Na, dann eine angenehme Nachtruhe!

Enttäuscht zog sie sich zurück. Sie hätte ihm gerne mehr gegönnt. Er hatte den Raum für sich allein. Mit seinem Schlafsack deckte er die grelle Matte ab. Auf dem ungewöhnlichen Sessel fand er ein aufgeschlagenes Buch. Eine uralte Schwarte. Ein vergilbter Streifen Karton steckte darin. Das Lesezeichen.

VERBA VOLANT SCRIPTA MANENT.

Worte wie in alten Kirchen, kam es ihm vor. Dann setzte er sich und schaute ins Buch.

Die vorige Nachtwache währte lange, die Folge war Schlaflosigkeit, und ich mußte den hellen prosaischen Tag, den ich sonst meiner Gewohnheit gemäß, wie die

Spanier, zur Nacht mache, durchwachen, und mich in dem bürgerlichen Leben und unter den vielen wachen Schläfern langweilen. Da konnte ich nun nichts bessers thun, als mir meine poetisch tolle Nacht in klare langweilige Prosa übersetzen, und ich brachte das Leben des Wahnsinnigen recht motivirt und vernünftig zu Papiere, und ließ es zur Lust und Ergözlichkeit der gescheuten Tagwandler abdrucken. Eigentlich war es aber nur ein Mittel mich zu ermüden, und ich wollte es in dieser Nachtwache mir vorlesen, um nicht zum zweitenmale mit der Prosa und dem Tage mich einlassen zu müssen.

„Die Nachtwachen des Bonaventura" stand auf der abgegriffenen Titelseite, gedruckt 1877.
Deswegen diese vertrackte Sprache! Eigentlich eine Zumutung. Warum kann der Mensch nicht wie Karl May schreiben, fragte er sich. Er hatte zwar nur einen Winnetou-Band unter wiederholten Drohungen der Mutter zu Ende gelesen, aber diese Nachtwachen hier waren ein Schlafpulver aus vergilbtem Papier. Wer liest heute noch solche Sachen? Er legte das offene Buch wie vorgefunden auf den Sessel, dann machte er das Fenster weit auf. Die monotonen Klopfgeräusche ermüdeten ihn und bald hörte er den Holzwurm nicht mehr.
Ein Hahn, der von den Nachbarn geduldet wurde, weckte ihn zur Unzeit. Im ersten Tageslicht schloss er das Fenster, um ungestört weiter zu schlafen. Ein Blick auf

das Buch ließ ihn stutzen. Es war geschlossen. Eugen nahm es zur Hand und schlug es auf, wo das Lesezeichen steckte. Drei Dutzend Seiten weiter hinten als am Vortag. Hellwach begann er zu lesen.

Ich bin leider in den Jugendjahren und gleichsam im Keime schon verdorben, denn wie andere gelehrte Knaben und vielversprechende Jünglinge es sich angelegen sein lassen immer gescheuter und vernünftiger zu werden, habe ich im Gegentheile stets eine besondere Vorliebe für die Tollheit gehabt, und es zu einer absoluten Verworrenheit in mir zu bringen gesucht, eben um, wie unser Herrgott, erst ein gutes und vollständiges Chaos zu vollenden, aus welchem sich nachher gelegentlich, wenn es mir einfiele, eine leidliche Welt zusammen ordnen ließe. – Ja es kommt mir zu Zeiten in überspannten Augenblicken wohl gar vor, als ob das Menschengeschlecht das Chaos selbst verpfuscht habe, und mit dem Ordnen zu voreilig gewesen sei, weshalb denn auch nichts an seinen gehörigen Platz zu stehen kommen könne, und der Schöpfer bald möglichst dazu thun müsse die Welt wie ein verunglücktes System auszustreichen und zu vernichten.

Ratlos schaute er aus dem Fenster. Dieselbe Gegend wie tags zuvor. Zwei unauffällige Häuser gegenüber, ein einsamer Transformator auf einer abgefressenen Kuhweide. Obstbäume. Kulisse unverändert.

Von unten Geräusche. Eine Wasserleitung lief. Er öffnete die Tür. Geruch von Kaffee.

Geräuschvoll, um niemanden zu überraschen, ging er die Treppe hinunter. Gritlind servierte ihm im Trainingsanzug Kaffee und eine Schüssel ungesüßtes Müsli, auf den ersten Blick mit veganem Vogelfutter verwechselbar. Die andere war nicht zu sehen.

Ohne übereilte Höflichkeit stellte sie später die längst fällige Frage, wie Eugens Nacht gewesen sei.

Angenehm. Ich habe bestens geschlafen. Die Matte ist eine gute Unterlage. Aber eines verstehe ich nicht, wenn mir die Frage erlaubt ist.

Was?

Das Buch auf dem Sessel. Es war in der Früh geschlossen. Das Lesezeichen woanders als gestern Abend. Haben Sie eine Ahnung, warum?

Stand das Fenster offen?

Ja.

In klaren Mondnächten kommt jemand durchs Fenster herein und liest. Das war schon immer so. Gestern war Vollmond. Haben Sie doch bemerkt.

Sie tat so, als sei dies kein Anlass für eine Aufregung. Nichts weiter als eine Marotte der Nacht.

Was sagen Sie?, schreckte er auf. Warum haben Sie mich nicht gewarnt? Wer war bei mir, Gritlind? Ich will`s jetzt wissen, setzte er sie unter Druck.

Blitzartig dachte er sich zwei Möglichkeiten aus: Entweder leidet eine der Frauen an Schlaflosigkeit, sodass sie in der Schwarte liest, oder ein nachtaktives Wesen befand sich in seiner Nähe, während er seelenruhig und keine Gefahr ahnend schlummerte. Egal wie, er war unverletzt und fühlte sich gesund.

Selbst wenn ich es wüsste, würde ich es nicht sagen, hütete sie das Geheimnis der letzten Nacht. Ihr unergründlicher Blick ließ alles offen. Aber dass Sie sich wegen einem Buch so aufregen, überrascht mich schon. Es hat doch nicht viel zu bedeuten, was einmal einer geschrieben hat. Oder?

Eugen schüttelte den Kopf und meinte, gerade die Wirkung von alten Büchern dürfe man nicht unterschätzen, die Bibel brauche er in diesem Zusammenhang wohl nicht erwähnen. Dann süßte er das Müsli. Zwischen seinen Mahlzähnen eine Mischung aus harten Körnern und einer mysteriösen Nacht.

Als er schließlich das Haus verließ, saß jemand seitlich im Garten. Die hohe Rückenlehne verdeckte den Kopf. Einige Schritte später sah er ihr Profil. Die andere, vielleicht eine Schwester. Sie tat so, als würde sie in einem Buch lesen, und blätterte raschelnd weiter. Er wollte keine Fragen mehr stellen. Wollte nicht wissen, wie das Ganze zusammenhing. Die Nacht war endgültig vergangen, als die harmlose Landstraße den alten Bekannten wieder aufnahm. Mit einem leisen Verdacht brach er in den nächsten ungewissen Tag auf.

Heute war ein normaler Tag. Die Nachrichtensendung zeigt das rauchende Trümmerfeld nach einem Terroranschlag. Ein Augenzeuge äußert sich entsetzt über den menschlichen Abschaum der unbekannten Täter und während der nächsten Meldung fragt sie sich, was sie von ihrem Tag notieren soll. Vor ihr das kleine Buch, in dem eine leere Seite auf ihre Sätze wartet. Das Papier hat mehr Geduld als jeder Engel. Dem Anfang wohnt eine Richtung inne. So viel weiß jeder, der Schienen legt. Sie überlegt, wo sie hin will. Es soll sich etwas ändern, so viel steht fest für Elsa.

Wie ein Verurteilter vor der Hinrichtung starrte der Biker sie nach der Unterschenkelamputation an. In seinen Augen gefror die Verzweiflung. Motorradfahrer sind auf einem Minenfeld unterwegs (Sollte er doch gewusst haben mit seinen fast vierzig Jahren). Fatale Katastrophe, hat er dreimal geflucht, während sie seinen Oberkörper gewaschen hat. Seine Freundin sei seine größte Sorge. Er habe Angst, sie werde ihm den Laufpass geben. Damit müsse ein Krüppel wie er rechnen. Laufpass hat er absichtlich gesagt. Kalt und zynisch gesprochen, um Stärke zu zeigen (Männerverhalten eben). Sie werden sehen, hat sie ihn beim Abtrocknen zu trösten versucht, in ein paar Monaten können Sie wieder gehen. Die Technik hat heute wunderbare Prothesen auf Lager. Um die beneidet Sie ein ausrangierter Held des Fußballstadions.

Die kühle Abendluft hat dir gut getan. Mit jedem Tritt in die Pedale ist ein Stück deiner Anspannung weggeweht.

An schweren Tagen fährt sie absichtlich einen langen Umweg nach Hause, auf der Promenade am Wasser entlang. Der stille Fluss flößt ihr immer wieder Ruhe ein, besonders nach einem anstrengenden Nachtdienst. Im Morgenlicht stellt sie sich dann vor, sie könnte etwas Neues beginnen. Irgendwo und sogar ohne ihn.

Sieht aus, als hätte das eine andere geschrieben.

Spiegelelsa

Es sah so aus, als wollte er für immer verschwinden. Als wollte er keine Spuren zu seinem neuen Leben hinterlassen. Er zog ohne Mobiltelefon herum. Er machte keine Fotos, die später jemand lokalisieren könnte. Er sandte keine Karten oder Briefe nach Salzburg. Niemanden weihte er in sein Vorhaben ein. Es sah so aus, als würde er die Brücke zu seiner Vergangenheit zerstören. Als habe er sich von Elsa getrennt. Als wüsste er bereits, wo er sein neues Leben anfangen könnte. So sah es aus.

Aber es war ganz anders.

Weg musste er. Koste es, was die Welt verlange. Einmal kein Statist sein, das war es, was er wollte. Einmal ein Leben führen, an das er sich später wie an einen außergewöhnlichen Film erinnern könnte. Sein bisheriges war nach einem regelmäßigen Fahrplan verlaufen. Nichts dabei, um das ihn die anderen Taxifahrer beneideten. Die Chance war jetzt da, also suchte er das Weite. Ohne zu wissen, wie lange er dorthin brauchte. Jede Nacht woanders. Die besten Zeiten für Tramper waren längst vergangen. Schrebergartenhäuser, deren Größe auf bequeme Liegen schließen ließ, waren inzwischen von Alarmanlagen gesichert, die Fremde mehr abschreckten als die landesübliche „Warnung vor dem Hunde"-Tafel. Kein Obdach an geweihter Stätte mehr, seit gottlose Diebe sich für Engel und Heilige interessierten. Alle Kirchentüren waren verschlossen, hinter denen sich ein einfaches, aber trockenes Nachtasyl angeboten hätte.

Jede zweite Nacht gönnte er sich den Komfort in einem Bett, das vor den Nachstellungen der belebten Natur sicher war. Ohne die Gesellschaft winziger Wesen, die wie auf Kommando zu ihrem Leben erwachten, wenn er den Schlafsack zumachte in der Hoffnung, nicht vor dem Morgengrauen zu erwachen. Das leise Rascheln im Stroh hörte er erst, wenn er die Augen schloss. Die Einstiche spürte er, wenn er sie wieder öffnete. Als Obdachloser auf Probe marschierte er weiter. Ungewaschen zu sein störte ihn selten, solange er nicht ungewaschen wirkte. Sein Eau de Toilette gab ihm ein gutes Gefühl. Keine penetrante Duftkeule aus einem Supermarkt, sondern etwas Angenehmes, damit der Körpergeruch sozial verträglich blieb. Die geschundenen Füße sehnten sich jeden Tag nach einem warmen Bad. Wer trampt, darf kein bequemes Vergnügen erwarten, motivierte er sich jeden Morgen. Wenigstens ist sie nicht im November weg. Wäre im Winter nur für harte Hunde machbar, was ich mir vornehme. Dann wäre ich zu Hause geblieben, mit der Einzelbelegung des Doppelbetts. Jeder Gegenstand eine schmerzende Erinnerung an die Abwesende, selbst der leere Platz ihres Zahnputzbechers. Im Briefkasten regelmäßig Post für sie. Jede Begegnung im Stiegenhaus die unausgesprochene Frage nach ihrem Verbleib. Sie dürften sich getrennt haben, könnte ich in ihren Blicken lesen. Ist in unserer turbulenten Zeit nichts Außergewöhnliches. Kopf hoch, Herr Nachbar! Mitgenommen sieht er aus: Ganz allein in der großen Wohnung. Sicher fällt ihm die Decke auf den Kopf, wenn er heimkommt. Armer Kerl. Ob er wen zum Reden braucht?

Betrat er in seinem unauffälligen Gang ein Lokal für eine Tasse Kaffee, hätte eine graue Maus für größeres Aufsehen bei den Gästen gesorgt. Ungewollte Aufmerksamkeit wäre ihm ebenso peinlich gewesen wie im Mittelpunkt der eigenen Geburtstagsfeier zu stehen. Bei seinen Fahrgästen kam Eugens Zurückhaltung stets gut an. Er beschränkte sich auf belanglose Sätze und war von Natur aus zu bequem, sich mit Fremden auf irgendwelche Einzelheiten aktueller Themen einzulassen. Wurde er nach seiner Meinung über die Regierung gefragt, meinte er stets kryptisch, man habe schon genug gesagt, wenn man sich in Schweigen hülle. Saß ein gefürchteter Vertreter der Quasselgesellschaft neben ihm, beschränkte er sich auf zustimmendes Nicken und beruhigende Blicke auf den gleichmäßig ansteigenden Taxameter. Es war nicht so, als hätte die weite Welt auf ihn schon gewartet, auf den umgänglichen Taxifahrer, den viele für ein stilles, flaches Wasser hielten. Als hätten Frauen wie Männer an seinem Weg schon darauf gewartet, ihm ihre

Gastfreundschaft anzubieten. Als würde er mit Einladungen überhäuft werden, weil er amüsant zu erzählen verstand und unbegleitete Frauen mit seinen Komplimenten erröten ließ. Eine Mutexplosion drängte ihn dazu, die Tür der gemeinsamen Wohnung für unbestimmte Zeit zu versperren. Es war der Mut aus seiner Enttäuschung, der ihm Beine machte. Bald nach ihrer Abreise spürte er es: Die Rolle des Verlassenen will ich nicht annehmen. Sollte die Krise kommen, bin ich schon weg. Ist das Innenleben einmal aus dem Tritt gekommen, ist es nur mühevoll zu reparieren. Ohne fremde Hilfe nicht zu schaffen. Also weg, bevor es zu spät sein könnte.

Am Abend vor seinem Aufbruch ins Ungewisse ersuchte er die verlässliche Frau Brugger, seine Post einzusammeln. Für die Nachbarschaftshilfe überreichte er ihr eine Flasche Asbach Uralt. Wäre nicht nötig gewesen, merkte sie vergnügt an und schien sich insgeheim auf die Zusendungen zu freuen. Den Gummibaum im Wohnzimmer setzte er randvoll unter Wasser. Eine Dürrezeit von unbekannter Dauer steht dir bevor, denn ganz ohne Opfer kann die Sache nicht abgehen. Das Auge des Billardisten gab ihm bereits die Höhe von exakt zwei Queues. Sein Stamm schlängelte sich wie ein naturbelassener Flusslauf nach oben. Nicht einmal beim besten Willen hätte jemand den Baum mit einer allgemeinen Daseinszufriedenheit in Verbindung gebracht. Mehrfache Richtungswechsel im Wachstumsprozess bewiesen nur die

Biegsamkeit, die einem Gummibaum schließlich angeboren ist. *Halt die Blätter steif, du krummer Kerl,* waren Eugens letzte Worte, deine Pflegekräfte sind für längere Zeit weg. Den beiden Spinnen im Fensterwinkel gab er bessere Überlebenschancen. *Aber vermehrt euch nicht, ihr Kletterkünstler! Zwei reichen völlig, sonst seid ihr dran.*

Als wartender Mann im Einzelhaushalt eignete er sich nicht. Und niemand zwang ihn dazu. Also wurde er zum Tramper ohne konkretes Ziel. Im Rucksack steckte ein olivgrünes Notizbuch, von einem roten Gummiband zusammengehalten. Er fand es in einer Schublade bei seinen und Elsas Dokumenten. Vollgeschrieben. *Spiegelelsa.* Nur dieses eine Wort stand auf der ersten Seite. In ihrer Handschrift. Eugen blätterte sogleich fiebrig in den Aufzeichnungen, las hektisch halbe Sätze. *Nach Männern greifen* nahm er irritiert wahr. *Hände prägen sich Berührungen ein.* Einige Seiten weiter begegneten ihm *Orientalen mit Glutaugen. Gutscheine fürs Bordell. Ein Geheimnis wie damals* fiel ihm auf. *Willst du wirklich kein Kind? Doppelleben* war die letzte Entdeckung seines verstörten Blickes, dann schloss er das Buch wieder. Er erschrak, weil er glaubte, sie stünde neben ihm. Nach dem Schock war er wieder fähig zu riechen. Ihr fulminantes Parfum, das sie in letzter Zeit verwendet hatte und ihr Buch umgab. Mit ausholendem Atem setzte er sich und versuchte in seiner Erregung zu verstehen.

Glaubte Elsa, ich würde meinen Pass nicht benötigen, während sie weg war? Vertraute sie darauf, ich würde ihr Buch auf keinen Fall öffnen? Überließ sie es dem Zufall, was ich damit mache? Rechnete sie damit, ich würde es eines Tages finden und ihre Aufzeichnungen studieren? Er konnte keinen Hinweis für die Verwendung entdecken. Er konnte keine Antwort auf seine Fragen finden ohne sie. Zum Verreisen gehört ein Buch, mindestens eines, beteuerte die Werbung. Herzschmerzschmöker und Nervenfesselthriller wurden jeden Sommer als kofferwürdig empfohlen. Ihn überzeugten die aufdringlichen Kaufappelle nicht, sein Urlaub blieb stets buchlos. Es war ihm zu anstrengend, sich die Figuren eines Romans als lebendige Menschen vorzustellen. Ohne eine fiktive Welt im Kopf überließ er sich jedes Mal der fremden Umgebung. Bei Elsas Aufzeichnungen machte er eine Ausnahme, auch wenn er nicht wusste, ob ihm das Lesen überhaupt gestattet war. Gab es doch den Respekt vor dem Innenleben, vor den Geheimnissen eines anderen. Sollte man doch in fremde Tagebücher nie und nimmer seine Augen stecken. Außer nach dem Tod des Verfassers. Eugen schaffte es nicht, ihre Aufzeichnungen zu Hause lassen. Also kamen sie mit. Als parfümierte Wegbegleiter. Nach und nach wollte er in ihnen lesen. Nicht zu viel auf einmal. Die Dosis macht das Gift, entschied er sich für einen vorsichtigen Umgang mit ihrem Innenleben.

Im Vorgarten des alten Hauses saß neben der von Granitpfeilern eingefassten Tür ein Mann ähnlichen Alters, vor ihm ein Stoß Birkenreisig. Ohne aufzuschauen band er ein Büschel feiner Äste zusammen. Sein Kiefer bewegte sich im Schatten des Strohhutes hin und her, als würde er an einem saftigen Zwetschkenkern kauen. Eugen beobachtete ihn bei seiner Arbeit, dann grüßte er freundlich über den Zaun hinüber. Der Handwerker spitzte seine Lippen und schleuderte einen schleimigen Batzen in den Spucknapf zu seiner Linken. Nur mit Mühe hätte ein versierter Tabakspinner dort die Reste eines Kautabaks erkennen können, der zwei Monate lang in einer Pflaumensoße eingelegt war, bevor er in den Verkauf kam. Dass er damit im Notfall ein Leck im Motorkühler abdichten könnte, interessierte den Alten so wenig wie das Aussehen des Passanten.

Brauchst einen Besen? Der da ist bald fertig, ganz zum Schluss kommt noch ein Stiel hinein.

Wie lange hast du an einem solchen Besen zu arbeiten?, erkundigte sich Eugen interessiert und machte ohne jede Scheu von der vertraulichen Anrede Gebrauch.

Genauso lange wie die Semmelknödel von meiner Alten brauchen, bis sie auf dem siedenden Wasser tanzen.

Aha. – Macht deine Frau eigentlich große oder eher kleinere Knödel wie im Restaurant? wollte er nach einer Pause Genaueres wissen. Er bemühte sich geflissentlich um den Tonfall, in dem man sich nach dem Wetter der letzten Woche erkundigt.

Sie müssen schon zum Schweinsbraten passen. Wie schaut das denn sonst aus? Knödel aus der Puppenküche gibt`s bei uns nicht.

Dann brauchst du also etwas länger für einen Besen, folgerte Eugen munter.

Wird so sein. Also, was ist jetzt, kaufst mir einen ab?

Der Alte hob seinen Kopf, nahm sein Augenglas ab und schaute ihn jetzt zum ersten Mal an.

Ich hab derzeit keine Verwendung dafür, ich bin noch länger unterwegs, entgegnete der Passant. Vielleicht auf dem Rückweg, deutete er ein Versprechen an.

Ich hab dich bei uns noch nie gesehen. Bist gar ein besserer Hausierer?

Überhaupt nicht, antwortete Eugen belustigt.

Oder hast den Wachtturm im Rucksack?

Nein, keine Sorge, keine Sekte! Wäre noch das Schönste.

Gott sei Dank! Jetzt sag schon: Wo willst denn hin?

Immer dorthin, wo ich noch nicht war.

Aber geh! Da hast sauber viel zum Tun.

Genauso wie du beim Besenbinden.

Der Alte legte das fertige Stück auf den kleinen Tisch und Eugen konnte es sich nicht verkneifen nachzufragen.

Glaubst, sind die Knödel jetzt fertig?, verbiss er sich in die Chance auf eine Einladung.

Du kannst mir einen Gefallen tun: Frag meine Alte in der Küche, dann muss ich nicht extra aufstehen.

Im Inneren des Hauses empfing ihn ein anregender Bratenduft, der seinen Speichelfluss aufs Heftigste antrieb. Als er in der Küche stand, wollte er mit ehrlicher Anerkennung nicht sparen.

Zum letzten Mal hab ich das bei meiner Oma selig riechen dürfen, begann er die ver-schwitzte Frau des Besenbinders mit Lob zu überschütten.

Nein, das Rezept bleibe ihr Geheimnis, es wäre ja noch das Schönste, einem Wildfremden, um nicht zu sagen, einem Dahergelaufenen so etwas anzuvertrauen. Mit diesen Worten steckte die Alte die Grenzen ihrer Freundlichkeit unmissverständlich ab. Aber weil er eine so traurige Erinnerung in ihrer Küche habe, könne er mit einer Kostprobe rechnen. Er solle draußen Platz nehmen, wo der Mann für gewöhnlich den täglichen Kochzeitbesen binde.

Eugen teilte ihm daraufhin die Einladung aus der Küche mit und mit der ernsten Mahnung, sein Werkzeug ja nicht anzugreifen, machte der Besenbinder seinen Platz im Garten frei und ging ins Haus.

Eugen genoss den köstlichen Braten, zu dem ihm ein abgeschlagener Krug mit Most serviert wurde, eine erfrischende Mischung aus Äpfeln und Birnen, die den angenehmsten Eindruck beim Passieren seiner Kehle hinterließ. Als der Teller leer vor ihm stand, fiel ihm das gekochte, zähe Rindfleisch ein, das seine Mutter jeden Samstag auf den Tisch gestellt hatte. Nach Schweinsbraten roch es zu Hause nie.

Es könnte der höhere Alkoholgehalt gewesen sein, der Eugen beim Abschied anmerken ließ, wie sehr er sich über die unverhoffte Einladung des Paares gefreut habe. Noch lange werde er an die wunderbare Begegnung mit zwei besonderen Menschen zurückdenken.

Irritiert schauten die beiden einander stumm an, bis sie das letzte Wort ergriff.

Von unserm Zwetschkenschnaps kriegst sowieso nichts, also spar dir das Gesülz!

Um aufkeimende Missverständnisse zu ersticken verzichtete Eugen darauf, den an der Gartentür dösenden Kater zu streicheln.

Die Doppelgängerin

In der Idylle eines kleinen Sees, der das Upgrade zum Geheimtipp für Romantiker allemal verdient hatte, gönnte der erhitzte Eugen seinen Füßen ein belebendes Bad, das ihn schließlich schwimmend zu einem Holzsteg trieb, wo eine jugendliche Bikiniträgerin einen stummen Dialog mit der Mittagssonne führte. Den aufmerksam Gewordenen lockte ihr zarter Unterschenkel näher, der einem Angelhaken gleich die Wasseroberfläche berührte. Die ampelrot leuchtenden Zehennägel standen jeder Deutung offen. Was sie mit der lebhaften Farbe Rot am Ende ihrer makellosen Beine ausdrücken wolle, erkühnte er sich zu fragen und bemühte sich um ein harmloses Lächeln. Habe sie etwa das aktuelle Asmara-Rot aufgetragen?

Die Angesprochene, welche Eugens Annäherungsbestreben schon an seinem Schwimmstil abzulesen vermochte, zog ihren lasziv ausgeworfenen Unterschenkel aus dem kühlenden Wasser, nahm einen kürzeren Anlauf auf den knarrenden Brettern des Stegs und setzte einen empörten Schusterfleck auf den See. In der Frauenwertung der Arschbombenweltmeisterschaft wäre sie unter „ferner sprangen" gereiht worden, da ihr Allerwertester beim Aufprall auf dem Wasser einen dezenten Knall produzierte, der selbst bei den dort schwimmenden Tafelenten keinen Schrecken auslöste.

In einiger Entfernung entdeckte der Abgewiesene später eine sitzende Frau am Ufer. Ihre angewinkelten Knie hielt sie mit den Armen umschlossen. Eugen konnte nur ihren jungen Rücken sehen, doch mit dem ersten Blick fühlte er sich von ihrer Erscheinung angezogen. Das bernsteinfarbige Haar lag auf kräftigen Schultern auf, der Kopf war nach vorne geneigt. Sie schien in dieser Haltung in sich gekehrt, als würde sie über eine lebenswichtige Entscheidung nachdenken. Wie sie den Kopf zur Entlastung ihres Nackens manchmal nach hinten streckte, in einer elegant fließenden Bewegung, die den Rücken gerade richtete, dieses bedächtige Durchstrecken ihres Oberkörpers ließ in Eugen ein bekanntes Bild entstehen. Schultern, wie er sie in Erinnerung hatte. Sein Zweifel, ob sie es sei, zerrann. Die Gestalt in ihrem weißen Badeanzug war in jeder Kleidung herzeigbar, in einem klassischen Abendkleid genauso wie in engen Jeans. Sie fiel auf, ohne es anzustreben. Ein Muttermal an ihrem rechten Backenknochen machte sie unverwechselbar, wenn sie es wirklich war. Das dichte Haupthaar hing in die Stirn und wurde von einem Seitenscheitel geteilt. Ging es ihr gut, glänzten ihre Augen. Elsa. Dort saß sie, die er in Eritrea wusste. Das Bild war stärker als jeder Zweifel. Sie musste es sein. Elsa. Wer sonst?

Sein Blut tobte am Hals und an den Schläfen, der Puls

jagte seine Gedanken in diese Stadt mit dem A am Anfang und am Ende, wo dieses Krankenhaus stand. War es etwa nicht mehr in Betrieb? War Elsa wieder zurück und benutzte die Gelegenheit, um eine erholsame Auszeit ohne ihn in der Heimat zu verbringen? Er hätte ihr niemals zugetraut, ihn so zu behandeln. Wie angewurzelt stand er bei seinen Habseligkeiten am Ufer und wartete ab, gefangen in seiner Fassungslosigkeit. Hatte sie ihn schon früher entdeckt, weil sie ihm den Rücken zuwandte, um nicht erkannt zu werden? Er näherte sich ihr nicht. Was sollte er sie als Erstes fragen, wenn sie sich umdrehte: Was machst du hier? Fragen bedrängten ihn wie Stechmücken vor einem Gewitter.

Astrid, komm auch ins Wasser! rief eine männliche Stimme ans Ufer. Die Frau mit Elsas Aussehen neigte ihren Kopf ein wenig zum See hin und gab ein kurzes Winken zur Antwort, das alles bedeuten konnte.

Eugen stand vor dem nächsten Rätsel. Wer war dieser Mann? Verwendete sie jetzt einen anderen Namen, um sich von ihrem bisherigen Leben zu befreien? Ihre plötzliche Vorliebe für Namen mit A kam ihm einigermaßen infantil vor. Nach der Stadt, deren Name viel besser zu einem Kosmetikartikel passen würde, also auch ein neuer Vorname, der mit A begann. Ganz abgesehen von diesem Afrika. War es dazu gekommen, was er in schlaflosen Stunden nach ihrem Abflug befürchtet hatte? War der Anfang vom Ende schon da? Und alles beginnt mit einem A.

Eugen rührte sich nicht. Er starrte unentwegt zu Elsas Rückenansicht hinüber. Ein Anblick, von dem er nicht mehr loskam. Was um ihn herum passierte, erreichte seine Sinne nicht. Auch nicht das kleine Mädchen, das auf ihn aufmerksam geworden war. Es wartete darauf, dass er sich bewegen würde. Minutenlang vergeblich. Zu lange für das Kind mit dem offenen Mund. Es verlangte nach einer Erklärung, warum der Mann sich nicht bewegte.

Mama, was macht der Mann? Schau her, er rührt sich nicht und schaut so komisch.

Liegt er auf dem Boden, mein Schatz?

Nein, er steht, antwortete sie aufgeregt.

Die Mutter fühlte sich zumindest bemüßigt, ihre Tochter zu belehren, ohne dass sie von ihrem Beauty-Magazin aufschaute.

Dann lass ihn in Ruhe! Er macht sicher Yoga.

Ist ein blödes Spiel, Mama.

Von der Mutter keine Reaktion. Das Mädchen wandte sich wieder seinem aufblasbaren Schwan zu.

Was ist, Astrid? Kommst du endlich ins Wasser? fragte dieselbe männliche Stimme.

Die Frau mit dem weißen Badeanzug erhob sich ungern und rief zum See hinaus: Ich will mich aber jetzt nicht abkühlen.

Als Eugen die Stimme hörte, fiel ihm ein Stein von Herzen. Elsa war doch in Asmara. Er hatte eine Frau beobachtet, die ihr zum Verwechseln ähnlich sah. Zumindest von hinten. Er hatte sich täuschen lassen. Die schnarrende Stimme der Fremden, ihre affektierte Art, wichtige Wörter zu dehnen, überzeugten ihn durch diesen einen Satz: Ich will mich aber jetzt nicht abkühlen. Mehr Worte bedurfte es nicht.

Alles in Ordnung oder auch nicht. Es war nicht Elsa, es war eine fade Astrid, die nicht ins herrliche Wasser wollte.

Eugen betrat jetzt den knarrenden Holzsteg und sprang, als wollte er das Erlebnis mit der Doppelgängerin abwaschen, in den erfrischenden See. Nach dem Auftauchen fühlte er sich rasch besser. Er lag als toter Mann auf dem Wasser, spürte, wie sein Körper langsam leichter wurde und zu schweben begann. Die Kälte brachte ihm eine sanfte Betäubung. Der Schock der letzten Minuten floss aus ihm ab. Er starrte nach oben auf eine imaginäre Stelle in diesem Blau über ihm und fühlte sich befreit. Das Trugbild war weg. Elsa war nicht in seiner Nähe. Er hatte sich von einem Wunschbild täuschen lassen. Sein Atem kam wieder zur Ruhe. Die Bikiniträgerin mit dem leuchtenden Nagellack folgte ihm ohne Sprung. Mit stolzen Bewegungen ließ sie ihren gebräunten Leib zu Wasser. Dass ihn ihr Blick nur einmal kurz streifte, musste an der Badehose liegen. Dieses Ding war schon vor zehn Jahren altmodisch, urteilte Elsa einmal unbarmherzig, diese

Farbe und dann erst der Schnitt. Sieht aus, als hättest du sie bei einer Tombola gewonnen. Wer zieht heute so etwas noch an, wenn er bei Tageslicht in aller Öffentlichkeit schwimmen geht? Eugen war in solchen Situationen nicht aus der Ruhe zu bringen. Er sei in den besten Jahren, bekam er manchmal aus berufenem Frauenmund zu hören, und dann sollte eine lächerliche Bermuda alles zunichtemachen? Er schickte sein gewinnendstes Lächeln über die Wasseroberfläche zur Jungen hin. Ich bin für beinahe alles zu haben, hätte sie in seinem Gesicht lesen können.

Hatte er Elsa und sich etwas entgehen lassen in der Nacht vor ihrem Abflug? Hätte er diese Nacht mit ihr in hemmungsloser Hingabe feiern sollen? Ihre Körper angetrieben von der Tatsache, es könnte das letzte Mal gewesen sein, zumindest für längere Zeit. Nichts hatte er unternommen. Gar nichts, um mit ihr zu schlafen. Ihr Kopf war schon woanders. Im Flugzeug oder in Asmara, wie er zu spüren glaubte. Unter solchen Umständen schien es ihm sinnlos und absurd, eine Lust herbeizuzerren.

Bissen nach Bissen. Sie saß vor den verbrannten Händen und fütterte ihn wie ein Kleinkind. Klein geschnittenes Fleisch, matschiges Gemüse und Kartoffelbrei. Vor dem Kompott hat sie der Arbeitsunfall mit einer Frage konfrontiert, auf die sie nicht gefasst war. (Eine Frage, die dir ganz sicher noch nie gestellt wurde). Ohne erkennbaren Zusammenhang, aus heiterem Himmel hörte sie: Schwester, was ist Ihre Hauptsache im Leben? Sie verbarg ihre Überraschung (ein bisschen war Erschrecken dabei), indem sie ein Lächeln aufsetzte. Je schweigsamer der Patient, desto tiefer gehen seine Gedanken. Obwohl, Elsa, du hättest nicht lange nachdenken müssen, doch du wolltest nicht wie ein philosophischer Automat auf Knopfdruck die Antwort präsentieren. Wenn Sie entlassen werden, gebe ich Ihnen meine Antwort mit. Ich werde Sie erinnern, nickte er zufrieden, auf das Kompott möchte ich aber verzichten. Sonst gewöhne ich mich noch an Ihre Fütterung.

Von den anderen im Zimmer konnte sie erfahren, dass der Brandverletzte wenig persönlichen Kontakt hat (kaum Telefonate). Erst einmal hat er Besuch gehabt, zwei Arbeitskollegen. Es kommt selten gut an, allein gelassene Patienten nach dem Privatleben zu fragen. Der Mund ist schnell verbrannt. Weißt du doch, Elsa, im 17. Jahr als Krankenschwester. Die Kleine von unten schreit wieder. Triffst du die Mutter mit ihr im Stiegenhaus und erkundigst dich nach ihrem Befinden, ist sie kurz angebunden (alles paletti). Sind es nur Koliken? Man wird doch noch fragen dürfen. Auch so eine, die überfordert ist. Ihr Mann ist irgendwo im Ausland (Montage, sagt sie achselzuckend).

Zu viel Nähe kann Probleme schaffen und im Kranken-

haus zur Belastung werden. Manchmal reagieren Unfall-opfer unberechenbar. Ihr abrupter Sturz aus dem ge-wohnten Leben kann ihre Persönlichkeit vorübergehend verändern. Eine schwere Verletzung ist eine Ausnahmesi-tuation, keine Frage. Von einer fremden Frau gefüttert werden zu müssen fällt einem jungen Mann gewiss nicht leicht. Wäre ein Fall für unsere Psychologin (die muss ein Mann auch erst mal akzeptieren).

Du willst keine werden, von der es nach ihrem Tod heißt, die Welt wäre auch ohne sie ausgekommen. Wie wird er reagieren?

Mondseefischer

Eine schwarzblaue Wolkenbank verdunkelte den Horizont. Blitze schossen wirr über den Nachmittagshimmel. Ein tuckerndes Fischerboot kam in Eugens Nähe, der am Ufer des Mondsees stand und einen erträglichen Schlafplatz im Trockenen suchte.

Eine Leidensnacht lag hinter ihm. Wäre ich zu Hause geblieben, würde mich kein Ungeziefer piesacken, das über jeden herfällt, wenn er den Schlafsack auf einem unebenen Boden aufgelegt hat. Die ganze belebte Natur wünschte er zum Teufel, wenn er nicht wusste, wo er sich zuerst kratzen sollte. Wenn er mit einem steifen Nacken erwachte und die Schmerzen in seinem Rücken winzige Nägel einschlugen, einen nach dem anderen in einem gleichmäßigen Rhythmus wie das Ticken einer unbarmherzigen Uhr. Eine Nacht im Heu taugt für Verliebte oder Betrunkene, aber nicht für einen verlassenen Taxifahrer, der das bequeme Leben der Stadt samt breitem Ehebett gewohnt war. Manchmal roch er, als hätte er in einer Kiste mit dahinschrumpfendem Fallobst genächtigt, und beneidete die gut gelaunten Weitwanderer, die in ihrem sicheren Zelt schlafen konnten.

Hallo! rief er winkend zum Fischer hinaus, können Sie mich mitnehmen, auf die andere Seite?

Der Mann gab ein freundliches Handzeichen und legte an einem Steg in der Nähe an.

Wo willst denn hin?, fragte er hilfsbereit.

Hinüber. Irgendwo dort find ich schon einen Platz zum Schlafen.

Wenn`st meinst. Steig halt ein! Ich bring dich nach Schwarzindien hinüber.

Er schaute Eugens unbedeckte Arme beim Einsteigen prüfend an und fragte sogleich ungeniert: Hast schon einmal Holz gehackt?

Brennholz schon. Warum diese Frage?

Ich hab keine Buchenscheiter mehr – dafür schlafst bei uns, wenn`s recht ist.

Mit Essen?

Bei guter Arbeit schon.

Eugen nahm das überraschende Angebot an.

Appetit anregende Duftschwaden zogen durch die gewittrige Luft, als die Männer das Boot verließen. Neben dem weiß gekalkten Fischerhaus stand eine Räucherkammer, davor ein Berg aus geschnittenem Holz. Im Vorbau, der als Windfang diente und eine winzige Veranda aus verwittertem Holz trug, stellte Eugen seinen Rucksack ab. In der altmodischen Küche lernte er die Frau des Fischers kennen. Sie räumte gerade die Asche aus dem Holzofen. Eugens freundlicher Gruß prallte an ihrem herben Gesichtsausdruck ab. Die hagere Gestalt unbestimmbaren Alters ließ ihn sogleich vorsichtig werden. So stellte er sich als Eugen auf der Durchreise vor, der noch niemandem zur Last gefallen sei.

Ihr Mann verkündete mit selbstsicherem Ton: Der bleibt heut über Nacht, dafür hackt er uns morgen das Holz.

Was du für Leut ins Haus bringst, Franz. Und überhaupt: Warum machst das Holz net selber?

Eugen stand steif in der Tür und ahnte, was ihn erwartete.

Ganz einfach, Grete: Wir tun ein gutes Werk und ich schon` mein Kreuz, entgegnete ihr Mann.

Um Ausreden bist nie verlegen.

Zu Eugen gewandt fügte sie noch hinzu: Und du führst dich ordentlich auf, sonst bist bald wieder draußen im Gewitter.

Eugen nickte stumm, Franz zuckte mit den Achseln und schwieg betroffen. Das Unwetter entlud sich über dem See, schwere Tropfen trommelten gegen das niedrige Fenster. Das Tageslicht schwand rasch. Blitze erhellten ab und zu die unbeleuchtete Küche.

Nix für ungut, sag ich einmal, setzte sie eine Spur freundlicher fort, man kann net vorsichtig genug sein, wenn man jemanden ins Haus lasst. Ich kenn dich doch gar net. Was alles passieren kann, steht jeden Tag in der Zeitung. Wie ein Halunke schaust ja net aus, aber trotzdem bist ein Fremder, noch dazu einer mit einem Bart, nörgelte die Fischersfrau weiter.

Aber geh`, jetzt hörst aber auf, Grete! Der Moser Sepp hat auch einen Bart und ist ein anständiger Kerl.

Sagst du! Aber mir kommt manchmal vor, der Tierarzt will was verbergen mit seinem Bart.

Demonstrativ legte Eugen seine Hand über das Kinn und strich seinen Bart glatt. Ihr Mann fuhr sie postwendend und ohne Rücksicht auf den Gast an.

Es reicht jetzt! Ich sag ja auch net, dass alle Hageren hantig sind. Also lass es gut sein! Was gibt`s denn zum Essen?

Sie warf ihm einen giftigen Blick zu und entgegnete schnippisch: Wie immer halt am Abend. Was wir selber haben.

Sie meint einen geräucherten Fisch und unser eigenes Dinkelbrot, erklärte der Fischer betont freundlich, um seine Frau umzustimmen.

Wunderbar, bemühte sich Eugen um Entspannung, sicher eine Delikatesse.

Ist dir aufgefallen, Grete, wie höflich unser Gast ist?

Passt schon. Zumindest vorläufig. Komm, setz dich her, ich schneid noch ein paar Paradeiser auf.

Durch die Tätigkeit beruhigte sich die Frau des Fischers und sie stellte ohne Eile das Essen auf den ungedeckten Tisch.

Danke vielmals für die Unterkunft! Übrigens, kann sein, dass ich es schon gesagt hab, ich bin der Eugen.

Eugen. Also den Namen hört man auch nicht alle Tage. Vom Vater weitergegeben? fragte sie nach.

Nein, der Vater hat Matthias geheißen, Matthias Noland.

Matthias Noland sagst du? Ein schöner Klang, ganz ehrlich. Und was arbeitet er, falls er noch nicht in Rente ist?

Mechaniker war er. Ein krisensicherer Job, hat er immer betont. Die Autos vermehren sich wie die Karnickel. Die werden noch lange gekauft und vom Reparieren kann man gut leben. Deswegen hätte ich auch Mechaniker werden sollen, aber die Arbeit war mir zu dreckig. Und so hat sich die Mutter durchgesetzt. Sei vernünftig, hat sie gesagt, ein Uhrmacher ist was Besseres als in einem schmierigen Gewand unter fremden Autos zu liegen.

Na geh, so einer bist. Und du bist noch immer Uhrmacher?

Nein, schon einige Jahre nicht mehr. Ich fahr jetzt Taxi.

Aha. Naja. Muss es auch geben, meinte sie tonlos und zog eine lange Gräte aus ihrem Unterkiefer.

Der Besucher fragte nicht, welchen Fisch er aß, er ließ sich das Abendessen unverdrossen schmecken, obwohl die beiden ausschließlich von ihren unablässigen Sorgen sprachen. Das in ihren Gesichtern sind keine Lachfalten, dachte sich Eugen, es haben sich Sorgenfalten tief eingegraben. Das Geld reiche nicht für neue Fenster, im Schlafzimmer ziehe es schon wie in einem Vogelkäfig, bemerkten sie einträchtig, und die Räucherfische seien ihre einzige sichere Einnahmequelle.

Aber ich kann aus dem See nicht mehr rausholen, als von selber nachkommt, erklärte Franz seinem Gast. Der Fisch braucht seine Ruhe, nur lasst der Mensch ihm keine Zeit. Dort wird er mit Hilfe der Pharmazie gemästet wie die Schweine, da wird ihm Musik vorgespielt, Bach, was sonst, alles nur damit die Wachstumskurve nach oben zeigt. Einfach verrückt! Wenn ein Fischer wie ein Unternehmer zu denken anfangt, hat die Natur endgültig verloren. Irgendwo, Eugen, hab ich einmal gehört, dass die Vernunft eine leise Stimme hat. So ist es leider. Die reinste Katastrophe!

In seiner Wutrede widmete sich Franz sodann dem krankhaften Konsumverhalten der Bevölkerung. Mit jedem Satz steigerte er sich in seiner Empörung: Zur Hölle sollen sie gehen, diese Handelsketten mit ihren Sonderangebotslawinen. Rücksichtslos hungern sie die kleinen Lebensmittelläden aus. Verkaufen so genanntes Bauernbrot, das niemals einen Bauernhof gesehen hat. Bieten Gebäck an, das sich einen halben Tag später nur mehr als Fischfutter eignet. Und der größte Wahnsinn: Jede Ware hat immer Saison. Wachst bei uns im Winter kein Schnittlauch, wird er aus Asien eingeflogen. Die Bohnen reisen aus Afrika an, Kirschen bringt uns im Winter ein Flugzeug aus Südamerika und die Äpfel im Frühjahr stammen aus Neuseeland. Völlig absurd, dieses Angebot!

Auf Eugens Zunge und seinem Gaumen verdrängte währenddessen eine angeschwemmte Süße den Geschmack des geräucherten Fisches. Vor seinem Aufbruch hatte er zu Hause eine exzellente Mango genossen, die er am Höhepunkt der Reifung geschält hatte. Sie ließ ihn noch Tage später spüren, auf welch außergewöhnlichen Genuss er verzichten würde, ginge es nach seinen Gastgebern. Aber sollte er sich auf der Stelle von ihnen radikalisieren lassen? Er hielt es für klüger, seine Meinung zu verschweigen. Die beiden sollten ungebremst Dampf ablassen können.

Mit dem Zeigefinger klopfte der Fischer verächtlich an seine Stirn und Grete ergänzte ihren Mann: Der Franz ärgert sich über das Überflussangebot der Handelsketten genauso wie ich. Ein einziges Mal haben wir holländische Tomaten, die den Namen Paradeiser nicht verdienen, gekauft und gewartet, was passiert. Nach zwei Wochen waren sie immer noch nicht verdorben. Wir haben uns da schon gefragt, was länger hält: diese Tomaten oder eine italienische Regierung? Und weißt du, Eugen, was das Grundübel bei uns heute ist? Die Leute können nicht mehr verzichten. Ihr Glück kommt vom Konsum. Das ist die glänzende Göttin, vor der sie auf die Knie fallen. Konsum vom Aufwachen bis zum Einschlafen. Wenn sie etwas nicht bekommen, lassen sie gleich die Köpfe hängen. Sie müssten den Verzicht wieder lernen. Er macht auch gar nicht unglücklich. Im Gegenteil, er macht stark. Glaub mir!

Eugen nickte ein paar Mal. Verzichten war ihm nicht mehr fremd, seit Elsa ihn verlassen hatte. Er hätte von sich erzählen können, was ihn von zu Hause weggetrieben hat und was ihn weitertreibt. Doch die Fischerin war ihm zu bissig. Ihre Kommentare wollte er sich ersparen.

Als er am nächsten Morgen zur Hacke griff, war der Fischer längst allein auf dem See. Seine Frau bei ihrer Hausarbeit zu wissen, kam dem vorübergehenden Tagelöhner sehr gelegen. Er nahm sich vor, erst wieder mit ihrem Mann gemeinsam ins Haus zu gehen. Er wollte lieber brennende Schwielen an den Händen haben, als ihr allein in die Quere zu kommen. So pinkelte er selbstbewusst an die Rückwand der glosenden Räucherkammer, ließ den Durst in der Kehle kratzen und schaute nach jedem Scheit, das gespalten zu Boden fiel, auf den sich sonnenden Mondsee hinaus. Das unbewegte Wasser des tiefen Sees strahlte die Ruhe eines tiefen Schlafes aus.

Der frische Beckenbruch lässt sich von Hawa nicht waschen. Sie habe einen stechenden Blick wie die meisten Negerinnen, hat er behauptet, und wer weiß, ob sie ihn überhaupt versteht.

Aber diese hübsche Frau aus Somalia ist eine ausgebilde-

te Krankenpflegerin und noch kein Patient hat sich über sie beschwert (Elsa schaut ihn verständnislos an). Na, einer muss der Erste sein (seine überhebliche Antwort). Der Dickschädel fügt noch hinzu, er traue ihr jedenfalls nicht, und bleibt bei seiner Ablehnung: Sie können das viel besser, Schwester, halten Sie mir in Gottes Namen die Negerin vom Leib!

Er ist ein leidenschaftlicher Fußballfan. Auf dem kleinen Monitor über seinem Bett versäumt er kein Spiel. Einer, der junge Männer aus Marokko, der Elfenbeinküste oder aus Nigeria bejubelt, wenn sie für seinen Verein das entscheidende Tor geschossen haben. Gelingt es anderen jungen Männern aus diesen Ländern einmal, nach Europa zu gelangen, weil sie bei uns arbeiten und leben wollen, interniert man sie und legt ihnen nahe, den Kontinent der Menschenrechte möglichst bald wieder zu verlassen. Sieger werden eben bejubelt, Verlierer in Zeiten wie diesen verjagt. Die Regierung sieht in den Zuwanderern nur Probleme, aber keine Menschen. Grenzzäune schaffen in Europa klare Verhältnisse. Also bleibt dort, wo ihr herkommt!

Ein schwieriger Patient, dieser Beckenbruch. Beim Kirschenpflücken von der Leiter gefallen, obwohl noch keine 60. Um ein gutes Werk zu tun, hat sie ihn in seinem Bett gewaschen. Sein Unterleib roch nach einem ungepflegten Pissoir. Sein Wohlgefallen über ihren Reinigungsvorgang hat sich in einer Erektion gezeigt, auf die er stolz war wie ein Pubertierender. In diesem Moment fiel ihr die verschmähte Hawa ein. Pech für ihn. Der beherzte Zangengriff an seine Kirschen beendete den Aufstand im Nu (bloß ein winziges Revanchefoul – keiner hat`s gesehen). Ein Zucken fuhr durch seinen Unterleib, aber er schwieg betreten, als sei nichts gewesen. Die Schwarze habe mehr Gefühl, versicherte sie ihm ohne ein Wort der Entschuldigung. Er werde es morgen erleben. (Hawa wird einen fügsamen Patienten waschen). Hat dir gut getan, Elsa.

Orientierungslos

Wie vom Himmel gefallen fand er sie vor, unübersehbar wie ein einsames Wegkreuz zwischen Wiesen und Feldern in der geographischen Mitte von Nirgendwo.

Endlich bist wieder da, krächzte die Alte erleichtert, als er vor ihr stehen blieb. Ihr novembergraues Haar hatte schon lange seine frühere Farbe vergessen. Sie hielt sich an einem Straßenschild an. In die vier Himmelsrichtungen des unbewohnten Landstrichs zeigten die Tafeln. Nirgendwo ein Haus oder ein Dorf zu sehen. Nur menschenleere Landschaft. Auf einer Seite reckten sich die Stacheln eines Stoppelfeldes, von der anderen glotzten phlegmatische Kühe die beiden Unbekannten an. Die malträtierte Weide war von den Hufen zerstampft und hemmungslos beschissen.

Kann ich irgendwie helfen?, erkundigte sich Eugen, um sich freundlich zu zeigen.

Hauptsache, du bist da.

Sie streichelte seine Wange und schaute ihn mit dem Unschuldsblick eines Kindes an. Er zuckte nicht einmal, so überrascht war er von ihrer Hand. Eine sonderbare Fröhlichkeit lag auf ihrem Gesicht. Man hätte meinen können, ihren Augen sei die List zeitlebens ein vertrauter

Freund gewesen.

Endlich, seufzte sie erleichtert. Hast du den Bart schon länger? Er ist so weich.

Wo kommst du denn her? Was kann ich für dich tun?, fragte er besorgt.

Nichts. Ist jetzt alles gut.

Er wollte sie nicht fragen, warum sie nur einen Schuh anhatte. Der andere steckte in einem karierten Pantoffel. Er spürte, er musste behutsam mit der verwirrten Unbekannten in der übergroßen blauen Jacke reden. Irgendetwas war passiert. Irgendetwas hatte ihre Verwirrung ausgelöst und die Erinnerung verabschiedet. Irgendetwas nicht Alltägliches.

Von wo bist du denn gekommen?, wollte er noch einmal wissen.

Er stellte seinen Rucksack ab und legte seinen Arm um ihre hochgezogenen Schultern.

Von dort?

Er zeigte in die gemeinte Richtung. Sie schaute ins Leere und schwieg. Er drehte sie um 90 Grad und wiederholte seine Frage. Wieder umsonst. Wieder keine Reaktion bei ihr.

Dann muss es diese Richtung sein, schöpfte Eugen Hoffnung bei der vierten Drehung.

Die Alte schüttelte den Kopf.

Dort ist auch nichts, meinte sie.

Dort ist schon etwas, nur sehen wir nicht so weit, entgegnete er.

Sie schwiegen eine Weile.

Bleiben wir hier, forderte sie ihn auf.

Hier?

Er schaute sie verständnislos an.

Hier bist du und hier ist das Schild. Gut zum Anhalten.

Schon.

Eugen seufzte unhörbar und nahm sich einen neuen Anlauf.

Ich bleibe bei dir, wenn du mir sagst, wie du heißt.

Oma, war ihre prompte Antwort.

Und dein richtiger Name?

Ich bin niemand anderer als die Oma.

Aha. Kannst du dich an meinen Namen erinnern?

Du bist der Karl.

Da irrst du dich. Ich heiße Eugen, Eugen Noland.

Das sagst du nur so. Warst so lange weg und kommst mit einem anderen Namen zurück. Nicht schön von dir. Gar nicht schön. Einfach bist du ja nie gewesen, Karl. Hab ich nicht vergessen.

Ich war schon immer der Eugen, widersprach er. Seit ich denken kann.

Nein! Das sagst du nur jetzt. Du willst mich anschwindeln. Hast früher auch gemacht, antwortete sie mit überraschend trotziger Stimme.

Sie hielt sich jetzt verkrampft am Schild fest.

Will ich nicht, konterte er resolut. Auf keinen Fall! Ich möchte dich nicht täuschen. Klar?

Doch. Ich spüre das. Da bin ich empfindlich.

Sie schickte ihm einen frostigen Blick zu und wandte sich ab.

Eugen schaute in alle Richtungen. Kein Mensch näherte sich der Kreuzung. Seine Ungeduld wuchs. Am liebsten wäre er auf und davon. Sie sollte auf ihren Karl warten, dem möglicherweise die blaue Jacke gehörte. Vielleicht würde der verstehen, was hinter dem Vorhang der Alten vor sich geht. Eugen wurde langsam neugierig auf diesen Kerl. Gab es ihn überhaupt und wenn – welche Ähnlichkeit hatte dieser Karl mit ihm? Vielleicht lag es an der Stimme, die sie wieder zu hören glaubte. Oder, dachte er sich plötzlich, es sind ihre Augen! Natürlich, ich hätte schon früher draufkommen können. Es muss an ihren Augen liegen, war er sich jetzt sicher. Wer weiß, was sie überhaupt noch mit ihren stumpfen Augen sieht? Oder hat sie bloß ihre Brille verloren? Dennoch, er ließ sich auf einen letzten Versuch ein.

Wir sollten langsam von hier weg. Die Nacht kommt bald, sprach er zu ihrem Rücken hin.

Dann sind wir zu dritt, meinte sie ernsthaft.

Ich wollte sagen, es wird bald finster, erklärte er ihr und spürte, wie seine Geduld am Versiegen war.

Ich fürchte mich nicht.

Was machen wir, wenn wir müde werden?

Hinlegen. Hier ist Platz für uns und die Nacht.

Wo warst du in der letzten Nacht?

Im Schlaf. Ganz allein in meinem Schlaf.

Hast du keinen Hunger?

Keinen.

Wo bekommst du zu essen?

Im Haus.

Er schöpfte wieder Hoffnung, Hilfreiches über sie zu erfahren.

Erzähl mir von dem Haus! Wie sieht es denn aus?

Es ist groß wie ... wie eine Kirche.

Wer lebt in dem Haus?

Immer wieder andere.

Alte Leute? So wie du?

Bin ich wirklich alt, Karl?

Du bist es und es macht mir nichts aus.

Schön von dir. Bin froh, dass du gekommen bist. Ach, Karl, du warst lange nicht bei mir.

Schon gut, Oma. Schau dich um! In welche Richtung sollen wir gehen?

Sie stand regungslos und schaute zu Boden.

Warten wir auf die Nacht. Sie bringt uns ein Licht. Dort gehen wir hin, Karl.

Also gut, wir bleiben, bis es finster wird.

Sie schwiegen eine Weile in sich hinein.

Aber wenn kein Licht kommt? Was machen wir dann?

Dann bleiben wir hier.

Bis zum Morgen? Bei diesem Wegweiser hier?

Ja.

Die Alte rührte sich nicht. Starr wie eine Puppe stand sie beim Schild und Eugen schaute im Rhythmus einer Wetterkamera nach allen Richtungen. Allmählich rückte der Horizont näher, die Dämmerung dimmte das Licht weg und die Alte begann zu summen. Töne, keine Melodie. Sie setzte sich auf den Boden, an den Wegweiser gelehnt, und summte vor sich hin. Mit dem Rücken zu ihr lagerte Eugen abseits an der Böschung. Erschöpft. Das Gespräch mit der Alten hatte Kraft gekostet.

Ein Motorengeräusch weckte ihn Stunden später. Ein Wagen entfernte sich, vergeblich schrie er ihm nach. Er näherte sich im Dunkeln vorsichtig dem Straßenschild und rief nach der Alten.

Er fand sie nicht. Hörte sie nicht. Sie war weg. Wohin sie gegangen war, wussten am Morgen die Krähen.

Vier Wochen lebte er nun als Tramp. Mit jedem Tag schien ihm sonderbarer, was er machte. Noch immer war er keinem Zweiten über den Weg gelaufen, der ohne Ziel unterwegs war. Was er machte, war nichts für Feiglinge, war er inzwischen überzeugt, auch nichts für bequeme Stubenhocker, die schon jammerten, wenn sie keinen günstigen Parkplatz für ihren SUV fanden. Mache ich etwas Außergewöhnliches? Etwas Altmodisches oder was sonst? Nehmen die Leute, die von zu Hause ausreißen wollen, nur rasch ihre Nordic Walking-Stöcke in die Hand, kurven zwei Stunden auf Wald- und Wiesenwegen herum und schwitzen ihren Frust raus, sodass sie nach einer Dusche wieder rundum zufrieden sind mit sich und ihrer Welt? Mit Weitwanderern hat sich einmal mein Weg gekreuzt. Mit dieser hochmotivierten Spezies, welcher der Leistungsgedanke aus beiden Augen leuchtet. Die in verplanten Tagesetappen denken und auf wirklich alles vorbereitet sind - bis auf den Weltuntergang. Die über mich die Nase rümpfen und mit einem Zucken ihrer verschwitzten Achseln den ehemaligen Taxilenker als Umherirrenden registrieren. Wobei sie ganz und gerne vergessen, was sie mit mir gemeinsam haben, bewegen wir uns doch alle schrittweise durch die Welt, die wir von unten erleben. Ein Einzelgänger würde er bleiben, war ihm bald klar. Abwartend, was ihm begegnete und wer ihm über den Weg lief. Er lebte in den Tag hinein, fand das Auslangen mit wenigen Wäschestücken, einer winzigen Seife, Zahnbürste und einem Handtuch, das an Sonnentagen von seinem Rucksack zum Trocknen hing. Die Wundpflaster für Zehen und Fersen waren nach der harten ersten Woche aufgebraucht. Ob ihn überhaupt wer verstand, dem er begegnete? Am ehesten ein Schüler, der von zu Hause ausriss, weil er nicht schaffte, was die Erwachsenen von ihm erwarteten. Nichts Peinlicheres vermochte er sich vorzustellen, als dass man nach ihm suchte wie nach einem pubertierenden Ausreißer.

Kein Himmel ohne Lachen

Nach dem Pfeifen ein Zischen, nach dem Zischen ein Dröhnen. Ein Zittern erfasst die Luft, dann explodiert die Zeit. Ein Knall und die Gegenwart senkt sich in unzähligen Bruchstücken auf den Wiesengrund. Die Schwerkraft rammt einen Flügel des himmelhohen Windrads in den Boden. Der fliegende Mensch und sein buntes Gerät fallen wie in Zeitlupe. Im lautlosen Sog des Todes. Die verbliebenen Rotorblätter drehen sich kurz gegen den Uhrzeigersinn weiter, dann sind sie aus dem Takt. Sie schlingern ächzend mit abnehmender Geschwindigkeit, bis der Turm plötzlich in Flammen steht. Unten rot, oben schwarz. Eine Feuerzunge wächst empor, sogleich zeichnet sich eine Rauchsäule auf den Himmel. Aus der Ferne starrt Eugen auf den brennenden Mast. Ein offenes Grab mit einem bizarren Mahnmal, das sich anklagend nach oben reckt. Hoch darüber klebt eine einzige Wolke, ausgefranst und erschöpft, als stünde ihre Auflösung bevor. Alles zu spät. Niemand kann dem Toten noch helfen. Das Bergen braucht keine Eile. Wie nach dem abrupten Ende eines Films schaut er auf die Szene vor sich. In seinem Kopf laufen Wiederholungen, bis er weiß, was er erlebt hat. Keine Illusion, keine Fiktion, die Realität eines Unglücks. Er will etwas tun. Hektisch verlässt er seinen

Rastplatz. Mit dem Knall ist seine innere Uhr stehengeblieben. Die Wasserflasche bleibt zurück. Einen anderen
Weg schlägt er ein, weit am Todeshügel vorbei. Weide-
zäune, mit Strom bewaffnet, kratzende Disteln, verblüh-
ter Löwenzahn. Er eilt einen steinigen Fahrweg dahin.
Keine Menschenseele, der er den Vorfall atemlos berich-
ten könnte. Das Gesehene treibt ihn vorwärts, Stunde
um Stunde, mit trockener Kehle. Bis er auf eine Ort-
schaft trifft. In der Mitte des verwilderten Dorfangers
eine Sitzgruppe an einem grün schillernden Teich, am
anderen Ende eine unauffällige Kirche mit einem niedrigen Turm. Vier Milchkannen, ein verwaister gelber Tret-
roller und ein roststarrer PKW ohne Kennzeichen. Könnte der Schauplatz für einen Film sein, denkt sich der
Wanderer. Die Kulisse für Das leblose Dorf.
Tragisch, so zu sterben. Wie alt war er?
Ich kenne ihn nicht, antwortet er dem nicht mehr jungen
Mann in Arbeitskleidung. Ein knöcherner Typ mit Eulenaugen, im Mundwinkel eine erloschene Zigarette. Gerade dabei, Risse in der Friedhofsmauer abzudichten.
Mh. Manchmal kommt der Tod schneller als eine gute
Idee, sagt der Einheimische, kratzt sich zwischen seinen
verbliebenen Haaren und neigt mehrmals seinen Kopf,
als wüsste er Bescheid.
Eugen hält das Gespräch für beendet und will sich ab-
wenden, als der andere ihn mit einer Frage festnagelt,
die nur zu gut zu diesem Tag passt. Seinen Namen oder

seine Herkunft zu verschweigen wäre für ihn ein Leichtes. Aber dieser nie gehörten Frage will er sich stellen. Nach allem, was er erlebt hat. Mit Leuten zu reden fällt einem Taxifahrer nicht so schwer. Auf die Wahrheit kommt's dabei weniger an. Warum denn gleich nach den Sternen greifen, wenn die Menschen unterhalten werden wollen?

Was würden Sie machen, wenn Sie nur noch eine Stunde zu leben hätten, mein Herr?

Über sein Ende hat Eugen noch nie nachgedacht. Mit 40 steht er mitten im Leben, da gibt es Interessanteres zu tun, als über das ferne Ableben nachzudenken. Noch immer trifft ihn der bohrende Blick des Mannes, von dem er sich nicht lösen kann. Die Friedhofsatmosphäre tut das Ihre dazu, dass Eugen freimütig antwortet. Der Respekt vor der ewigen Ruhe dämpft seine Stimme.

In dieser Situation hat es keinen Sinn, etwas nachzuholen, was man versäumt hat. Nur um noch schnell etwas zu erledigen, wozu man sich schon beizeiten hätte aufraffen können, wäre es wirklich wichtig gewesen. Für mich wäre das so unvorstellbar wie eine Henkersmahlzeit mit Genuss zu verspeisen. Gäbe es irgendeine Wahl für diese Stunde, so stelle ich mir vor, wie ich auf einer Blumenwiese im Sommer liege. Wie neben mir mein Hund sitzt und geduldig wartet, dass wir weiterziehen. Einsam wollen nur die Selbstmörder sterben, deswegen soll der Hund bei mir sein. Ich schaue zu, wie die Wolken am Himmel vorüberziehen, Erinnerungen gleich. Langsam rauche ich einen letzten Joint. Während ich dabei nach oben schaue, frage ich mich, ob es hinter diesem unvergleichlichen Blau etwas gibt, das für Menschen bestimmt ist. So ungefähr könnte ich mir die letzte Stunde vorstellen.

Was war das jetzt? Was habe ich gerade gesagt, denkt er sich unmittelbar danach. Peinlich, was mir eingefallen ist. Ein beschämendes Gefühl fährt in ihn hinein, als wüsste er nicht mehr, wo er das Taxi geparkt hat. Was ist da über mich gekommen? Mit seinen Eulenaugen muss mich der Typ hypnotisiert haben. Mir fällt doch sonst so ein Abgangskitsch nicht ein. Sowieso kein gewöhnlicher Tag heute. Erst fällt einer vom Himmel und fackelt ein Windrad ab. Dann renne ich stundenlang zum nächsten Dorf, wo schon der Mann des Todes mit seiner Frage wartet. Ganz schön viel für einen Tag.

Sie sind seit langem der Erste, der meine Frage ernst genommen hat. Ich bin tief beeindruckt, mein Herr. Danke!

Und Sie?, will Eugen jetzt wissen. Sie müssen doch darüber nachgedacht haben, sonst hätten Sie mir diese Frage nicht gestellt. Also, wie ist Ihre Antwort? Ich gehe nicht eher weiter.

In meiner letzten Stunde würde ich eine Spitzhacke nehmen und mein eigenes Grab ausheben. Dort, wo ich liegen möchte, und so tief, wie ich möchte. Es bringt mir auch kein Unglück mehr, wenn ich mit meinem Körper einen Schatten in die Grube werfe. Alter Aberglaube hier bei uns.

Verwundert meint Eugen: Tatsächlich? In Ihrer letzten Stunde wollen Sie schwer arbeiten?

Ja, so wie vorher auch. Ich bin nämlich hier der Totengräber, müssen Sie wissen, antwortet er mit einem Augenzwinkern.

Na dann.

Und danach?, setzt der andere nach, weil er inzwischen weiß, vor ihm steht einer, den auch todernste Dinge interessieren. Was kommt in Ihrer Vorstellung danach?

Gute Frage. Was kommt dann, wenn die Grube zugeschüttet ist, will er vom Einheimischen wissen und deutet unmissverständlich mit dem Zeigefinger nach oben.

Es will doch jeder in den Himmel. Oder nicht?

Kommt ganz darauf an, antwortet Eugen. Im so genannten Himmel möchte ich lachen können. Das erwarte ich in aller Bescheidenheit.

Die Antwort überrascht den Totengräber. Verdutzt schaut er den Fremden an und bringt kein Wort über die Lippen.

Ist doch schlimm genug, erklärt Eugen, auf die Freuden des Körpers verzichten zu müssen. Ein endloses Dasein ohne Brot, ohne Bier, ohne Sex sowieso. Traurige Sache, kann ich nur sagen. Aber ein Himmel, in dem auch noch das Lachen abgeschafft ist, muss der Ort einer unendlichen Langeweile sein. Was ist denn das Lachen anderes als eine harmlose und friedliche Freude für die Seele? Was ist das Lachen anderes als der Beweis für die Heiterkeit der Seele? Ein Himmel ohne Lachen wäre wie ein Meer ohne Wasser.

Während des letzten Satzes erschrickt er. Ihm wird bewusst, auf welches Lachen er vergessen hat. Das spöttische, das sarkastische, das zynische Lachen wird mir der Mann an der Friedhofsmauer gleich vorhalten. Er wird beinhart aufzeigen, wohin ich mich verrannt habe mit meinem lustigen Himmel. Unhaltbar, alles andere als gescheit, was ich von mir gegeben habe. Am besten, Sie denken noch einmal darüber nach! Solches erwartet der auf Kritik gefasste Eugen von seinem Gegenüber, der als Totengräber wohl schon viel Unsinn über dieses dubiose Jenseits gehört hat.

Mit seiner Antwort stellt er sein Verständnis für menschliche Schwächen und Fehler unter Beweis. Nicht einmal ein Augenzwinkern der gespielten Zustimmung nimmt Eugen an ihm wahr.

Interessant, was Sie sagen. Ich hoffe für Sie, es gibt ein Jenseits für lachende Seelen. Wir werden es erleben, auch wenn dieses Wort nicht recht passt. Der eine früher, der andere einen Wimpernschlag später, wenn man die Ewigkeit bedenkt.

Beide haben durch ihr Gespräch auf den verunglückten Gleitschirmflieger vergessen. Die Sirene der Feuerwehr aus einem Nachbardorf ist ertönt, doch der Tod hatte ihre ganze Aufmerksamkeit.

Eugen spürt den lästigen Durst wieder und fragt nach einem Brunnen. Ein komischer Vogel, denkt er sich beim Weitergehen, gräbt sich seine Grube selbst. Wie ausgestorben dieses Dorf. Nicht einmal ein Hund zeigt sich und kläfft ihn an. Alle verreist? Oder nur der Sale-Start eines Outlet-Paradieses? Nach fünf Mal Pumpen kommt endlich kaltes Wasser aus dem Dorfbrunnen und macht seinen Kopf wieder klar, von innen und außen. Die Trinkflasche liegt dort, wo die Leichenstarre wie ein Geier über dem toten Flieger kreist. Eugen geht nicht mehr zurück.

Seit du die Notizen über die Spiegelelsa neben den Kosmetikartikeln versteckst, riecht das Schreiben nicht mehr nach der Unfallstation. Es wird von einem Duft begleitet, der deine Stimmung hebt. Acqua di Gioia. Riecht traumhaft, dieses Freudenwasser.

Deine Hände sind doch schon rein, so lange, wie du sie unters Wasser hältst. Oksana hat sie heute beobachtet und im Ton einer Oberschwester hinzugefügt: Eine halbe Minute Waschen reicht völlig. Das sind 30 Pulsschläge und nicht einer mehr! Hast du etwa einen Waschzwang? Soll in unserem Beruf vorkommen. Ganz leicht ist ihr das unangenehme Wort über die Lippen gekommen. (Lag es an den Mitlauten, die in ihrer Muttersprache dominie-

ren?)

Als sie weg war, hielt sie ihre nassen Hände vor den Spiegel. Niemand stand hinter ihr. Niemand konnte ihre Gedanken erraten. Fängt so die Überforderung an? Hände haben ein starkes Gedächtnis. Sie merken sich, wie die Zähne geputzt werden wollen. Sie erfühlen den Unterschied zwischen Filz, Frottee und Flanell. Und sie vergessen nicht, nach welchen Körpern sie greifen mussten. Wild behaarte, fettige mit Schweißfilm oder von Falten durchfurchte Leiber mit dem abgestandenen Geruch des Greisenalters. Fühlt sie wie der blinde Patient des Vorjahres, der sogar glatte Oberflächen voneinander unterscheiden konnte? Nach einem Tag wusste er, ob er den Esstisch abtastete oder den Beistelltisch an seinem Krankenbett. Hände prägen sich Berührungen ein, ob wir es wollen oder nicht. Um vieles leichter als der Tastsinn lassen sich die Augen täuschen. Anderen würde sie eine psychologische Hilfe empfehlen. Aber wer weiß, Elsa, wo das noch hinführt? Die Angst vor diesem Risiko hält dich zurück. Deine Hände tun nur Gutes und fühlen sich am Abend schwerer an als Blei. (Als hätten sie eine eigene Psyche).

Soll sie Eugen fragen, wenn er heimkommt? (Oder so tun, als hätte sie ihn vom Radweg aus nicht gesehen?)

Sie war jünger, sah erholt aus, ein anderer Typ als sie. Eine Frau, mit der sich jeder Mann gerne zeigt. In deren Gegenwart selbst ein Parkplatzkontrollor zum Charmeur wird. Er hat sie angelacht, als sein Taxi vor der Ampel halten musste. Soll sie ihn fragen, wo die Fahrt hinging? War diese Junge eine ehemalige Patientin der Frauenabteilung? Die Snowboarderin, die sich gerne bei den männlichen Patienten aufgehalten hat? Wäre ein guter Grund für eine unangenehme Frage. Kommt er demnächst nach Hause, könntest du an seinem Hals riechen. Wie zufällig vor einem Kuss (danach wäre schlauer). Vorne bei ihm ist sie gesessen (mit Absicht?). In der Position kann der Fahrer ihre Beine studieren, ihr Parfum besser riechen (weiß Eugen, dass Düfte mehr versprechen, als sie halten?). Ich habe jemanden kennengelernt – wäre das seine Einleitung? (Elsa, du machst dich noch verrückt!)

Sein Blick wies ins Bedeutungslose, als hätte er vorige Woche nach dem Alter ihrer kleinen Nichte gefragt. Als wäre es ein harmloses Thema, von einem belanglosen Zufall herbeigeweht. Wolltest du dir jemals ein Tattoo machen lassen? Sie stutzte und wunderte sich über seine Frage. Wie kommst du überhaupt auf diese Idee? Nichts leichter als das. Beim derzeitigen warmen Wetter sind die Textilien knapp. Ein Taxifahrer sieht jetzt mehr nackte Haut als sonst. Aber denk nicht mehr darüber nach, es war nur eine Frage. (Dein Argwohn meldet sich an schlimmen Tagen, wenn er von Erlebnissen auf seinen Fahrten erzählt.) Sie blockte die Versuchung ab, sich vorzustellen, bei welchem Frauentyp er die Hautritzungen gesehen haben könnte. *Nixen und andere Wesen aus dem Bilderbuch der Vulgärerotik - so überflüssig wie der dreist heranwachsende Hallux an deinem linken Fuß, Elsa. Selbst die langweiligsten Körperzonen erregen Aufmerksamkeit, wenn die Nadel eine gelungene Schürfarbeit hingelegt hat,* begann deine Antwort. *Wer sich auf diese Art verschönern lässt, mein Lieber, dem fehlt es an etwas, dieser Mensch hat zu wenig ... Selbstwertgefühl.* Sie erzählte noch von einem muskulösen Mann, der am Schultergelenk operiert werden musste. Mit maskulinem Stolz hat er auf das Tattoo hingewiesen, das an der lädierten Stelle posierte. Zu seinem Pech wurde die frivole weibliche Brust vom Chirurgen durchgeschnitten. Er muss jetzt damit leben, einen amputierten Busen an der Schulter zu haben. Und abgesehen von diesem Unglückspatienten lässt deine Frau keinen Tätowierer an ihre Haut (hast du mit Nachdruck gesagt). Sie ist ein hochsensibles Organ. Dünn. An manchen Stellen zu dünn. Ich bin da empfindlich, wie du weißt. Er verstand und verlor kein Wort mehr darüber.

Warten

Manche Tage schlichen ereignislos dahin gleich dünnen Wolken bei Nacht, am nächsten Tag ohne Erinnerung verschwunden. Eine Hitzeperiode saugte ihn aus wie hohes Fieber und lähmte seine Motivation, zügig weiterzuziehen. Sein Tagespensum schrumpfte, ab den Mittagsstunden hielt er sich am Ufer von Flüssen oder tieferen Bächen auf. Er legte sich flach in das fließende Wasser, das über seinen Kopf rann und die Müdigkeit wegspülte. Allmählich verlor so sein Körper an Gewicht. Keine schmerzenden Stellen mehr, eine angenehme Kühle breitete sich von den Füßen bis zum Nacken aus. Die sanfte Betäubung tat seinen Muskeln und Gelenken gut. Er spürte den Sand und die runden Steine, als hätten sie ihm eine Liege bereitet.

Manchmal spielte er mit dem Gedanken, noch am selben Tag im nächsten Bahnhof eine Fahrkarte ans Meer zu kaufen, schließlich ging es um nichts. Genau genommen um gar nichts. Niemand würde je erfahren, wie er ans Ziel gekommen sei. Es spiele doch keine Rolle, ob als Anhalter, mit der Eisenbahn oder in soundsovielen Tagesmärschen. Je schneller er vorankomme, desto länger gehöre ihm der Süden. Obwohl es um nichts ging, verwehrte ihm etwas das Aufgeben. Es war diese flimmernde Aussicht, bis zu einem Ort zu gelangen, der auf ihn wartete. Wo sein Leben in eine neue Route abbiegen könnte. Im nächsten Moment fluchte er auf den Schweinehund in seinem Inneren. Ich bin kein Autofahrer mehr, der sich bequem an sein Reiseziel befördert. Daheim habe ich mich für den Fußweg entschieden und es gibt keinen zwingenden Grund, ihn zu beenden. Morgen früh ist es wieder kühler, dann bin ich wieder auf den Beinen. Mittagshitzemüde ließ er seinen Rucksack auf den sandigen Boden und anschließend sich selbst auf die Wartebank fallen. Welcher Regen Momente später einsetzte, ahnte nicht einmal der korpulente Mann unter seinem abgegriffenen Strohhut. Sein Gesicht war dabei, über die Ufer zu treten. Interessiert beobachtete er, was in seiner Nähe passierte. Straßenkino aus der ersten Reihe, in den Pausen Unterhaltung durch eine Gratiszeitung. In einem alten Kriminalfilm stellt ein Mann wie er einen Augenzeugen dar, auf dem die Kamera den entscheidenden Moment länger verweilt, damit sich der Zuschauer sein Gesicht einprägen kann. Einer, der noch eine Rolle spielen wird. Einer, der zur Aufklärung des Verbrechens beiträgt oder selbst involviert ist. Seinen Augen entgeht nichts. Und er weiß um seine Bedeutung, weshalb er bereitwillig im Hintergrund der Szene bleibt. Der Korpulente steckte in einer fleckigen Hose und saß breit auf der zweiten Bank, die ein Busunternehmen in das Wartehäuschen gestellt hatte. Für ein bequemes

Verweilen vor dem weiteren Weg.

Was manche für ein Glück haben, murmelte er, schob seinen Hut in den Nacken und blätterte das Kleinformat um. Eugen drehte sich zur Rückwand hin und stellte sich taub. Von Glücklichen wollte er an einem Tag, der einer unbequemen Nacht in einer quietschenden Hollywoodschaukel folgte, nichts hören. Völlig grundlose Eifersucht, von der Elsa geschrieben hat. Ein Taxilenker hat nicht immer Glück mit dem Fahrgast. Lieber mit Frauen als mit Männern, das schon. Lieber mit hübschen Jungen als faltigen Alten. Aber der Umgang mit ihnen ist reine Routine. Da steckt nicht mehr dahinter. Ist doch gleich eine andere Atmosphäre im Wagen, wenn sich eine sehenswerte Frau zu ihm setzt, gut aufgelegt ist und vielleicht ein wenig nackte Haut zeigt, egal ob an den Beinen oder weiter oben. Selbstverständlich verdient sie dann ein spezielles Lächeln, aber ohne die Absicht, von der die alarmierte Elsa schreibt. Man wird entschädigt für das Warten auf dem Standplatz, weil viele Frauen bei gutem Wetter jetzt lieber mit dem Rad fahren. Hat dem Gewerbe noch gefehlt, die Erfindung dieser Elektroräder. Sieht nicht nach einer vorübergehenden Mode aus.

MIT DIR BIN ICH NOCH LANG NICHT FERTIG. Ein Sprayer mit Schulabschluss hatte seine Botschaft an einen Unbekannten aufgesprüht. Oder galt die Schrift einem Mädchen, das ihm den Laufpass verabreicht hatte? Die Warnung lieferte wohl keinen Gesprächsstoff mehr, wenn der Überlandbus heranrollte. Einmal um 7.48 Uhr, das zweite Mal zu einer unlesbar gewordenen Zeit. Hinter der besprühten Glaswand stand ein Vorort im Regen, als hätte ihn der Bürgermeister beim Pokerspiel verloren. Hauseinfahrten mit Messerschnitt-Thujen. Ein Mann im Rentenalter polierte seinen Opel Kadett mit Hingabe, bis er aufgab. Den Wagen wäscht er öfter als seine Füße, war Eugen überzeugt. Nach dem Regen würde er von vorne beginnen. Wasserränder bekommen bei ihm keine Chance. Chrom muss glänzen. So viel Mühe muss sein, wenn es ums eigene Auto geht. Auch wenn es kein Mercedes-Taxi ist.

Eugens Kappe hing zu Hause. Sie taugte einfach nicht bei Starkregen. Der silberne Stern glänzte bei Tag und Nacht, solange es trocken blieb. Goss es aus vollen Kübeln, bot die schwarze Kappe keinen Schutz gegen die Nässe. Irgendein Billigzeug aus Fernost. Ein enttäuschendes Fanshop-Produkt, das gegen die Qualität des Wagens keine Chance hatte. Was für ein miserables Bild könnte das geben? Zu Fuß im strömenden Regen wie ein obdachloser Flüchtling, mit einer triefenden Mercedes-Kappe auf dem Kopf, die schlapp gemacht hat. Blicke des Erbarmens brauchte er nicht. Gelächter hinter seinem Rücken schon gar nicht. Also ging er ohne Kappe. Und ohne Hut. Einen richtigen Hut tragen feine Herren oder reiche Bauern.

Das muss Sie interessieren, was in der Stadt in einem

Riesenrad passiert ist.

Eugen war erleichtert, vom Mann mit dem Strohhut nicht die lästigen Dauerfragen zu hören, wo er denn herkäme und wo er hinwolle. Er schaute kurz in seine Richtung und tat so, als würde er zuhören.

Das muss man sich vorstellen: Seine Krücken hat einer aus der Gondel geworfen, weil er sie nach der Fahrt nicht mehr gebraucht hat. Muss ein Kraftplatz sein, dieses Riesenrad, behauptet zumindest der Betreiber. Was meinen Sie?

Den Angesprochenen packte die Laune, die Wunderkraft des Riesenrads zu würdigen, und er erlaubte sich zum Spaß einen Abstecher ins Philosophische: Muss sich hinter dem, das wir nicht verstehen, ein tieferer Sinn verbergen?

Der andere zog sich achselzuckend zu seiner Zeitung zurück und drehte sich stumm zur Seite.

Eugen wartete, bis der Regen nachließ, und erhob sich, um ein Auto anzuhalten. Mercedes blieb keiner stehen.

Laufen Sie vor etwas davon?

Die weithin winkende Wäscheschau an der Leine präsentierte die Ordnungsliebe einer Frau, deren vollreifes Alter die gesittet wehenden Wäschestücke verrieten. Eugen witterte eine Gelegenheit, die eigenen Klamotten zu waschen, trat dem vom Efeu umklammerten Haus näher und entdeckte zu seiner Freude das Schild „Privatzimmer Schirmer" und das Fehlen von stolzen Gartenzwergen. Er drückte den Klingelknopf und rechnete schlimmstenfalls mit der Antwort eines knurrenden Hundes, aber niemand öffnete. Einzig ein Vorhang bewegte sich leicht und zaghaft wie die Wäsche, sodass er ein zweites Mal läutete. Nach einer Weile wurde ein Fenster aufgemacht und eine helle weibliche Stimme erklang.

Sie wünschen?

Guten Abend! Ich bin auf der Durchreise, gnädige Frau, sprach er zum Vorhang. Kann ich zwei, drei Tage bei Ihnen wohnen?

Keine Antwort von drinnen. Nach einer Weile ging die schwere Haustür auf und eine ältere Frau erschien in einem geblümten Hauskleid, unter dem er einen artigen, seidenglatten Unterrock vermutete. Das silbergraue Haar Frau Schirmers war in frische Dauerwelle gepresst.

Treten Sie näher! Ich möchte Sie genauer betrachten, wenn Sie gestatten.

Er öffnete das Tor und ging auf die vorsichtige Vermieterin zu, blieb jedoch in einem Respektabstand stehen und nannte seinen Namen.

Sie scheinen Manieren zu besitzen, Herr Noland. Wissen Sie, wer statt zu grüßen nur Hallo zu mir sagt, bekommt kein Bett. Denn solch ein Benehmen empfinde ich als ungehörig, wie Sie gewiss verstehen. Ich führe nun mal keine Jugendherberge, wie man sehen kann. In einem Bürgerhaus haben althergebrachte Umgangsformen ihren unbestrittenen Platz, die modernen Schludrigkeiten kann ich nicht um die Burg ausstehen, nicht wahr.

Das verstehe ich gut, Frau Schirmer.

Dann treten Sie ein, aber Ihre Schuhe bleiben draußen!, bestimmte sie in strengem Tonfall.

Mit Vergnügen!, antwortete er unverzüglich und in devotem Tonfall.

Das Wohnzimmer führte Eugen unversehens in die 60er Jahre. Auf der Kommode hockte ein überheblich blickender Porzellanschwan aus dem Nippes-Universum auf einem gehäkelten, rosafarbenen Herzen, daneben ruhte eine Keramikschüssel mit Pfefferminzbonbons und Kokoskuppeln. Während Dürers Feldhase noch überlegte, ob er nach nebenan in die blühende Wiese Monets hoppeln solle, wartete der Besucher, bis die Hausherrin ihm einen Platz anbot. Als sie später den Zimmerpreis nannte, schlug Eugen ungeniert vor, statt der Bezahlung Arbeiten in Haus und Garten verrichten zu wollen, wobei er im Besonderen seine Erfahrung mit Malerarbeiten hervorhob. Er würde auch die wuchernde Hecke schneiden, wenn er dafür seine Wäsche waschen dürfe. Es sei längst fällig, wie man aus der Nähe riechen könne, wagte er hinzuzufügen.

So, so. Ihr Ansinnen kommt überraschend. Sie wollen mir tatsächlich zur Hand gehen und dafür umsonst wohnen. Merkwürdig, muss ich schon sagen. Ist mir noch nie passiert. Ma-chen Sie das öfter, Herr Noland?

Natürlich, so spare ich Geld und meine Wäsche wird wieder sauber, Frau Schirmer.

Ich denke, Sie sind ein ungewöhnlicher Gast. Ich frage mich, was mein verstorbener Mann dazu sagen würde. Er war zeitlebens misstrauisch, wie es sich für einen Bezirksrichter auch gehört. Jetzt kommen Sie näher, schauen Sie mir in die Augen und sagen Sie mir, ob ich nachts vor Ihnen sicher sein kann. Man weiß ja nie, wenn jemand knapp bei Kasse ist, was so alles passieren kann.

Eugen näherte sich der unsterblichen Aura von 4711 und beteuerte mit ernsthafter Stimme: Ganz besonders nachts, Frau Schirmer, sind Sie vor mir sicher.

Mit einem seiner ehrlichsten Blicke unterstrich er seine Beteuerung, weil ihm zu spät bewusst wurde, wie man den Satz hätte missverstehen können.

Na gut, ich will Ihnen glauben. Sie wollen jetzt sicher Ihren Rucksack auspacken und sich frisch machen. Ich rufe Sie später zum Nachtmahl. Aber ich kredenze Ihnen nur eine Kleinigkeit, die ich Ihnen zur Stärkung empfehlen möchte, Herr Noland. Ihr Name, mit Verlaub, klingt musikalisch. Eugen Noland. Da höre ich ein Allegro moderato. Köstlich, dieser Klang. Jeder Pianist könnte sich glücklich schätzen, so zu heißen. Aber jetzt entschuldigen Sie mich, ich habe in der Küche zu tun.

Während die beiden die dampfende Erdäpfelsuppe leise löffelten, erscholl der sonore Klang einer Pendeluhr. Sie schlug die Zeit tot und das gleich viermal in der Stunde, wie Eugen beim langsamen Verzehr von Butterbroten mit Gartenradieschen feststellte. Wie Elsa schnitt Frau Schirmer ihr Brot zunächst penibel in mundgerechte Stücke. Eugen hielt sich nicht damit auf, sondern biss hungrig in sein belegtes Brot. Zu Hause hätte er einen kurzen Blick des Missfallens geerntet, während Frau Schirmer sich wohl dachte, Gottlob, er schmatzt zumindest nicht, dieser sonderbare Gast.

Und Sie machen einen Wanderurlaub oder hab ich Sie das schon gefragt, Herr Noland?, erkundigte sich die Gastgeberin beim Abservieren.

Es ist nicht das, was andere unter Urlaub verstehen. Ich führe zurzeit ein ziemlich ungewöhnliches Leben, wahrscheinlich bin ich einer der letzten Nomaden in Mitteleuropa.

Ach! Was Sie nicht sagen, reagierte sie erstaunt. Haben Sie denn gar kein Zuhause, Sie Unglücklicher?

Schon, aber seit meine Frau in Afrika arbeitet, bin ich viel unterwegs.

Beträchtliches Staunen zog ihre Augenbrauen in die Höhe und faltete ihre Stirnrunzeln auf.

Kaum zu glauben, also das hätte ich mir nicht gedacht. Sie machen doch ansonsten einen ordentlichen Eindruck, wenn man Sie so betrachtet. Dann sind Sie streng genommen gar nicht sesshaft, Herr Noland. Wollen Sie etwa auch bis nach Afrika?

Nein, sicher nicht. Aber sesshaft zu sein bedeutet mir jetzt nicht so viel wie den meisten Menschen. Nach einer Woche am selben Ort fühle ich mich schon wie eingegraben, wenn Sie verstehen, was ich meine, tischte er eine saftige Übertreibung auf.

Sie Ärmster! Verzeihen Sie mir eine ziemlich indiskrete Frage, Sie müssen mir aber keine Antwort geben. Ich bin jetzt ganz gegen meine Angewohnheit ein klein wenig direkt: Laufen Sie vor etwas davon?

Eugen lachte laut und entgegnete: Nein, Frau Schirmer, ich laufe vor niemandem und vor nichts weg. Ich bin unterwegs, solange es mir gefällt, und habe kein genaues Ziel. In meinem Leben gleicht kein Tag mehr dem anderen und die Wege sind so verschieden wie die Menschen, denen ich begegne.

Nachdenklich geworden verstummte die alte Dame, schüttelte bedächtig ihren Kopf und verschanzte sich schließlich hinter ihrem verstorbenen Ehemann.

Mein Friedhelm hätte jetzt wohl gesagt: Ordnung ist das halbe Leben, nicht wahr?

Gut und schön, aber woraus besteht die andere Hälfte?

Sie bringen mich ganz durcheinander mit dem, was Sie so sagen, seufzte sie aufgeregt.

Ich werde mich lieber zurückziehen. Es steht Ihnen frei, ein gutes Buch aus dem Regal zu nehmen, es gibt genug davon, wie Sie dort sehen. Fernsehapparat ist keiner im Haus. Sie werden doch wohl nicht glauben, ich lasse diese verrückte Welt in mein ruhiges Wohnzim-mer. Schon mein Gemahl hat sich gefragt, wo mehr Narren am Werk sind: in der Politik, in der Finanzwelt oder in der Unterhaltungsbranche. Bescheidenheit und Vernunft sind heute nicht mehr begehrt. Alle tun so, als ob man sich dafür schämen müsste. Ich verspreche Ihnen: Unter meinem Dach werden Sie ungestört schlafen, so still ist es hier nachts. Ich konnte sogar die künstliche Herzklappe von meinem seligen Friedhelm hören, wenn ich wach gelegen bin. Vor drei Jahren ist seine Lebensuhr dann stehen geblieben. Um 5 Uhr 40. Für immer. Nach einem leisen Seufzer fügte sie hinzu: Nun denn, ich wünsche Ihnen eine gute Nacht und vergessen Sie nicht, die Lichter abzudrehen!

Gute Nacht, Frau Schirmer, und aufrichtigen Dank für die Unterkunft!

Sie muss eine höhere Tochter gewesen sein, vermutete Eugen bei genauerer Betrachtung des Wohnzimmers, eine aus besserem Haus, die an der Seite ihres Richtergemahls ein stilles und behütetes Leben geführt hat. Aufgewachsen in einer Zeit, als man zum Gehsteig noch Bürgersteig sagte. Jederzeit kann sie sich für ihre Ansichten die passende Bestätigung von der geblümten Wand holen, wo der Sinn seine ehrwürdigen Sprüche macht.

O Freund, das wahre Glück ist die Genügsamkeit,

Und die Genügsamkeit hat überall genug.

Die Worte des Dichterfürsten sprangen Eugen ins Auge, dann wandte er sich ab.

Wenn meine Wäsche trocken ist, bin ich wieder weg, entschied Eugen noch vor der ersten Nacht unter dem Dach Frau Schirmers. Hier wohnt die Vergangenheit. Ist ja ein Museum, dieses gutbürgerliche Haus!

Den magenschonenden Milchkaffee trank sie am nächsten Morgen, wobei sie ihren kleinen Finger vom Tassenhenkel abgespreizt in Richtung Spruch des Tages hielt. In seiner laienhaften Beurteilung schwankte er zwischen einer beginnenden Arthrose und einer in ihren Kreisen üblichen Manier. Mehr Kopfzerbrechen bereitete ihm das einsame Kipferl, das er mit einer dünnen Butterschicht und der als hausgemacht gerühmten Marmelade geschmacklich aufbessern sollte. Er saß vor dem frugalen Frühstück wie ein Schüler vor einem Rechenbeispiel, von dem er nicht wusste, was er damit machen sollte. Sein Blick schwenkte vom Kipferl zur Tasse, von dort zur Marmelade und wieder zurück. Was er vor sich sah, machte ihm wenig Freude, aber er wagte es nicht einmal, sich zu räuspern. So erlebte er das Frühstück als innere Einkehr, um sich auf den bevorstehenden Tag einzustimmen. Gibt es bürgerliche Klöster, fragte er sich mit dem verhaltenen Geschmack von Himbeermarmelade im Mund. Wenn ja, dann könnte Frau Schirmer ein solches Laienkloster führen.

Ich bin untröstlich, entschuldigte sich die aufmerksame Gastgeberin, wenn das Frühstück Ihren Erwartungen nicht entsprechen sollte. Aber mein Mann und ich sind an Wochentagen immer ohne Eier, Schinken oder besonderes Brot ausgekommen. Nur zu hohen Feiertagen haben wir ein bescheidenes Gabelfrühstück zu uns genommen.

Alles bestens!, entgegnete Eugen in Hinblick auf seine Schmutzwäsche diplomatisch, der Genügsame gibt sich schnell zufrieden.

Vortrefflich! Das will ich meinen, Herr Noland.

Tagsüber schnitt der Logie-Gast die nach Friedhof riechende Thujenhecke mit angelegtem Winkelmaß zu einer geraden Wand, über die nur Großgewachsene blicken konnten.

Die Visitenkarte des Hauses hat einen gepflegten Eindruck zu machen, hatte die besorgte Witwe ihn zur maßgenauen Arbeit ermahnt.

Seine Schmutzwäsche vertraute er einer Waschmaschine aus einer Epoche an, als die Telefonapparate an den Wählscheiben zu erkennen waren und wie eine warnende Straßenbahn klingelten. Er setzte seine Zeitreise fort, als er auf einer Kommode eine handlich-kleine Fibel einer Villacher Firma entdeckte, welche den Rat suchenden Hausfrauen der fünfziger Jahre einen gemischten Strauß liebevoller Empfehlungen mit auf den aufregenden Weg in den Sonntagsausflug überreichte. Der um das Wohl der Familien besorgte Verfasser übte sich in Bescheidenheit, indem er seinen Namen und manch Wichtiges seiner Weltanschauung verheimlichte, geizte jedoch keineswegs mit lobenswerten Hinweisen für das Gelingen einer ganztägigen Autofahrt.

Ein Sonntagsausflug mit dem säuberlich gewaschenen Automobil ist ohne den richtigen Proviant nur das halbe Vergnügen. Und was nehmen Sie mit? Bitte, nicht immer nur diese phantasielosen Butterbrote! Wählen Sie für Ihre Proviantdose lieber eines der vielen Biskuits, Früchtebrotarten, Sand- oder Streuselkuchen. Auch Mürbteig mit Nuß- oder Mohnfülle ist zu empfehlen. Am besten bewährt sich beim Verpacken die rechteckige Form des Backwerks, also entweder ein Strudel oder etwas Gebackenes in Kastenform. Dürfen wir Ihnen einen Rat geben?

Schneiden Sie den Kuchen schon daheim in Scheiben und fügen Sie diese dann wieder zur Kuchenform aneinander. Auf der grünen Wiese kann man schlecht Kuchen aufschneiden – und dann soll es schon vorgekommen sein, daß man das Messer daheim vergessen hat! Im Übrigen – den Kuchen backen Sie am besten am Tage vorher, sodaß er gut ausgekühlt ist. Sonst gibt es zuviel Krümel! Der umsichtige Fahrer wird Ihnen dankbar sein, wenn Sie ihm vom Beifahrersitz aus hin und wieder ein Stückchen Keks oder einen strohblonden Zwieback in den Mund schieben. Das belebt und erfrischt wirklich!

Es ist weder bekannt noch überliefert, welches Kochgenie zuerst auf die Idee kam, kleine, salzige Bäckereien herzustellen, die für das Picknick am Waldrand vorzüglichst geeignet sind. Dieser findige Kopf war nicht nur ein guter Koch, sondern außerdem ein ausgezeichneter Kenner des menschlichen Magens und der menschlichen Seele. Die leichten, luftigen Stangerl schmecken herrlich und verhindern, daß Ihre Kleinen sich mit dem vielen Süßen den Magen verkleben. Salzbäckereien machen irgendwie friedlich. Man sitzt gemütlich in Gottes freier Natur, man plaudert angeregt und spürt die kleinen Stangerl zwischen den Fingern; ganz besonders die Nichtraucher freuen sich, weil ihre Hände etwas zu tun haben, wenn sie das pikante Gebäck auf der Zunge zergehen lassen. Eingesponnen in Behaglichkeit fühlt man sich rundum *zufrieden, bis man schweren Herzens die Heimfahrt antreten muß.*

Auf das Angenehmste berührt legte Eugen das mit Backrezepten reichlich ausgestattete Druckwerk zur Seite und öffnete die Waschmaschine.

Wegen des trockenen Wetters drückte Frau Schirmer ihm am Nachmittag einen Pinsel in die Hand, um die dunkelgrünen Fensterläden auszubessern.

Für die Nachbarn sind Sie ein entfernter Verwandter meines Mannes, Herr Eugen, damit wir uns richtig verstehen. Schließlich könnte sonst jemand denken, ich würde einen Schwarzarbeiter bezahlen. Undenkbar, welche Schande, entstünde ein solches Gerücht!

Nach dem mit Liebe zubereiteten Nachtmahl blätterte Eugen in seinem Zimmer in einem gewichtigen Buch mit dem Titel „Nachsommer". Er wollte erfahren, ob der Dichter seine Denkmäler und Straßennamen wirklich verdient hatte. Sein Puls ging rascher, als er wollte, in den Einschlafmodus über, ständig fielen ihm die Augen zu. Von Seite zu Seite quälte er sich gähnend weiter, bis endlich was passieren würde. Erst das Erscheinen einer nicht näher beschriebenen Magd, die dem jungen Gast des bis ins Kleinste vernunftbetonten Rosenhauses ein gebratenes Huhn und dazu schönen rotgesprenkelten Kopfsalat kredenzte, ließ den darbenden Eugen kurz innehalten und mit Bedauern erkennen, welche Grenzen dem genussvollen Leben in einer fleischlosen Unterkunft der Gegenwart gesetzt sind. Enttäuscht ließ er den Wälzer seiner Beherbergerin zu Boden fallen und rettete sich in den Schlaf.

Sehr verehrte Frau Schirmer!
Es wird Sie verwundern und enttäuschen, statt meiner Wenigkeit diesen einfachen Brief von mir vorzufinden. Mein unangekündigter Aufbruch im Morgengrauen wird Ihnen gewiss ungehobelt erscheinen, aber bevor mein Herz Anstalten machen konnte, sich in Ihrem idyllischen Kleinod heimisch zu fühlen, ließ ich mich heute zeitig von den munteren Vögeln Ihres Gartens wecken und dazu verleiten, meine Reise fortzusetzen.
Es tut mir ehrlich Leid, dass die in Aussicht gestellte Erneuerung der Vorzimmertapeten meinem Eigensinn zum Opfer fällt, aber ich bin mir sicher, dass die bisherigen auch weiterhin Ihre Gäste das behagliche Flair der Unvergänglichkeit spüren lassen. Möge die mit Hingabe von mir gebändigte Hecke noch lange ihre geometrische Geradlinigkeit bewahren und nehmen Sie mir bitte nicht krumm, dass ich Ihr bekömmliches Frühstück nicht abgewartet habe.
Vielen Dank dafür, dass meine Wäsche während der Nachtstunden auf Ihrer Leine trocknen durfte; die Unterhosen weisen noch eine gewisse Restfeuchtigkeit auf, der jedoch die Mittagssonne zu Leibe rücken wird, wenn ich wie ein verträumter Taugenichts am Wiesenrand

liege und das Wehen der Luft, das Wachsen der Getreide und das Glänzen des Himmels mit naiver Andacht bestaune. Ich folge damit der Empfehlung eines Ruhestifters, die ich heute Morgen in einem Ihrer Bücher gefunden habe.

Mögen in Zukunft noch viele Gäste bei Ihnen logieren, die ebenso zufrieden weggehen wie ich!

Mit aufrichtigem Dank

Eugen, der Streuner.

P.S.

Während ich gestern Abend, den letzten Bissen Ihrer köstlichen Böhmischen Dalken im Munde, die schweren Vorhänge des Wohnzimmers betrachtet habe, ist mir mit einem Anflug von Sentimentalität klar geworden, was uns gemeinsam ist: Wir leben beide mit dem Gefühl einer gewissen Zufriedenheit am Rande der Welt, auch wenn Ihr Platz weiter oben ist.

Er ist noch nicht lange weg. Die Aftershave-Wolke hängt noch im Bad. Vor Mitternacht ist die Dünne aus der Neurologie ausgerissen und hat in der Männer-Unfall ein freies Bett belegt. Sie dreht manchmal ihre Runden im Haus, wenn es ihr im Zimmer zu ruhig ist und draußen finstere Nacht. Das ganze Haus weiß inzwischen, wo sie hingehört. Beim Frühstück große Aufregung auf U 43. Der Trümmerbruch vermisst sein Brillenetui. Das letzte Geschenk seiner Mutter war am Abend noch da. Er nennt

Verdächtige ohne Unterlass und kann nur schwer besänftigt werden. Gut möglich, dass die Dünne das Etui an sich genommen und in einem Blumentopf oder sonst wo versteckt hat. Sie ist unberechenbar, ein altes Kind. Irgendwer hat ihr mühevoll beigebracht, keine schlafenden Patienten zu wecken und ihnen auch keine leisen Kinderlieder vorzusingen. (Guter Mond, du gehst so stille durch die Abendwolken hin, blickst so traurig und ich fühle, dass ich ohne Ruhe bin). Die Dünne kann nichts dafür. Doch ihre Umgebung leidet.

Auf dem Heimweg hast du die beiden wieder gesehen. Gepflegte Bärte (wie bei vielen modebewussten Männern derzeit) und brauner Teint. Die jungen Orientalen sind neben dem Eingang zur Bäckerei gestanden und haben geraucht. Sie müssen untätig warten, bis etwas mit ihnen geschieht. Bis die Behörde entschieden hat. Sie wissen, dass es lange dauern kann. Unerträglich lange für Geflüchtete, wenn sie jung sind. Elsa, du kannst nichts dafür, dass es dir besser geht. Trotzdem dieses diffuse Schamgefühl, wenn sich die Blicke treffen. Kaum auszuhalten. (Dein Leben: trotz manchem ein Privileg). Den Atem hast du angehalten vor Beklemmung. Ein Glosen hat sich unter der Haut verbreitet beim Hinschauen. Nach dem Einkauf hast du ihnen zugenickt und zwei Croissants geschenkt (Die Halbmondform war dir nicht bewusst dabei). Zigaretten kamen nicht in Frage (du kannst deinem Beruf nicht in den Rücken fallen). „Dank *schän!" war ihre verhaltene Reaktion. Verlegen oder misstrauisch waren sie, weil sie nicht wussten, was die Sache bedeuten soll. Zu Hause weißt du plötzlich nicht mehr, was du damit bezweckt hast. Dir kommt jetzt vor, du hast die Männer wie rumänische Bettler behandelt. Peinlich. Was machst du, wenn du ihnen wieder begegnest? Vorbeischauen kommt nicht in Frage. Feigheit ist dir fremd, dabei muss es bleiben. Mut ist ein Lebensmittel, hat die Großmutter immer gesagt. Wenn er fehlt, verhungert die Seele. Die beiden brauchen eine Beschäftigung, eine Aufgabe für ihre endlos langen Tage. Sollte man solchen Männern Gutscheine fürs Bordell anbieten, damit sie nachts die einheimischen Frauen in Ruhe lassen? (Wird wohl niemand verstehen)*

Der Mensch macht`s auch nicht besser

Tagein, tagaus unterschätzt man sie. Er rastete auf einem gefällten Baumstamm. Könnte eine Lärche sein. Aber was weiß schon ein müder Taxifahrer, der zufrieden auf seine Schuhe blickt. Geschätzt und gepriesen werden sie von ihren Machern. Weiß doch jeder Schuster: Füße sind so unterschiedlich wie die Sterne am Himmel. Sie sollen ihn heute hinauftragen auf eine Alm, eingepackt in diese Wegbegleiter aus Schweinsleder. Jedem liegt die Welt zu Füßen, wenn er auf den Gipfel kommt, redete er sich ein. Er spürte es bei jedem Schritt: Ein guter Schuh verkürzt den Weg. Schade, dass sie mich nicht sehen können, die Kollegen von der fahrenden Zunft. Niemals hätten sie mir das zugetraut, dass sich der Eugen verzupft. Quasi von einem Tag auf den anderen. Wie wenn er was angestellt hätte, ist er auf und davon. Wo hat er sich nur den Wandertrieb geholt, höre ich sie spotten, die Kollegen mit der losen Zunge. Und noch dazu verzichtet er plötzlich auf sein Auto. Freiwillig ist er nie weiter gegangen als rund um den Billardtisch. Und jetzt auf einmal diese Ochsentour. Kreuz und quer durch Österreich. Ob er den Jakobsweg auch noch anpackt? Als millionster Tippelbruder. Wie lange wird er durchhalten, der geborene Faulenzer? Zum Umdrehen ist es nie zu spät, Eugen. Macht nichts, wenn du nach sieben Wochen aufgibst. Unterwegs gewesen sein zählt mehr als jedes Ziel. Ein guter Chauffeur kann in jeder Sackgasse umkehren. Ich bin nicht mehr der Lahmarsch, für den ihr mich haltet. Bei nächster Gelegenheit schicke ich euch eine Ansichtskarte von einem Gipfel, Hüttenstempel inklusive. Ich habt doch alle keine Ahnung, was euch entgeht. Ihr haltet die Berge für einen Irrtum der Schöpfung, ein lästiges Hindernis für Mensch und Tier, und vergesst, welche Horizonte sich öffnen, wenn man vom Gipfel auf den Rest der Welt hinunterschaut. Mit dieser Vorstellung schleppte er sich auf eine Hochalm hinauf.

Willst die Macht von unserer Natur da heroben kennen lernen, dann geh die Serpentinen hinauf! Dort oben reißt es dir die Augen auf. Heut schlägt das Wetter nicht um und in einer guten Stund` bist auf dem Almspitz droben. Den Rucksack kannst bei mir lassen, da kommt schon nichts weg.

Eugen konnte sich nicht drücken, die Aufforderung der Almbäuerin ließ ihm gar keine Wahl. Welcher Mann blamiert sich schon freiwillig vor einer Frau, die aus einem harten Holz geschnitzt ist? Ihr straff gebundenes Kopftuch verbarg die Haare und arbeitete die Schroffheit des Gesichts heraus. Ein felsiger Kopf und helle Augen, die alles hinzunehmen schienen. Knöchern waren ihre Tage, von stiller Einsamkeit die Nächte. Der Nomade hatte es ohne große Worte am mühsam verlaufenden Abend erfahren. Arbeit, Wetter und Essen das Dreigestirn ihres Lebens. Aufstehen beim ersten Lichtstrahl, der auf das Fenster trifft, raus und die Kühe melken, als Frühstück zerrissenes altes Brot in der euterwarmen Milch schwimmen lassen, bis es weich ist. Als er sie nach dem Winter unten im Tal fragte, verstummte sie nachdenklich und meinte schließlich abweisend, das brauche im Sommer niemand wissen. Da könne er noch so gutmütig schauen, sie frage auch nicht nach seiner Familiengeschichte. Die Alm sei eben eine andere Welt und dabei bleibe es. Die ganze Zeit kamen sie ohne Namen aus. Sie nannte ihn Du und er tat es ihr gleich. Es gab keinen Dritten auf der Sonnalm, wo Eugen eine Nacht verbrachte. Sie saßen beisammen, bis die Kälte seinen Rücken hochkroch. Nach einem Tagewerk, wie sie es zu bewältigen hatte, will ein Körper nur mehr in Ruhe gelassen werden. Woher sollte sie die Lust nehmen, verstand Eugen, als er auf seiner Pritsche lag. Unter einer Pferdedecke plagte er sich langsam in den Schlaf. Der zottelige Hund, den sie Pakko nannte, lag im Freien. Er muss die Herde beschützen, dachte sich Eugen. Vielleicht kommt ab und zu ein Wolf oder ein Bär in gefährliche Nähe und versetzt die Kühe in Panik. Dann muss sich der Hütehund beweisen.

Im Weggehen hoffte er auf ein weiteres deftiges Käsebrot, das ihn bei der Rückkehr erwarten würde.

Pass du auf deine Hose auf, rief sie ihm noch nach, die langen Stacheln der Kratzdistel am Wegrand zerreißen den dünnen Stoff wie Butterpapier.

Zum Zeichen, dass er verstanden habe, hob er die Hand, ohne sich nach der ungepflegt wirkenden Sennerin umzudrehen. Er querte die Weide und verscheuchte die Fliegenschwärme von seinem Kopf. Die Sonne brannte auf ihn herunter, als müsste sie schon am Vormittag einen Waldbrand entfachen. Die Kühe standen im Schatten eines zerfledderten Unterstands und äugten gelangweilt zu ihm. Nach dem tiefen Kuhfladenpfad nahm ihn die Kühle des Bergwalds auf.

Währenddessen hackte sie Holz und bearbeitete den unfertigen Käse mit ihren kräftigen Händen. Am hölzernen Brunnentrog vor der spartanisch eingerichteten Hütte wusch sie ihren Kopf und den kräftigen Oberkörper. Ihre rotblonden Haare lagen kreuz und quer. Zweimal wurden sie geschnitten, am Ende des Winters und nach dem Almabtrieb im Spätherbst. Die feuchten Haare und den muskulösen Oberkörper bedeckte sie gleich wieder gegen die glühende Sonne und gegen hitzige Blicke fremder Männer. Wegen ihrer Nacktheit am Brunnen sollte niemals ein Missverständnis aufkommen, das einen Mann auf eine Idee bringen könnte. Wen sie an sich ranlasse, der müsste erst einmal hart arbeiten. Zeigen, dass er am Abend keine Blasen an den Händen aufweise. Macht sich so einer über die schwere Arbeit her, ohne lang nachzudenken, dann könnte sie mit ihm auch die Liebe probieren. Vorher habe er jedoch eine Bewährungszeit zu bestehen, einen Sommer lang, an sieben Tagen in der Woche warte Arbeit auf ihn. Der Fremde, der gerade im Bergwald schwitzte, schien ihr nicht der Geeignete. Taxifahrer ist er, hat er ihr am Vorabend gesagt. Sofort hatte sie ihr Bild fertig: Ein platt gedrückter Arsch, darüber ein weicher Rücken, die Finger geübt im Umblättern von Zeitungen. Natürlich entging ihr nicht, so einer ist höflich, aber damit melkt man keine Kühe. So einer wird niemals in Holzpantoffeln heimisch. So einer steht rum wie ein Windrad und hält sich für wichtig. Also hatte sie nichts dagegen, wenn so einer bald wieder weiterzog.

Je steiler der Steig hinaufführte, umso öfter fluchte Eugen, weil er dem muskulösen Weib wie ein naiver Bub nachgegeben hatte. Er schenkte den gelben Zungenblüten des Einköpfigen Ferkelkrauts keinen Blick. Die flüsternden Geräusche des Windes waren für das Ohr des Stadtbewohners zu leise. An seiner Nase zog der Geruch von Moos und frischen Pilzen unbemerkt vorbei. Er wollte hinauf, weil sie ihn neugierig gemacht hatte. Weil er nicht wie ein Schwächling umdrehen wollte. Keuchend wand er seinen Körper nach oben. Er war nahe am Verdursten, würde lieber vor dem Brunnen stehen und sein kaltes Wasser trinken, als aus dem Waldschatten zu treten. Sogleich hob er den Kopf und sah den kahlen Rücken des Almspitzes vor sich.

Hatte dort ein zorniger Riese mit einer gewaltigen Sichel alles niedergemäht? Baumleichen, so weit sein Auge reichte. Es musste ein Tobsuchtsanfall des Himmels gewesen sein. Ein Katastrophenfilm nach einem geheimen Drehbuch. Sämtliche Stämme lagen kreuz und quer, geköpft, gevierteilt oder mitsamt der Wurzel ausgerissen. Ein bizarres Werk der Vernichtung. Eugen stand wie angewurzelt vor dem Torso eines Bergwaldes. Ein Orkan hatte mit seinem Wüten vernichtet, was jahrzehntelang trotz Sturm und Schnee in die Höhe gewachsen war. Er drehte enttäuscht noch vor dem kahlen Gipfel um und verzichtete auf das Panorama von ganz oben. Rasch kehrte er der Ruinenschneise den Rücken zu und ließ sich von der Schwerkraft zur Alm hinuntertragen.

Warst droben?, fragte die Sennerin mit dem Brotmesser in der Hand, als er die Tür zuzog.

Freilich, nickte ihr Besucher.

Und, was sagst? Ihre Stimme klang müde. In der Nacht hatte er keine Schlafgeräusche von ihr gehört, als ihn der Wind mehrmals geweckt hatte.

Ich versteh's nicht, gab er zur Antwort.

Was verstehst nicht?, fragte sie und schaute ihm streng in die Augen.

Dass die Natur nicht davor zurückschreckt, sich selbst zu zerstören. In einem furchtbaren Massaker.

Sie ist halt so. Da hilft kein Beten und kein Herrgott.

Nach einer Pause fügte sie hinzu wie eine, die sich von keiner Hoffnung mehr täuschen lassen wollte: Der Mensch macht`s auch nicht besser.

Um halb drei stand der Assistenzarzt Leupold überraschend im Schwesternzimmer. Fragte sie, ob Schwester Elsa auch nicht schlafen könne. Bei ihm sei es jedes Mal dasselbe. Wenn es nach zwei Uhr sei, sei die Nacht für ihn gelaufen, an Schlaf sei dann nicht mehr zu denken. Er bat sie ins Untersuchungszimmer und legte seinen Ärztemantel schwungvoll ab. Sie nahmen an seinem Tisch Platz, dann schaute er sie drei Atemzüge lang geheimnisvoll an. Je länger er schwieg, umso weniger hielt sie den Versuch einer erotischen Intervention Leupolds für wahrscheinlich, dennoch saß sie ihm mit einem unbehaglichen Gefühl gegenüber. (Im Schutze der Nacht sind schon die seltsamsten Dinge passiert, wenn der Dienst das männliche Personal nicht gefordert hat). Ihr Gedächtnis forschte fieberhaft nach einer Entgleisung des Arztes, von der sie durch ein warnendes Raunen ihrer Kolleginnen erfahren haben könnte. Vergeblich. In der weiblichen Überlieferung lag gegen Leupold nichts vor. Er galt als unbescholten, was seinem angepassten Aussehen entsprach, wenn man von seinen knallgelben Gesundheitspantoffeln absah. Ein heimliches Laster habe er, rückte seinen Sessel näher zum Tisch und mit der Sprache heraus. Er würde sie gerne einweihen, wenn sie einverstanden sei und die Sache für sich behalte. Nicht recht wäre es ihm, wenn die ganze Abteilung von seiner heimlichen Leidenschaft erfahren würde. Kann ich mich auf Ihre Verschwiegenheit verlassen, Schwester?

Sie war sofort hellwach. Seit der ersten gemeinsamen Kaffeepause war ihr dieser Leupold nicht ganz geheuer. Sie hat ihn als Linkshänder erlebt (inzwischen auch in kirchlichen Internatsschulen toleriert). Aber wie er mit seiner Linken umrührt, hat sie noch nie beobachtet. Gegen den Uhrzeigersinn. (Muss einen guten Grund haben, den Löffel andersherum zu bewegen. Ihr anerzogener Respekt traut keinem Akademiker zu, etwas ohne guten Grund zu machen – zumindest am Arbeitsplatz. Und sei es etwas so Banales wie das gegenläufige Vermischen einer Prise Zucker mit heißem Kapselkaffee. Wollte er Extravaganz mit seiner Umrührtechnik zelebrieren? Oder schlicht und einfach ihre Aufmerksamkeit testen? Dass sie scharfsinnig und wach genug sei, noch vor dem Eintreten der Koffeinwirkung seine exklusive Umrührtechnik zu bemerken.) Mit offenem Mund beobachtete sie, was alles mit links geht, während ihr Kaffee auskühlte.

Durch ein kurzes Nicken bekundete sie ihm ihre Verschwiegenheit. Leupold holte aus der untersten Schreibtischlade einen Stapel Papier hervor. Er schreibe, gestand er endlich sein Laster, ohne ihr länger in die Augen zu schauen. Er bringe seine Einfälle zu Papier, wolle aber um alles in der Welt und schon gar nicht in diesem Kran-

*kenhaus mit einem Schriftsteller verwechselt werden. Ob
er ihr etwas vorlesen dürfe, fragte er sie unbeholfen. Sie
unterdrückte ihre Enttäuschung ob der ausgebliebenen
Sensation und reagierte zögerlich (ihre spontane Befürchtung, in einen kitschigen Arztroman hineinzugera-
ten). Er servierte ihr eine Geschichte, die sich tatsächlich
zugetragen habe. Sie hörte mit eingefrorener Mimik zu.
Seine Augen blieben beim Vorlesen an den Zeilen hängen, während ihr Unbehagen wuchs. Elsa fühlte sich ein-
geschlossen (verdammte Höflichkeit, du kannst nicht
einmal aufstehen und rausgehen. Ein Alarm wäre die
Rettung, dachte sie mehrmals).*

*Ausgerechnet in der Stadt Rom, wo alle Wege enden,
wurden zwei Nonnen auf ihrer Fahrt mit einem Lift einer
schweren Prüfung unterzogen, die in einem unbewohnten Trakt eines religiösen Zwecken dienenden Gebäudes
drei stockdunkle Tage andauern sollte. Seine Stimme
klang ganz anders als bei einer Visite, beinahe feierlich.
Ein Stromausfall setzte die Dienerinnen Gottes anhalten-
der Finsternis, qualvollem Durst und nagendem Hunger
aus. Als stundenlange Hilferufe ungehört blieben, meinte
die Ältere der beiden: Schwester im Herrn, wir tun am
besten so, als hätten wir keinen Körper. (Elsa schmunzel-
te kurz und dachte: Nächte schaffen Rätsel).*

*Die auf den klingenden Namen Immaculata Hörende
sandte stille Stoßgebete gen Himmel, damit der lästige
Harndrang ihre Schwesterntracht nicht beflecke und ih-*

rem Namen keine Schande bereite. Ihre Mitgefangene Selina, die sich entmutigt als Erste auf dem harten Kabinenboden niederließ, bedauerte seufzend die Entscheidung des unbekannten Ordens, auf Mobiltelefone zu verzichten. Sie gelobte für den Fall, dass sie jemals lebendig dieses Gefängnis verlassen könne, nie mehr nach freizügigen Fotos von Männern an den Zeitungsständen der heiligen Stadt zu schielen. Die qualvolle Zeit im Lift verging ihnen mit Schlafen und Beten, wobei im Besonderen die Litanei des schmerzensreichen Rosenkranzes ihnen Ablenkung und Erbauung brachte. Ob sie vermisst wurden, ob jemand nach ihnen suchte, brachten sie nicht zur Sprache. Sie wussten, es bräuchte nur einen einzigen rettenden Engel, der zu ihrer Befreiung käme.

Wie aufs Stichwort kam der Alarm. Dem Beckenbruch war die Decke vom Bett gerutscht.

Die Nonnen, erwähnte Leupold bei ihrer Rückkehr kurz, sind am dritten Tag von einer Putzfrau gehört worden.

Sie müsse ihm kein Kompliment machen, betonte er. Aber wenn sie ihm wieder einmal zuhören wolle, dürfe sie ihn sogar wecken. Schließlich sei sie jetzt eine Geheimnisträgerin. Der Arzt dankte ihr mit einem Lächeln und schenkte ihr das Textblatt. (Die römische Nacht mit Leupold, kommt zu den Berufsdokumenten). Mit dem seltsamen Gefühl, mit ihm ein Geheimnis zu teilen, begann sie ihre Zimmerkontrolle um halb vier Uhr.

Kuss einer Fliehenden

Menschen, die ihre brennenden Sorgen und Nöte in der nahezu intimen Umgebung eines Taxis dem freundlichen Fahrer anvertrauen, hat Eugen, als er diesem kommunikativen Beruf nachging, nicht selten befördert. Ein nächtliches Erlebnis mit einer äußerlich und innerlich aufgelösten Frau in den Dreißigern ergriff ihn so nachhaltig, dass er sein Leben zu verändern beschloss. Pfauchend und fluchend fiel die Genervte in sein Taxi, in den Armen eine wahllos zusammengeraffte Garderobe, an der Leine einen nervösen, aber stummen Zwerghund. Sie schlug die Tür im Fond zu und gleich darauf platzte eine Fontäne aus ihrem Mund: Abhauen! Nichts als abhauen! Nur wer abhaut, hat was vom Leben. Zum Bahnhof! Und ohne jeden Umweg, ich kenn mich hier aus!
Am Zielort verzichtete der nachdenklich gewordene Eugen auf das Fahrgeld mit den Worten: Meine Dame, ich danke Ihnen für Ihren Rat. Ob die Frau die Bedeutung seiner Worte verstand, interessierte ihn schon nicht mehr. Er werde seinem Leben eine andere Richtung geben, nahm er sich beim Verlassen des Bahnhofsgeländes vor .
Wir werden sehen, hatte wenige Tage vorher seine Lebensgefährtin am Flughafen gesagt, was von uns nach

dem halben Jahr überlebt hat. Wir werden es sehen, Eugen. Solltest du Sehnsucht nach mir bekommen, weißt du, wo du mich finden kannst. Vielleicht hat das Spital dort einen Job für dich. Also, mach`s gut, mein Lieber!

Die beiden waren damit nur mehr zwei auf verschiedenen Wegen.

Mit ihren Gedanken war Elsa schon im Flugzeug. Ihr flüchtiger Kuss traf Eugen tief. Nach der Sicherheitskontrolle winkte sie ihm nochmals zu, dann wandte sie sich rasch ab wie eine Fliehende. Schon am nächsten Morgen rüttelte ihn die Gelegenheit, die sich mit einem Mal vor ihm auftat. Warum beim alten Trott bleiben, fragte er sich, als er im Auto auf Fahrgäste wartete. Warum nicht den Tunnel des Alltags verlassen, der gut beleuchtet immer nur geradeaus verläuft? Einige Tage und Nächte überlegte er, wofür er sich entscheiden sollte. Bis diese Frau außer Rand und Band in sein Taxi platzte und ihn auf den Weg brachte. Bis er den Schalter umlegte und das Allernötigste im Rucksack verstaute.

In einer Salzburger Einkaufsstraße blieb er vor einem Schuhsalon stehen, in dessen Schaufenster die Exponate auf den Ablagen fehlten. Drinnen stand eine jung wirkende Frau in einem dunkelblauen Minirock mit dem Rücken zur Straße. Der Schleier ihrer langen Haare verhängte Ohr und Wange. Barfuß arrangierte sie neue Modelle zur Augenfalle für Damen aller Altersstufen. Jedes der teuren Stücke nahm sie in die Hand, ließ Form und Farbe auf sich wirken und überlegte kurz, in welcher Höhe sie am stärksten zur Geltung kämen. Eugens Aufmerksamkeit galt ihren Beinen, dem Spiel der Muskeln. Als Standbein dominierte das linke. Auf der unteren Hälfte der Wade klebte ein stilsicheres Tattoo. Das Schema eines Flügelschuhs ließ ihn an das Logo einer Reifenfirma denken. Auf Goodyear-Qualität konnte er sich stets verlassen. Der rechte Fuß berührte nur mit der Ferse den Boden und unterstrich mit seinen verspielten Pendelbewegungen ihre Unschlüssigkeit. Hin und her schwenkte sie das Spielbein, wie es Erdmännchen mit ihrem Kopf machen. Eine lässige Art, aus dem Fußgelenk heraus eine Entscheidung zu finden. Als sie mit dem Aufstellen fertig war, trat sie bis an die Glasscheibe zurück, ließ ihre Blicke langsam von oben nach unten wandern, anschließend wieder hinauf. Nein, so nicht! Unzufrieden schüttelte sie den Kopf, dann räumte sie die Ablagen wieder leer. Im nächsten Arrangement landeten die hellblauen Stiletto-Pumps auf der obersten Etage, schräg darunter ein ähnliches Paar in Korallenrot. Für die Klassiker in Silbergrau wählte die Dekorateurin den Platz, der in Augenhöhe der Passantinnen lag. Der untere Bereich war für Ballerinas und Sandaletten reserviert. Ein extravagantes Stück minimalistischen Schuhdesigns baumelte lange Zeit von ihrem Zeigefinger, offensichtlich ihr Favorit der aktuellen Kollektion: zwei mit Perlen besetzte Riemchen, die aus einer fliederfarbenen schlanken Sohle wuchsen.

Weite Strecken zu gehen hielt auch Eugen noch nie für eine vornehme Art, sich fortzubewegen. Der Vergleich zwischen den Schaufensterexponaten und seinen Trekkingschuhen machte ihm klar, er war auf der untersten Stufe der Mobilität angelangt. Reiter in ihren Sätteln und rasende Radfahrer auf ihren Viagra-Bikes würden, auch wenn der Satteldruck ihr Gesäß peinigt, auf ihn mitleidig herabsehen wie auf den staubigen Weg, den sie einschlagen. Wird man zum längeren Gehen gezwungen, gilt man automatisch als verarmt und lebt in anderen Verhältnissen als die Käuferinnen der Luxusschuhe, die sie zum Flanieren und Promenieren tragen. Die Beine der Dekorateurin hätten eleganter nicht sein können, also wollte er auch ihr Gesicht sehen. Unbedingt. Ihn drängte keine Uhr. Ohne diesen Anblick wollte er nicht weitergehen. Eine junge Frau, die in einer Luxusbranche arbeitete, musste auch von vorne außergewöhnlich aussehen. An die Scheibe des dicken Sicherheitsglases zu klopfen, um die Unbekannte zum Umdrehen zu bewegen, kam für seine Manieren nicht in Frage. Obwohl, sie würde keinen Wanderer sehen, nicht diese Spezies mit wetterfestem Filzhut samt Abzeichen, Knickerbocker und Wanderstock, die Sonntag für Sonntag ausschwärmt und zum Zwecke der Ertüchtigung auf sorgsam markierten Trampelpfaden schwitzt. Einzig der Rucksack könnte Eugen zum Wanderer stempeln, dieses Attribut einer

Last, wie sie Dienstmänner und Sherpas gegen Bezahlung schleppen. Kaum drei Meter stand er von der Dekorateurin entfernt und wartete. Sie könnte doch inzwischen spüren, welche Augen sich auf ihre Beine hefteten. Blicke der Bewunderung, nicht die eines glotzenden Voyeurs. Oder war sie so in ihre ästhetische Aufgabe vertieft, dass ihre gesamte Umgebung im Nichts versunken war? War ihr bewusst, dass sie den schmalen Boden der Auslage zu einem kurzen Laufsteg machte, oder posierte sie ohne jede Absicht mit den neuen Modellen? Gefiel sie sich darin, im Dienste der Mode Aufsehen zu erregen? Es musste eine clevere Geschäftstaktik sein, zur besten Einkaufszeit damit auf die angesagten Schuhe hinzuweisen. Würde sie gleich anschließend die Modelle anprobieren und im Schaufenster auf und ab gehen wie auf einem Laufsteg? Mit einem anderen Gefühl, als er früher Prominente in seinem Wagen an ihr Ziel brachte, schaute er von der Straße zum Schuhwerk der Reichen hinauf. Ziemlich verunsichert ließ er die Schultern hängen. Er zweifelte plötzlich, ob er eine richtige Entscheidung getroffen hatte. Sollte er umdrehen und allein zu Hause bleiben? Während sie die Preisschilder in dezenter Position anbrachte, kam Eugen das Bremsmanöver eines Taxis zu Hilfe. Schrilles Quietschen ließ die Dekorateurin herumfahren. Ihr perfekt geschminktes Gesicht, das dem geduldig Wartenden eine Spur zu lang geraten schien, schenkte ihm ein mildes Lächeln, als würde sie einem Bettler eine Münze in die Blechschale werfen, um sogleich wieder unbeschwert weiter zu schlendern. Im Wegdrehen bewegte sie ihre Lippen. Vom matten Rotgold las er zwei Worte ab: armer Schlucker. Wenn er sich nicht geirrt hatte. War er als autoloser Tramper dort gelandet, wo er nur mehr belächelt würde? Dieser knallharte Moment verriet Eugen, wie er auf andere wirkte. Auf welches Risiko er sich einließe. Wenn er Pech hätte, würde er wie auf einer schiefen Ebene abrutschen und dort bleiben, wo er sich niemals sehen wollte. Trotzdem. Die Sehnsucht war da. Ungebrochen die Vorfreude auf seinen Weg ins Ungewisse. Von niemandem, schon gar nicht von dieser Jungen im Schaufenster ließ er sich seine Entscheidung in Frage stellen. Nicht einmal, wenn sie ihm höhnisch ins Gesicht gelacht hätte wie eine, die weiß, was ihm noch bevorsteht. Meinetwegen, dachte er sich, bin ich eben vorübergehend ein Vagabund. Der Einstieg war bereits zu Hause passiert, als der Rasierapparat nicht in den Rucksack kam. Aus Gewichtsgründen, wohl gemerkt. In Zukunft sähe er aus wie einer, der eben erst heruntergekommen scheint. Verwahrlost wollte er keinesfalls wirken. Irgendwie gerade noch nachlässig gepflegt, dieses Aussehen strebte er an, um sich von den geschniegelten Wandersmännern zu unterscheiden. Ab heute ein Vagabund, einer auf Probe. Auf den ersten Blick ein verschrobener Einzelgänger, dem ältere Bäuerinnen nicht so ohne weiteres über den Feldweg trauen.

Er war auf der Straße gelandet, dort, wo er lange Zeit mit einem Mercedes unterwegs war. Wo ihn Tempo-30-Zonen regelmäßig erzürnten. Nun ließ er das Schaufenstertheater zurück und ging auf den Nordrand der Stadt zu. Mittlere Geschwindigkeit 4 km/h am ersten Tag.

Auf dem verschlungenen Weg vom Kopf in die schreibende Hand hinunter verwandeln sich die Gedanken. Den Ereignissen in ihrem Kopf davonzulaufen ist unmöglich. Sie nisten sich in einer Frau ein, die ihr in der vertrauten Ähnlichkeit wie eine Zwillingsschwester erscheint. Wer will mit dem Erlebten schon allein bleiben? Sie begegnet sich selbst auf dem Papier in der Hülle einer dritten Person. Spiegelelsa. Das Objekt ihrer Schreibfinger. Die penible Deutschlehrerin konnte ihr diese abnormale Manier, wie sie es abkanzelte, nicht austreiben. Der Alten blieben nur die schlechten Benotungen, um ihren Standpunkt zu untermauern. Die anderen erzählten ganz direkt von ihren Erlebnissen in der ersten Person, während sie Distanz schuf (sie konnte nicht anders). Eine kleine Elsa trödelte zu viel und versäumte den letzten Bus nach Hause. Also stieg sie in eine andere Linie und fuhr in eine unbekannte Gegend. An das gute Ende kann sie sich nicht mehr erinnern, an die schlechte Note wohl. (Sie zog es durch bis zum letzten Aufsatz. Seit ihrer Pubertät). Ist das Ich so wichtig? Nah und doch entrückt ist ihr Schrift-Bild. Geprägt von geschwungenen Arkaden. Sie sei keine

Fadenschreiberin, hat eine Graphologin einmal festge-
stellt. Von ihr wollte sie etwas über sich selbst erfahren.
Ach so, war ihre Antwort. Was bedeute das für ihr Leben? Sie wolle sich keinesfalls festlegen, aber man könne
ihre Buchstaben als eine Einschätzung ihres Charakters
ansehen. Fadenschreiber gelten in der Graphologie als
wendig, als anpassungsfähig. Eine Eigenschaft, um die
sie andere beneiden würden. Sie könne wohl kaum ihr
Schriftbild ändern, sie bringe gekonnt aussehende Wöl-
bungen zu Papier. Schön anzusehen seien diese Bögen,
jedoch würden sie von einem verschlossenen Menschen
stammen. Von jemandem, der es seinen Mitmenschen
nicht leicht mache.

Schwarzfahrt

Beim Verlassen des Nachtquartiers ahnte er nicht, welche Frau ihm am Vormittag begegnen sollte. Sie brachte kein Verständnis für sein Verhalten auf und ihn von einer bequemen Weiterreise ab.

In durchnässten Schuhen stand er missmutig unter dem Dach einer Bahnstation, die ihn vor einem ergiebigen Regenloch schützte. Die Trostlosigkeit des nassen Tages harmonierte mit der provinziellen Nüchternheit des leeren Warteraumes, den er bei nächster Gelegenheit wieder verlassen wollte, um in eine trockene Gegend des Ennstales zu fahren. Der nächste Regionalzug sollte ihn aus dem Tief bringen, klarerweise gratis. Warum denn zahlen bei diesem Sauwetter, wenn mich das Wetter zum Einsteigen zwingt.

Kaum hatte er in einem Waggon einen Platz gefunden, war er der stille Außenseiter unter den Fahrgästen. Links vorne war die Tochter erst im Morgengrauen nach Hause gekommen, was die Mutter zu einer grimmigen telefonischen Schelte wegen ihrer Ungezogenheit veranlasste; an der rechten Seite wurde jemand getröstet, weil die Katze bereits den zweiten Tag keinen Appetit zeigte; markant überlagert wurde das Katzenthema von einer Frau auf einer Kurzreise, die ihren zu Hause gebliebenen

Mann mit messerscharfer Stimme warnte: Eins sag ich dir ganz deutlich, Poldl: Lass die Finger von der neuen Nachbarin! In unserer Siedlung erfahr ich nämlich alles! Tschüss bis Samstag!

Nach einer kurzen Ruhepause wurde rechts vorne diskutiert, mit welchem Mehl eine Cindy am besten ihre Schweinsschnitzel panieren soll; anschließend ließ eine Frau mit S-Fehler die Passagiere wissen, ihrer Tante seien unlängst die Eierstöcke im Handumdrehen entfernt worden, aber schon in Narkose.

Mit einem Handy bist du nie allein, warb einmal ein Telefonanbieter um Kunden. Einschalten, zwei Mal wischen und drei Mal tippen und schon wäre eine Weckzeit eingestellt. Vier Minuten später klingelt sein Gerät in der Jacke und er hätte sich zu den Smartphonierenden gesellt. Im Handumdrehen wäre er einer von ihnen. Nein, entgegnet er dem fiktiven Anrufer so laut, dass alle im Umkreis Sitzenden es beachten müssten, meinen Anteil von wie viel war es genau, ach ja, jetzt weiß ich wieder, also die 848.000 Euro noch zurückhalten, wegen der Steuerprüfung nächste Woche. Woher ich das weiß? Insidertipp eben. Aber am 1. Oktober hat der Betrag auf meinem Konto zu sein. Alles klar? Gut so und danke für den Anruf.

Er könnte jetzt die Stille genießen in seiner Umgebung, die nachdenklichen oder verstohlenen Blicke der anderen. Was für ein merkwürdiger Typ neben ihnen saß.

Etwa ein Geschäftsmann in Verkleidung? Einer am dreckigen Rand der Legalität? Egal, was sie von ihm hielten, er hätte es allen gezeigt, die ihn mit ihren Blicken bisher nur gestreift hatten. Ein Fake und schon hätte er ihre ungeteilte Aufmerksamkeit. Nichts leichter heute als die Menschen hereinzulegen.

Eugen verließ genervt den akustisch überfüllten Waggon und sperrte sich im WC ein, wo er vor Telefonierenden sicher war. Als er wieder hinaustrat, stellte sich ihm eine uniformierte Frau in den Weg. Beim ersten Blick erkannte er, sie war in ernsthafter Mission unterwegs. Sie wollte seinen Fahrschein sehen. In solchen Situationen einigermaßen erfahren, wusste er, dass die Zeit auf seiner Seite war und ihm aus der Bedrängnis helfen würde.

Sie wollen also meinen Fahrschein sehen, weil Sie heute Dienst haben, Frau Kontrollorin. Vor einer knappen halben Stunde hab ich ihn gekauft, fünf Euro und zwanzig Cent hat der Automat verlangt. Ja, jetzt ist nur mehr die Frage, wo ich den Schein hingesteckt habe.

Seelenruhig drehte er die Taschen seiner Jacke um und bückte sich zu seinem Rucksack.

Es ist mir fürchterlich peinlich, aber ich muss Sie um Geduld bitten. Mir passiert so etwas immer wieder, falls es Sie interessiert. Und momentan kann ich mich überhaupt nicht erinnern, wo ich die Fahrkarte hingegeben habe. Aber irgendwo im Rucksack muss sie ja sein, sie kann sich doch nicht in Luft auflösen, oder? Wollen Sie vielleicht inzwischen andere Fahrgäste kontrollieren? Nein. Ich mache Dienst nach meinen Regeln, hörte er aus ihrem schmallippigen Mund.

Aha! Ich verstehe. Sie trauen mir nicht. Hegen Sie ein generelles Misstrauen gegen Männer mit Rucksäcken? Oder liegt's nur an meinem Achttagebart, der mich in Ihren Augen zu einem Schwarzfahrer stempelt? Sie sagen ja gar nichts. Hat es Ihnen etwa die Sprache verschlagen? Mir geht's auch manchmal so, wenn ich mit der Schwiegermutter rede. Ich bin nämlich gerade zu ihr unterwegs. Ihr Wohnort müsste bald kommen. Aha, der Zug wird schon langsamer. Schauen Sie, dort drüben am Waldrand, das graue Haus mit dem Tiroler Holzbalkon ist ihre Burg, wie sie immer sagt, und ganz unter uns, sie führt sich wie eine Burgherrin auf. Absolut herrisch, wenn Sie wissen, was ich meine. Ich hoffe, Sie haben privat mehr Glück als ich. Also jetzt bleibt der Zug gleich stehen und ich muss aussteigen. Tut mir Leid, wenn ich Sie einen Moment zu lange aufgehalten habe.

Zuerst zeigen Sie mir aber einen gültigen Fahrausweis!, verlangte die Kontrollorin mit versteinerter Miene. Mehr als zwanzig verschiedene Emotionen kann das menschliche Gesicht zeigen, das Antlitz von Recht und Ordnung zeigte Eugen kein Anzeichen von Nachsicht.

Wie heißen Sie überhaupt?

Noland. Eugen Noland aus Salzburg.

Und wo ist jetzt der Fahrausweis, Herr Noland? Ich lasse Sie sonst nicht gehen, beharrte sie auf der Kontrolle.

Also, ich soll im Zug bleiben, weil Sie den Fahrschein noch nicht gesehen haben? Das können S` doch nicht verlangen, denn wenn Sie mich nicht aussteigen lassen, zwingen Sie mich zum Schwarzfahren bis zur nächsten Haltestelle.

Als der Zug anhielt, machte die Kontrollorin widerwillig und mit einer resignierenden Handbewegung den Weg zur Waggontür frei.

Na also, Sie sind ja gar nicht so. Ich wünsche Ihnen eine angenehme Weiterfahrt.

Womit die Uniformierte das Nachsehen hatte. Eugen blickte auf dem Bahnsteig zu einer blau-weißen Tafel. Ihr zufolge befand er sich zum ersten Mal in Öblarn, wo die ersten Tropfen fielen. Zum Vergessen, dieser Tag. Was soll ich in diesem Ort? Sein Name klingt nach einem Murenabgang. Ich bin jetzt ungerecht. Kein Wunder, wenn die Freiheit im Regen steht. Es geht einfach nichts über das Anhalten eines Autos. Die Bahn hat mich zur Flucht gezwungen. Ohne Nachsicht. Noch dazu in einer Gegend, wo der Regen gerade Urlaub macht und nicht mehr weg will. Keine Chance, dass heute die Abendsonne die Berge in goldenes Licht taucht. Was für ein lausiger Tag. Life is no party.

Der Pfiff klang gebieterisch im ungestümen Gegenwind.

Galt er ihrem fließenden Aussehen, dem flotten Tempo oder dem knallroten Fahrrad? Sie wollte es wissen. Unter warmen Orangetönen des Abendhimmels bremste sie ab und wendete. Eine hysterisch quakende Laufente schleppte sich ans rettende Flussufer. Sie radelte auf einen korpulenten Mann zu, der gerade einen großen Hund anleinte. Der ins Wasser entkommenen Ente bellte sein Hagen noch einmal nach, dann beschränkte sich der Köter aufs Knurren (gut abgerichtet). Sie stieg erleichtert auf die Pedale. Es hatte nicht ihr gegolten.

Nur von Männern wird der Pfiff verwendet, als unüberhörbares Zeichen für ihre Anwesenheit auf Erden (ein Hupen ohne Auto). Drollig, diese Geschöpfe, wenn ihre Blicke Frauen perlustrieren. Zuerst den Busen, dann den Po oder umgekehrt (Je nachdem, in welcher Richtung die beiden Geschlechter unterwegs sind). Entspricht der Po den optischen Anforderungen, setzt der Mann zum Überholen an, um sich Gewissheit zu verschaffen, was sie von vorne zu bieten hat. Findet die Vorderseite Gefallen, so verlangsamt er den Schritt und setzt ein Siegerlächeln auf. Drollig, diese Geschöpfe, wenn sie sich über Frauen lustig machen, die mehr als neun Paar Schuhe besitzen. Manche Männer schütteln bloß den Kopf und beweisen so, dass sie nicht alles verstehen können.

Kommt Eugen von seinem Abendsport nach Hause, schwirrt der 8-Ball in seinem Kopf umher. Hat er die farbigen Bälle in einer der sechs Öffnungen eingelocht, hat er das Spiel gewonnen. Vorausgesetzt, dass mindestens ein Bein den Boden beim entscheidenden Stoß berührt hat. Aus Neugierde hat sie einmal nach der Bedeutung des Wortes Queue gesucht. (Sie ist wenig überraschend auf ein männliches Sexualmerkmal gestoßen. Wie könnte das lange Instrument in einem Männersport denn anders heißen). Die lederne Spitze des Stocks nennen sie Pomeranze (Keiner weiß, warum).

Die Urne am Wasserfall

Auf dem schwankenden Fußgängerübergang über den Riesachfall öffnete eine dunkel gekleidete Jugendliche an einem kühlen Sommermorgen ein Gefäß, dessen Inhalt sie in den tosenden Wildbach kippte. Unaufhaltsam stürzte sein Wasser in den Abgrund und wurde zu einem weiß funkelnden Sprühregen, wo es gegen Felsen schlug. Ein grauer Aschenregen sank als störender Schleier gemächlich hinunter und wurde schließlich von der Strömung mitgerissen. Den dunklen Partikeln folgte ein langer, unhörbarer Seufzer in die Tiefe nach. Nicht einmal als Lebloser wolle er dort hinuntergerissen werden, erschauderte Eugen. Dem Wasser ist genauso wenig zu trauen wie manchen Brücken, sind sie doch nicht mehr als ein unsicherer Übergang. Ich tue gut daran, solchen Stellen aus dem Weg zu gehen, muss man sich doch glücklich schätzen, wenn man heil hinübergelangt. Als er zögerlich die schmale Brücke betrat, erschrak die Frau, die nachdenklich in die Tiefe gestarrt hatte. Eine wilde Last von blonden Haaren umrahmte ihr trauriges Gesicht. Mit feuchten Augen schaute sie den erstaunten Eugen an.

Das war der allerletzte Akt, seufzte sie ergriffen.

Irritiert fragte er: Habe ich etwas Besonderes versäumt?

Sie zeigte auf das abgestellte Gefäß, das er ihrer Trauer wegen nun erst für eine Urne hielt.

Da drinnen war die Asche vom Marko. Ich hab sie dort verschüttet, wo er gestorben ist. Damit wir in Ruhe weiterleben können, die Dagi und ich.

Eugen sah sich schlagartig mit einem tragischen Geschehen konfrontiert und las aus ihrem Blick, dass sie ihm mehr erzählen wollte.

Wie ist dieser Marko ums Leben gekommen, wenn ich fragen darf?

Der Narr hat eine Slackline über den Wasserfall gespannt und wollte ohne Sicherung hinüber. Die Dagi und ich haben von der Brücke aus zugeschaut. Wir haben ja nicht gewusst, dass er auf die Sicherung verzichtet. Winkend haben wir ihm noch zugerufen, er solle umkehren. Ein Wort, das er nicht kannte, der Idiot. Oder er hat uns bei diesem Getöse nicht verstanden. Mitten über dem Wasser hat ihn ein Windstoß erfasst und er ist abgestürzt. Einen ganzen Schwarm Schutzengel hätte er zum Überleben gebraucht. Das Red Bull, von dem er vorher getrunken hat wie die bescheuerten Extremsportler, hat ihm keine Flügel wachsen lassen. Wir sind da heroben gekniet und haben uns die Augen ausgeweint. Jede Hilfe war sowieso sinnlos.

Eugen schüttelte seinen Kopf und war ratlos, was er zu der jungen Frau sagen sollte. Kein Wort verließ seine Lippen.

Was soll man da sagen? Dir geht`s jetzt so wie uns da-mals. Dabei hat`s gar keinen Grund gegeben, dass er uns imponieren sollte. Wir hätten ihn auch ohne dieses Abenteuer weiter geliebt, die Dagi und ich. Unsere Drei-ecksbeziehung war einfach eine runde Sache, auch wenn sich das kaum jemand vorstellen konnte. Wir waren das verruchte Trio aus dem Untertal und mächtig stolz da-rauf. Unsere sittsamen Familien haben schon geschluckt, als sie draufgekommen sind, dass wir uns mit dem Pla-tonischen nicht lang aufgehalten haben. Ich geb`s zu, es war delikat, aber die natürlichste Sache der Welt, wenn`s die Liebe verlangt.

Ein zaghaftes Lächeln schob sich über ihr Gesicht. Erin-nerungen an das gemeinsame Glück, stellte sich Eugen vor, der vor Verlegenheit stumm blieb. Der Wildbach schien auch ihre Trauer fortgerissen zu haben. Die bei-den drehten sich zum Wasserfall hin und er fand zum sicheren Klang seiner Stimme zurück.

Ihre Freundin ist nicht da – oder steht sie irgendwo wei-ter unten?

Sie wollte nicht. Die Dagi hatte die Urne ein Jahr lang bei sich zu Hause, dann hat sie gesagt: Es reicht! Der Blech-topf bringt mir kein Glück, ich hab noch immer keinen neuen Lover. Irgendeine unglückselige Wirkung muss von seiner Asche ausgehen. Probier`s du einmal! Viel-leicht lässt dich der Marko in Ruhe, hat sie entnervt ge-meint. Also hab ich die Urne übernommen und neben

meiner Zimmerlinde aufgestellt. Hat ziemlich friedhofs-
mäßig ausgeschaut, dieses Eck in meiner Garconniere.
Der Blumenstock hat nicht darunter gelitten, aber wie
mein neuer Freund zum ersten Mal bei mir war, hab ich
ihm erklären müssen, was für ein Behälter neben der
Linde steht. RIP Marko haben die Dagi und ich eingravie-
ren lassen, damit sich jeder auskennt, was drinnen ist.
Der Alex hat`s zuerst für einen Scherz gehalten, aber
nach meiner Erklärung war er nicht mehr so locker wie
sonst. Er will die Totenruhe nicht stören, hat er erschro-
cken geflüstert. Sex im Beisein einer gefüllten Urne ist
ihm halt zu schräg gewesen. Er fühle sich moralisch irgendwie gehemmt, hat er ganz bedeutungsvoll gesagt,
mit einer Stimme wie ein Leichenbestatter.
Na ja, kommentierte Eugen, ist doch lobenswert, wenn
ein junger Mann sich gesittet verhält.
Na, das war jetzt notwendig!, konterte sie scharf. Dass
Männer immer zusammenhalten müssen! Wenn ich den
Marko in meinen Wäschekasten gestellt hätte, wäre der
Alex ohne jede Hemmung in meinem Bett gelandet! So
ist das mit den Männern aus der Gegend und andere
kenne ich noch nicht. Jedenfalls hab ich schon befürchtet, der Alex spricht noch ein Vaterunser, bevor er un-
verrichteter Dinge geht, so einen moralischen Anfall hat
er gehabt. Am nächsten Tag bin ich zur Dagi und nach
drei Tequila haben wir beschlossen: Wasserbestattung.
Und somit hab ich heute seine Asche auf die letzte Reise

geschickt.

Hatte der Tote keine Familie?, erkundigte sich Eugen.

Kann schon sein. Er hat immer gesagt, er stammt aus Slowenien, und hat auch geredet wie einer von dort unten.

Dann wissen seine Leute noch gar nicht, dass er tot ist?

Möglich.

Eugen schaute sie verständnislos an. Sie starrte dem sprühenden Wasser nach und suchte nach einer ebensolchen Eingebung.

Was soll ich jetzt mit der Urne machen?

Hm. Ich würde sagen, hier aufstellen, an einem sicheren Platz, damit sie der Bach nicht fortreißt. Statt einer Gedenktafel.

Cool. Du bist mir doch nicht umsonst begegnet. Was machst überhaupt in unsrer Gegend? Ich rede wie ein Wasserfall und von dir hört man gar nichts. Warum bist gerade jetzt zur Brücke gekommen?

War ein Zufall. Ich gehe zum Riesachsee. Mach`s gut!

Nachdenklich setzte er seinen Weg hinauf fort.

Letzten Endes ist unser Körper, dem wir manche Freude verdanken, absolut unbrauchbar. Das tote Rind liefert Fleisch und Leder, der gefällte Baum wird zu Holz, Pellets oder Zellulose und sogar die Haut von Fischen wird zu Taschen verarbeitet. In unserem Leben jedoch, wurde Eugen im Gehen klar, ist der Tod die lächerlichste Episode. Wir sind zu nichts mehr zu gebrauchen. Unsere Leichen werden vergraben oder verbrannt. Wir werden wie Müll aus dem Weg geräumt.

Weggeblasen waren solche Gedanken, als er von einer niedrigen Anhöhe aus den langgestreckten See vor sich sah. Die freiwillige Bewegung des Menschen in der Natur sei eine Marotte rastloser Geister, soll der unermüdliche Grübler aus Königsberg gespottet haben. Wäre er jemals in dieses paradiesische Tal gelangt, hätte er sich über sein lächerliches Urteil geärgert. Die Windstille hatte die Oberfläche zu einem blauen Spiegel gemacht. Von Sehnsucht getriebene Zugvögel und fliegende Menschen hätten ihr Abbild auf dem glatten Wasser bewundern können und wären zugleich enttäuscht gewesen ob ihrer Mückengröße. Eugen konnte sich keinen besseren Platz vorstellen. Er ließ sich in Ufernähe nieder und zog die Spiegelelsa aus dem Rucksack. Eine andere trat wieder aus ihren Sätzen heraus. Eine Unbekannte, die er allmählich kennen lernte. Sie hatte Blei in ihren Händen, wenn ein anstrengender Dienst zu Ende war. Scheute seine Umarmung. Hielt seine körperliche Nähe an solchen Tagen nicht aus. Er las ein zweites Mal von ihrer Eifersucht auf junge weibliche Fahrgäste. Niemals hätte er solch eine Befürchtung für möglich gehalten. Wie sollte die Blitzeroberung einer einsamen Kundin vor sich gehen? Bei einem Stau im Mönchsbergtunnel?

Seine Elsa und diese andere. Die eine in Afrika, die andere in ihren Sätzen. Es fiel ihm schwer zu verstehen. Elsa mal zwei? Irgendetwas muss in ihrem Kopf passiert sein, wenn sie zum Stift gegriffen hat. Spaltet man sich zwangsläufig, wenn man über sich schreibt? Entsteht dann Wort für Wort so etwas wie das seitenverkehrte Negativ eines lebenden Menschen? Ist das typisch für eine Frau? Ein richtiger Mann bleibt doch bei seinem Ich. Würde er doch nie und nimmer aufgeben. Als Kind hat er ein Indianerbuch bis zum Schluss gelesen, fiel ihm ein. Gegen die Belohnung eines Lederfußballs, mit dem Erwachsene gespielt haben. Winnetou verwendete manchmal kein Ich, sondern seinen eigenen Namen, wenn die edelste aller Rothäute von sich sprach. Eine Marotte von diesem May? Oder gibt es in der Sprache der Apachen gar kein Wort für Ich? Was versteht schon ein Chauffeur von Büchern. Das dünne Papier macht bei allem mit, das war ihm zumindest klar.

Während seine Aufmerksamkeit dem Funkeln der zarten Wellen gewidmet war, nahmen in unmittelbarer Nähe zwei Jungdamen Platz, die ihre Blicke hinter dunklen Brillen versteckt hielten. Ein freundliches Nicken von einem zum anderen Lagerplatz mündete in einem Gespräch, das sich erst gar nicht mit der Beurteilung der Wetterlage oder der Reinheit des Wassers aufhielt.

Wohin ich auch blicke, alles rund um mich die reinste Augenweide. Ich komme viel herum und habe selten Schöneres erblickt, sprach Eugen in bester Laune und bemühte sich um ein unverfängliches Lächeln.

Mit sicherem Griff zog die Sommersprossenreiche von den beiden ein abgegriffenes Buch aus ihrer Badetasche und setzte mit Immanuel Kant der eben erst begonnenen Unterhaltung ein abruptes Ende. Dass sie sich dem Studium der hehren Philosophie verschrieben hatte, wollte sie dem trampenden Taxilenker mit dem Stolz einer Belesenen demonstrieren.

Schönheit ist die Form der Zweckmäßigkeit eines Gegenstandes, sofern sie, ohne Vorstellung eines Zweckes, an ihm wahrgenommen wird. Alles klar, Mann?

Der Mann von nebenan war enttäuscht, keine persönliche Replik verdient zu haben, und fühlte sich obendrein missverstanden. Er rümpfte die Nase und widmete sich lieber der Betrachtung des geistlosen Wasserspiegels. Das Körperliche lag ihm allemal näher als ein philosophischer Höhenflug und bevor er sich blamiere, hielt er das Schweigen für angemessen. Die jungen Damen kamen flüsternd überein, einen aufdringlichen Unbekannten in die verdienten Schranken gewiesen zu haben. Womit sie nicht ganz Unrecht hatten. Je weiter er sich von seinem Zuhause entfernte, je länger Elsas Abwesenheit andauerte, desto mehr wurde er zu einem anderen. Er war dabei, seine bescheidene Zurückhaltung abzustreifen, die Elsa als mutlose Anspruchslosigkeit geschluckt hatte. Ganz offen bemängelte sie manchmal seinen fehlenden Ehrgeiz, seine Angst vor einem finanziellen Risiko, das anderen keine Stunde ihres Schlafes rauben konnte. Ein

Kredit für ein eigenes Haus war für ihn undenkbar. Auf Pump zu wohnen hielt er für die üble Angewohnheit von Hasardeuren. Jetzt war er kein Stiller mehr, was ihm Elsa wohl nicht mehr zugetraut hätte. Wer werde ich sein, ging ihm durch den Kopf, wenn ich mit ihr wieder zusammenlebe? Was geht von mir verloren bis zu meiner Heimkehr? Und Elsa? Wird auch sie sich verändern? Daran wollte er am liebsten gar nicht denken. Was im Mischwald vor Eugendorf überfallsartig passiert war, hielt er für alles andere als einen Seitensprung. Mag sein, dass jemand wie Frau Schirmer sich entsetzt darüber geäußert hätte, wie man sich so gehen lassen könne. In Wahrheit jedoch hat mich die Junge mit der Klarinette überrumpelt. In der Hektik des Augenblicks habe ich keinen Grund gefunden, die Einladung zum körperbetonten Abenteuer zurückzuweisen. Sie wollte und ich hatte nichts dagegen, bin ich doch noch wenige Tage zuvor meinen Fahrgästen mit ausgesuchter Höflichkeit entgegengekommen. Und deshalb hätte ich einen Widerstand gegen die originelle Musikantin für deplatziert gehalten.

Mitteilung für Elsa

Hallo Elsa!

Echt gut, dass du endlich zurück bist. Hoffentlich gesund und mit neuem Mut. Wenn du über den Geruch in der Wohnung verwundert bist: Seit ich weg bin, hat niemand gelüftet. Frau Brugger hat unsere Post gesammelt, wenn sie nicht vergessen hat. Den Mercedes hab ich abgemeldet, morgen geht`s raus aus der Stadt. Wo ich gerade bin, wenn du diese Zeilen liest, weiß ich natürlich nicht. Meine innere Kompassnadel zeigt in den Süden. So ganz ungefähr. Vielleicht komme ich bis Lošinj. War eine verdammt starke Woche damals mit Fisch&Sex.

Dein Abschied auf dem Flughafen ist mir tagelang im Magen gelegen. Du wolltest kein Gefühl zeigen und hast es dir leicht gemacht. Mir aber nicht. Ich war enttäuscht. Vielleicht geht`s dir jetzt genauso, wenn du in unserer Wohnung stehst und keine Ahnung hast, wo ich bin. Weg bin ich. Die Zeit ohne dich war mir zu öd. Warten liegt mir nicht. Obwohl, als Taxifahrer müsste ich daran gewöhnt sein. Aber Monate lang? Nicht auszuhalten. Im Irgendwo möchte ich meine Sorgen um dich und unsere Zukunft vergessen.

Du weißt jetzt, dass ich unterwegs bin. Ohne Telefon. Rechne mit mir, auch wenn es länger dauert!

Ich umarme dich.

Eugen

Er hatte seine Nachricht auf den Esstisch gelegt und das Blatt mit einer gläsernen Vase beschwert. Eine dunkelrote Papierrose wartete geduldig auf Elsa. Er konnte nicht ahnen, wo er sie zurückbekommen sollte.

Teresas Gesichtsausdruck von damals spürt sie noch heute in der Magengrube (hat ein Gedächtnis wie ihre Hände). Was ist er? Ein Taxifahrer? Ihre ziemlich beste Freundin konnte ihren Schock nicht verbergen, als sie ihr zum ersten Mal von Eugen erzählt hat. Na und? Etwas Ernstes dürfte es sein. Was für ein Blick! Früher wäre er Kutscher gewesen, der den vornehmen Herrschaften zu Diensten war, stichelte sie und schaute entsetzt (Die frisch Verliebte konnte ihr Lachen kaum unterdrücken. Ihr Eugen mit einer Peitsche in der Hand! Eher können Vögel rückwärts fliegen). Warum willst du dir keinen Arzt angeln? Bei deinem Aussehen, Elsa, eine leichte Übung, weißt du doch viel besser als ich. Es muss doch auch sympathische Mediziner in der Klinik geben, jede Wette. Ist doch easy, einem von ihnen schöne Augen zu machen, Elsa.
Teresa hat Eugen nie gemocht, nur toleriert, ihretwegen. Das eisige Verhältnis zwischen den beiden hat sie ermu-

tigt, an Teresa eine Bitte heranzutragen. Könntest du in nächster Zeit ein wachsames Auge auf ihn werfen? Nur ab und zu (hast du im Cafe Noir heute ohne lange Vorrede gesagt). Du könntest ihm wie zufällig begegnen. Teresa suchte verzweifelt nach einer sachlichen Antwort (extrem unruhige Blicke) und gab schließlich auf. Bist du noch bei Sinnen? Ich soll für dich Detektivin spielen? Warum überhaupt? Hat er eine andere? Als sie die Begründung erfährt, gefriert ihr Gesichtsausdruck. Ihre Mimik rutscht nach unten (genau wie damals). Du gehst nach Afrika? Was ist in dich gefahren? Verdienst du dort unten wenigstens besser als bei uns? Du willst allen Ernstes in ein Entwicklungsland? Entschuldige bitte den Ausdruck, aber warum erniedrigst du dich?

Elsa ergriff die Hand ihrer aufgebrachten Freundin, um sie zu beruhigen. (Hat der Mann vom Nebentisch eine Lesbenkrise vermutet, falls er das Gespräch nicht belauscht hat? Er hat sich wieder in die Singlebörse auf seinem Tablet vertieft). Niemand habe ihr etwas versprochen (hast du unaufgeregt entgegnet), um Geld gehe es ihr nicht. So weit solltest du mich eigentlich kennen, Teresa. Es sei die Herausforderung, die sie reize. Ein halbes Jahr unter einfacheren Bedingungen leben und für die Kranken arbeiten. Ohne den ganzen Luxus, der zu Hause als viel zu selbstverständlich gelte. Aber uns in Österreich könnte es genauso treffen, wenn du an eine Naturkatastrophe denkst. Stell dir vor, die ganze Stadt

Salzburg ist plötzlich ohne Strom, weil die Leitungen zerstört sind. Was glaubst du, genügen drei Tage ohne elektrische Energie, bis die Brutalität in die Bewohner fährt? Bis die kriminellen Energieformen in den Menschen erwachen. Überfälle, Plünderungen, Vergewaltigungen im Schutz der Dunkelheit. Teresa machte sich über dieses Hirngespinst lustig. Sie wolle nicht darüber nachdenken, wie sie ihren Eugen von seinen Abwegen fernhalten könne. Schon gar nicht, wenn das Licht ausgehe. Absurd, was du verlangst. Und wenn dir so viel an diesem Taxifahrer liegt, dann bleib besser zu Hause. Vergiss unser Gespräch! (hast du Teresa lautstark über den Tisch zugerufen, dass der Mann vom Tablet aufgeschaut hat, und sogleich die Rechnung bestellt). Weißt du eigentlich alles, was dein Lukas in deiner Abwesenheit macht? (Dieser Satz musste raus, du hast dich gleich besser gefühlt, als er über deine Lippen kam). Erzählt er dir alles, Teresa, oder nur dann, wenn du ihn fragst? Als sie zahlte, war die ziemlich beste Freundin schon weg (richtiggehend abgerauscht).

In der Tuba gefangen

Immer wieder kam er in Gegenden, wo die Welt keinen Lärm machte, wo Wahlplakate die Zeit anzuhalten versuchten. Politiker, die schon wieder zurücktreten mussten, strahlten unverdrossen den Passanten entgegen. Alles hatten sie im Griff. Auf dem widerstandsfähigen Papier der Werbung versprachen sie das beste aller Länder.

Eugen stand über einem abgeschiedenen Tal und lauschte auf die Stille unter ihm. Verstreute Bauernhöfe an den Hängen, schmale Zufahrtswege, keine Straßen. Darüber ein Kulissenhimmel, hingepinselt von einem Theatermaler. Er spürte auf seinem Gesicht einen kräftigen Wind, der in unregelmäßigen Schüben aus dem Süden heraufdrängte. Warum war es ihm nicht zum richtigen Zeitpunkt eingefallen, Elsa zu fragen? Die Idee war sinnvoll, aber sie kam viel zu spät. Ich hätte sie vielleicht dafür gewinnen können, mit mir gemeinsam von den Schienen des Alltags wegzukommen. Auf unbestimmte Zeit planlos umher. Nach dem Kompass des Zufalls. Einfach sich treiben lassen mit leichtem Gepäck und ohne Mobiltelefon. Die Welt ist ungleich größer und interessanter als die Lawine an Nachrichten, fabriziert in den Werkstätten der unermüdlichen Journalisten. Zu zweit unerreichbar und ohne Ziel. Einmal per Autostopp, ein andermal zu Fuß oder im Zug. Wir wären noch jung genug gewesen, wie in einem Film zu trampen. Jung genug, um nicht für Landstreicher gehalten zu werden. Geeignet für ein gemeinsames Abenteuer ohne besonderes Risiko. Hätte ihr sicher gut getan. Gewiss besser als dieser Job in Afrika. Zu spät. Ich hatte noch nicht die Begegnung mit der jungen Hundebesitzerin. So wäre alles anders gekommen. Vielleicht. Meine Fahrgäste hätte ich nicht vermisst. Nicht die Alkoholisierten, nicht die Stänkerer, nicht die Zahlungsunfähigen. Sie wäre ihre Patienten losgeworden, den Schichtdienst und den Stress mit Ärzten und der Krankenhausleitung. Unterwegs ohne den Zwang, den ihr andere jahrelang vorgegeben haben. Die Chance für eine gemeinsame Auszeit war einmal da. Ich hätte sie erkennen müssen. Dann wäre mir erspart geblieben, jeden Morgen allein aus dem Schlafsack zu kriechen.

Einen Tag später, als der Regen zurückkam und bis zum Abend nicht mehr fortzog, wurden sie ihm zum ersten Mal lästig. In allen Wochen vorher konnte er sich auf sie verlassen. Unauffällig waren sie ihm zu Diensten, Schritt für Schritt, Stufe für Stufe. An diesem Tag wurden sie nicht mehr trocken, das nasse Leder übte einen lästigen Druck auf die Zehen aus. Wasser in den Schuhen, seine Laune im Eimer. Er wollte nur noch ins Trockene. Das elfte Auto nahm Eugen mit.

Nach wenigen Kilometern war die Fahrt zu Ende. Die

junge Frau beschuldigte ihre Tankuhr, sie zeige einen optimistischen Füllstand an, der noch für eine längere Strecke reichen müsste. Aber auf welches Auto könne man sich restlos verlassen? Ist doch nicht viel anders als mit den jungen Männern. Gerade beim Verbrauch werde doch überall geschummelt, da sei selbst ein Berufskraftfahrer machtlos. Nur gut, dass sie in dieser Situation nicht allein sei. Zuversichtlich schaute sie den Mitfahrenden an. Sie zählt mich nicht zu den Jungen, wurde ihm schlagartig klar.

Der Mann in den enger gewordenen Schuhen meinte ohne böswilligen Vorwurf, er habe wohl das falsche Auto angehalten. Sie hielt sich für schwer beleidigt und sprach kein weiteres Wort mehr. Vorläufig. Sie schaute unablässig in den Rückspiegel. Auf der Straße wuchsen die Lachen in die Breite, sonst ereignete sich nichts. Die Lenkerin zeigte keine erkennbare Eile. Die Obstbäume am Straßenrand fragten sich, ob sie künftig nicht mehr allein in der Gegend rumstehen würden. Wespen starteten ihre Erkundungsflüge rund ums tote Auto, als der Regen vorübergehend nachließ. Die Frau mit der zugespitzten Nase und einer interessanten Narbe an der rechten Wange nahm ihr Smartphone zur Hand und sagte sogleich seelenruhig: Kein Empfang. Haben Sie einen? Keinen, lautete seine kühle Antwort. Kein Handy. Aus Prinzip.

Nö! Sowas gibt's noch? Mann oh Mann, ohte sie erstaunt. Dann können wir nur warten. Vielleicht kommt heute noch ein Traktor vorbei.

Sie steckten in einem Funkloch. Links und rechts von der Straße saftgrüne Wiesen und Felder mit regenschweren Halmen. Irgendeine Getreidesorte. Irgendwie wollte er seine Anteilnahme zeigen. Beide hatten es nicht verdient, fand er, nebeneinander in einem streikenden Auto zu sitzen und auf fremde Hilfe angewiesen zu sein. Eine Steigerung zu den drückenden Schuhen und der Leere im Tank auf der unbefahrenen Landstraße hielt er für unwahrscheinlich, für unangebracht sowieso.

In den folgenden Minuten wurde aus seiner Annahme ein unangenehmer Irrtum.

Ist jetzt Erntezeit? fragte er vorsichtig.

Weiß nicht. Schaue ich aus wie eine Bäuerin?

Zum Beweis hielt sie ihm ihre Hand hin: Sah nicht nach Mistgabel aus. Ausgeprägte Lebenslinie. Auf dem Ringfinger ein schmaler, heller Streifen.

Keine Ahnung. Muss doch einen Grund geben, auf einen Traktor zu hoffen.

In solchen Gegenden gibt es mehr Traktoren als Gottesdienstbesucher, tönte sie überzeugt.

Und einer von ihnen schleppt uns ab?

Natürlich!, setzte sie zuversichtlich fort. Ihre Stimme klang mit einem Mal hell und sanft, dazu setzte sie ein vorsichtiges Lächeln auf. Bin ich aufdringlich, wenn ich Sie was Persönliches frage? Die Wartezeit soll doch nicht ungenützt verrinnen.

Er schaute sie skeptisch von der Seite an und meinte: Immerhin besser als einzuschlafen und den rettenden Traktor zu versäumen.

Okay. Sie sind zu Fuß unterwegs, mit einem kindergroßen Rucksack. Ihre nassen Sachen verbessern die Luft im Wagen nicht, aber dafür können Sie nichts. Meine Schuld. Ich habe Sie einsteigen lassen. Haben Sie etwa keinen Führerschein?

Doch.

Hat Sie Ihre Frau rausgeworfen?

Eugen spürte in diesem Moment seine lädierten Zehen nicht mehr, so heftig traf ihn die Frage.

Nein, sie ist keine Feministin. Ich habe sie auch nicht hintergangen, falls Sie das vermuten.

Sind Sie auf der Flucht vor Schuldeneintreibern?

Wieder nein, keine Schulden.

Ist jemand gestorben und Sie machen einen Trauermarsch?

Nein. Wäre aber ein edler Gedanke.

Geht es um eine Wette?

Nochmals nein. Ich wette nie.

Sie war auf dem besten Weg, ihn zu nerven. Die wäre völlig ungeeignet als Taxifahrerin. Absolut keine Diskretion. Bohrt unaufhörlich. Eine Plage, dieses Weib. Was habe ich mir angetan, den Schutz von Wohnung und eigenem Auto zu verlassen und die Sonnenseiten des

Wanderlebens zu erhoffen? Als würden gerade mir nur sympathische Menschen begegnen? Als Taxifahrer hätte ich wissen müssen, was Menschen einem zumuten können. Fahrgäste zahlen wenigstens. Es regnet wieder stärker. Also bleibe ich lieber sitzen. Trotz dieser Nervensäge.

Ist Ihre Wohnung ausgebrannt?

Hoffentlich nicht.

Sie laufen mit einem Gesicht herum, als dürfte niemand erfahren, dass Ihnen das Leben Freude macht. Was ist mit Ihnen los? Haben Sie einen Job?

Gehabt.

Ach so. Und welchen?

Er spielte mit dem Gedanken, sich als anonymer Schuhtester auszugeben, den Wanderprediger aus dem Waldviertel würde sie ihm kaum abnehmen. Schließlich entschied er sich für die Wahrheit und sollte seine Offenheit sofort bereuen.

Ich war Taxifahrer.

Schrilles Lachen füllte den Wagen. Als sie sich geraume Zeit später wieder beruhigt hatte, kam schon ihre nächste Frage.

Wurde also Ihr Auto gestohlen?

Nein.

Hat Ihnen die Polizei den Führerschein genommen?

Nein.

Nein, nein und immer nur nein. Ich werde aus Ihnen

nicht schlau.

Wozu auch? Könnte sein, dass Sie die falschen Fragen stellen.

Mh, ja, egal. Ich mache weiter. Wir haben ja keine Eile, nicht wahr. Heißen Sie Müller?

Warum gerade Müller?

Nur so. Das Wandern ist des Müllers Lust stimmte sie an.

Er schaute verständnislos auf ihre ungeschminkten Lippen.

Sind Sie immer so desinteressiert an den Mitmenschen? Ich meine jetzt, weil Sie von mir gar nichts wissen wollen. Ist doch nicht normal.

Er holte tief Luft und sagte ihr auf den Kopf zu: Ich weiß schon eine Menge über Sie. Wenn Sie es unbedingt hören wollen, bitte, auf Ihre Verantwortung. Sie vergessen manchmal zu tanken, löchern fremde Männer mit überflüssigen Fragen und rechnen trotzdem mit ihrer Hilfe. Sie sind geschieden, etwa 34 Jahre alt. Sie fürchten sich vor Krampfadern und einem Hallux und würden am liebsten als Polizistin in Uniform den Leuten Fragen stellen. Einmal wöchentlich singen Sie in einem Volksmusikchor, mit dem Sie sogar schon im Regionalfernsehen aufgetreten sind. Ich gebe zu, in puncto Sternzeichen habe ich keine Ahnung. Und bevor Sie meine Einschätzungen dementieren, stelle ich mich in den Regen hinaus und halte ein Auto an. Basta.

Die letzten Worte sind mir außerordentlich sympathisch,

zischte sie mit hochrotem Kopf.

Eugen schloss die Tür. Im Regen fand er zu seiner Ruhe zurück. Eine Filzlaus, war sein erster Gedanke. Sein zweiter brachte ihn in diesen Film über einen verzweifelten Mann, der vom genervten Lino Ventura immer wieder daran gehindert wird, Selbstmord zu begehen. In einer krassen Szene mit einem untalentierten Autostopper zeigt Ventura, wie ein richtiger Mann einen Wagen anhält. Einfach mitten auf die Straße, beide Fäuste in die Höhe, wild entschlossener Blick. Der erste Wagen legt eine Vollbremsung hin und hält an der Bügelfalte seiner Hose an. Ventura steigt ein. Eugen wusste noch genau, wie es dem jungen Autostopper beim selben Versuch geht. Sein Rucksack wird vom nächsten Wagen in eine Baumkrone hinaufgeschleudert, der Tramper ist nicht im Bild. Dass sich der Bremsweg auf nasser Fahrbahn verlängert, ignorierte Eugen selbstbewusst. Für Taxilenker meines Zuschnitts gelten andere Gesetze, ob Wolkenbruch oder Eisregen. Auch Naturgewalten bieten wir die Stirn. Kings of the road nennen wir uns ganz bescheiden. Das sich flott nähernde Auto, das vor Eugens entschlossenem Blick stehen blieb, wurde zweifach gebremst. Fahrschülerin und Fahrlehrer traten gleichzeitig auf die Pedale, als sie einen wild gestikulierenden Mann in der Straßenmitte entdeckten. Was ist das für ein Narr, fragten sie sich. Alles Weitere lief unter dem Programm Straßenkameradschaft im strömenden Regen. Der beleibte Fahrlehrer glänzte als Retter in der Not und setzte sich selbst ans Steuer. Die junge Dame wollen wir bei ihrer zweiten Ausfahrt doch nicht überfordern, sonnte er sich in seiner Hilfsbereitschaft. Sie solle sich von der Begegnung mit dem Durchgeknallten erst einmal erholen. Der völlig verkannte Eugen stieg wieder bei seiner singenden Fragestellerin ein, die in wortloser Konzentration und mit zusammengepressten Lippen das Abschleppseil und den Abstand zum Fahrschulauto beobachtete. Es ging vorwärts. Auf der Beifahrerseite verwandelte sich die Nässe aus Kleidung und Schuhen in riechbaren Wasserdampf. Allmählich beschlugen die Scheiben in Eugens Nähe. Mit dem Wischen kam er nicht mehr nach, so sehr dunstete er. In ihm wuchs das Gefühl der Beengtheit zusammen mit dem Wunsch nach trockenen Kleidern. Er wusste nicht, was der Fahrlehrer dort vorne vorhatte. Ob er seiner erschrockenen Schülerin irgendwie imponieren wollte? Eugen fühlte sich nicht zum letzten Mal an diesem Tag gestresst. Um seine Stimmung auf Normalmaß zu heben, pfiff er leise vor sich hin. Am Tag als der Regen kam, lang ersehnt, heiß erfleht... Die Melodie sollte ihn und die angespannte Abgeschleppte beruhigen.

Knapp vor zwölf hielt der Hilfskonvoi in einer auch an Wochentagen bewohnten Gegend. Am ausgefransten Rand des Dorfes hatte eine Tankstelle überlebt. Zapfsäulen aus der guten alten Zeit. Eugen nahm seinen Rucksack in den kleinen Laden mit. Gemischtwarenhandlung. Sogar dieses Wort war noch am Leben. Artikel aller Art. Was könnte er brauchen? Gegen die wahrscheinliche Erkältung Hochprozentiges in größerer Auswahl, Socken waren Fehlanzeige, eine Zahncreme, aber nicht seine Marke. In einem stillen Winkel ganz oben eine Packung Kondome. Total verstaubt. Hier kannte jeder jeden. Hier hatte die Heimat ihren Hauptwohnsitz.

Hast du heute noch was Wichtiges vor? fragte ihn an der Kasse der aufdringliche Ladenbesitzer. Ich bin in einer fürchterlichen Notlage und bezahle gut. Den Wodka gibt`s als Extra, Mann.

Welcher Job?

Eugen zeigte sich interessiert. Geld plus Wodka wurde ihm noch nie angeboten, seit er aus Salzburg verschwunden war.

Meine Tochter heimbringen. Ist gestern Mittag aufs Feuerwehrfest und seither nicht zurück. Spurlos verschwunden. Ich kann leider vom Laden nicht weg.

Wie viel, wenn ich sie bringe?

Fünfzig.

Eugen reagierte enttäuscht. Kopfschütteln und wortloses Abwinken. Da musste mehr zu holen sein.

Nicht mehr als fünfzig? Ohne mich, Mann. Etwa nicht Ihre Lieblingstochter?

Geht dich nichts an, Fremder.

Der Tochtervater schien fremde Männer nicht zu mögen.

Wer ihm Geld in die Kasse brachte, wurde bedient und mit einem Gute-Fahrt-Wunsch verabschiedet. Geschäft ist Geschäft, da brauchte es keine Sympathie.

Die Tochter will jetzt ihre eigenen Wege gehen, wurde er konkreter. Lass sie, sagt die Mutter ständig, sie ist alt genug. Möchte am liebsten gar nicht wissen, was du in diesem Alter alles angestellt hast. Hinter dem Rücken deiner Eltern. Also lass Milla ihren Willen! Höre ich jeden Tag.

Eugen reizte der Job und das Geld konnte er gut gebrauchen.

Mh, simulierte er einen Zögernden. Woran erkenne ich sie überhaupt, falls ich es mir noch anders überlege?

Der Ladenbesitzer zeigte auf ein zerknittertes Foto an der Pinnwand. Daneben zwei entlaufene Katzen. Murli und Goldie. Keine Ergreiferprämie.

Wie alt?, erkundigte sich Eugen, als er die lachende Dunkelhaarige betrachtete.

Sieht man doch: 24.

Okay, ich bringe sie für 75. Ist mein einziges Angebot. Wo geht`s zum Fest?

Ist schon vorbei. An der Rückseite der Tankstelle bis zur Brücke über den Bach. Von dort sieht man das riesige Zelt, wenn man Augen im Kopf hat.

25 Vorschuss. Es gibt sicher Auslagen. Den Rest bei Lieferung. Als Sicherheit bleibt mein Rucksack da. Alles klar?

Erpressermethode, knirschte der Ladenbesitzer.

Was Eugen auf dem durchweichten Dorfanger zu sehen bekam, übertraf jeden Klamaukfilm des Privatfernsehens. Innerhalb und außerhalb des Festzeltes war alles aus dem Ruder gelaufen. Der Anblick der chaotischen Vergnügungsstätte und seiner Bierfässer ließen zwei knurrende Hunde einen weiten Bogen um den Festplatz schlagen. Er suchte das Zelt nach versteckt Liegenden ab. Keine Menschenseele. Keine Tochter. Irgendwo musste es ein WC geben. Seine Blase setzte ihn gewaltig unter Druck. Neben dem Parkplatz eine ganze Zeile von mobilen Erleichterungsstationen. In Reih und Glied. Die Redensart drängte sich ihm auf. Aus der angelehnten Tür der Behindertentoilette ragte der untere Teil eines Blechblasinstruments. Flutschen des Spülvorgangs, für Eugen ein Geräusch, das seinem Harndrang eine unerwünschte Steigerung verlieh. Die Tür ging bis zum Anschlag auf und eine jüngere Frau humpelte heraus. Ihre Körperhaltung hatte etwas Gequältes. Nichts lief rund in ihren Bewegungen. Ihr linker Fuß steckte im Schalltrichter einer Kontrabasstuba. Stöhnen und Flüche bei jedem Schritt.

Im Schlaf muss mir ein Vollidiot den Fuß in die Tuba gezwängt haben, erklärte sie mit heiserer Stimme. Eine Mordsgaudi und ich nicht einmal wach. Jetzt schau nicht so dämlich! Besorg mir lieber eine Blechschere! Tu was! Wozu bist du ein Mann geworden?

Eugen schaute keineswegs dämlich, er überlegte nur

etwas länger, dann hatte er es: der nächste Deal für mich. Wie ein Zivilfahnder hielt er der mürrischen Behinderten das Tochterfoto vor die Nase.

Zuerst will ich wissen, wo diese junge Frau hin verschwunden ist.

Ihm war inzwischen saukalt. Er hasste dieses Frösteln, seit er aus dem antriebslosen Auto gestiegen war, und wünschte die ganze verwässerte Gegend zum Teufel. Was mache ich, wenn ich krank werde? Medikamente habe ich nicht mit. Komplett vergessen. Kommt davon, wenn die Krankenschwester weg ist. Elsa hätte ich gebraucht, ihre Mittel aus der Hausapotheke. Nicht einmal die Basistriade befindet sich im Rucksack. Schmerzen aller Art, Husten, Durchfall. Dämlich von mir. Eben keine Erfahrung mit spontanem Abhauen. Und meine Krankenversicherung, ist die noch gültig? Wo bin ich da hineingeschlittert? Wo bleiben die umtriebigen Frauen, die wie ich auf gut Glück unterwegs sind? Liegt es am Rucksack, der mir den Stempel Sonderling aufdrückt? In seinem Ärger über sich selbst vergaß er, dass die Frau an der Tuba in einer ähnlichen Stimmung war. Sie warf einen kurzen Blick auf das Foto, dachte kurz nach und stellte schließlich ihre Bedingungen.

Das ist die Milla. Nähere Infos gibt's nur gegen eine Blechschere. Und vorher selbstverständlich noch eine kleine Anzahlung, damit du wiederkommst. Bescheidene 20. Alles klar, Herr Kommissar?

Wortloses Staunen. Gibt`s doch nicht! Verflucht noch einmal, die Humpelnde kopiert mich. Der Vorschuss ist fast weg, wenn ich auf ihre Forderung eingehe. Eis! Eis lässt Fleisch schrumpfen. Mit sanfter Stimme sprach er zur bedauernswerten Sitzenden hinunter.

Zur gefahrlosen Fußbefreiung könnte man Eiswürfel in den Schalltrichter füllen. Auf dem Festgelände müsste doch gefrorenes Wasser in einem Kühlschrank zu finden sein.

Jetzt redest du genauso geschwollen wie mein Knöchel. Hab schon nach Eis gesucht. Nichts mehr da.

Zähneknirschend zahlte er den Zwanziger und erleichterte im Regen stehend seine Blase. Die Hoffnung hat ein zähes Leben, fiel ihm beim Betreten der Tankstelle ein. Das Auto der Neugierigen war nicht mehr da. Also keine Versuchung, mit ihr weiterzufahren.

Haben Sie Ihre Tochter inzwischen telefonisch erreicht?

Nein. Ihr Handy ist aus.

Aus. Entsprach Eugens Stimmung in diesem Augenblick. Er bringe dennoch gute Nachrichten, begann er seine Rede vor dem genervten Vater. Er habe jemanden gefunden, der Angaben zu Millas Verbleib machen könne, sei aber selbst in einer überaus prekären Situation. Völlig unverschuldet noch dazu. Ein übler Scherz, wie er auf solchen Feuerwehrfesten zu vorgerückter Stunde schon einmal vorkomme, halte die unglückliche Informantin gefangen. Zu ihrer Befreiung benötige er eine Blechschere. Danach werde sie nähere Informationen über Milla machen. Sie habe ihm ihr Wort gegeben.

Ts! Ts! Der Tochtervater zischte wütend und schüttelte seinen kahlen Kopf. Er war außer sich und posaunte mit scharfer Stimme: Du bist mir eine große Hilfe! Statt dass du mir die Milla bringst, brauchst du eine Blechschere. Geht`s noch, du Komiker?

Es ist, wie ich es sage.

Von der Tubaträgerin erwähnte er nichts. Fehlte noch, dass das Instrument ihm gehört, dem schlecht gelaunten Besitzer von Tankstelle und Dorfladen. Die Tochter weg, kein Gehilfe zur Hand, dem er das Geschäft hätte anvertrauen können. Er sah sich zum Einlenken gezwungen und holte die Blechschere.

Ich hab das noch nie gemacht, gestand der Retter aus der Not und setzte das scharf geschliffene Werkzeug an. Wie ein Fleischermesser, dachte er sich und warnte die junge Frau, die mit ihrem Blechschuh vor dem Behinderten-WC ausharrte.

Ich schneide so vorsichtig wie nur möglich, kann aber nicht ausschließen, dass Ihr zartes Fleisch geritzt wird. Könnte wehtun. Soll ich trotzdem?

Was denn sonst? Ich will dieses Trumm endlich loswerden. Also, worauf wartest du noch?

Dermaßen angespornt ging der Helfer ans Werk und schnitt bedenkenlos den Tubatrichter entzwei. Er zog vorsichtig das unbrauchbar gewordene Instrument von

ihrem Fuß und hätte am liebsten Schere und Fuß ge-
küsst. Ein Seufzer der Erleichterung aus ihrer Kehle. Ganz
ohne Blutvergießen hatte er sein heikles Werk voll-
bracht. Wann war er das letzte Mal so stolz auf sich? Er
fühlte sich wie ein routinierter Feuerwehrmann, dem
eine Heldentat gelungen war. Wo bleiben die Fotorepor-
ter, fragte er sich. Wie ein Kavalier half er ihr auf die
Beine. Sie genoss es, von ihrer tönenden Fußfessel befreit zu sein.

Wahnsinn, Mann! Hab mich getäuscht, du bist doch kein
Komiker. Komm, ich geb` einen aus. Irgendeine Flasche
werden wir schon finden. Sie humpelte ins Festzelt voran.

Wunderbar, mir ist schon die längste Zeit saukalt. Aber
vorher wickeln wir noch unser Geschäft ab. Haben wir
vereinbart. Ich hab mein Wort gehalten. Jetzt sind Sie
dran. Wo steckt diese Milla?

Mann, hast du`s eilig.

Sie habe die Gunst der Stunde genützt, begann sie zu
erzählen. Der Vater war schon nach Hause gegangen, da
habe Milla einen feschen Mann kennen gelernt. Es war
noch gar nicht finster. Einen jungen Orientalen mit
Glutaugen, die wärmen dich einen ganzen Winter, wenn
du weißt, was ich andeute. Wow! Hinschauen und schon
brennt`s. Er dürfte schon länger bei uns leben, gut inte-
griert meiner Einschätzung nach. Das Bier hat ihm ge-
schmeckt. In seinem ansonsten gepflegten Bart hat sich

ein bisschen Senf verfangen. Zum Leberkäse, wie sonst? Was willst eigentlich wissen?, fragte sie sich selbst und ihren Retter aus der Tubanot.

Ach so, wo sie hin verschwunden ist. Also, auf dem WC hab ich die Milla zum letzten Mal gesehen. Der Vater behandelt sie wie eine Angestellte. Gut, dass er schon weg ist, hat sie gesagt. Euphorisches Flüstern über einen interessanten Ausländer, dazu dieses Funkeln in den Augen, kennt man aus den Liebesfilmen. Die zwei sind dann weg, in den Nachtfalter, hab ich noch mitbekommen. Ein diskretes Lokal, maximal 15 Kilometer von hier.

Okay. Nachtfalter, in Begleitung eines Mannes aus dem Orient. Hab mir aber mehr Infos erwartet, deswegen sind wir quitt, beendete er das Gespräch und ließ sie stehen.

Was hilft das Ende der Niederschläge, wenn man bis unter die Haut nass ist? Die Kleidung schwer, quasi direkt aus der Waschmaschine. Schleudergang defekt. Eugen reichte es hier. Er eilte zur Tankstelle zurück. Die Schuhe schmerzten höllisch, die Haut an den Zehen durchgewetzt. Seine Laune füllte sich mit Aggressionen. Wenn mich jetzt jemand reizt, gibt`s eine Explosion. Also nichts wie hin, Prämie und Rucksack holen und weg aus der verrückten Gegend. Was sind das für Leute, die hier wohnen müssen? In einer hingeworfenen Ansiedlung ohne einladende Eigenschaften. Kein Ort, der die Beachtung einer Landkarte verdient. Hätte der Fahrlehrer sie

nicht bis zur übernächsten Tankstelle schleppen können?

Dem Tochtervater knöpfte der resolut auftretende Eugen 40 Euro ab für die Nachricht, wo sich Milla aufhalten
könnte. Alles Weitere sei seine Aufgabe, falls er sie wirklich vermisse. Er solle sie dort selber holen, schließlich
besitze er ein Auto mit vollem Tank. Zähneknirschend
zahlte er und musste sich noch einen Kommentar anhören, während der Fremde zur Tür ging. Jedes Wort sollte
ein Treffer sein. Es war ihm nach einem starken Abgang.
Entführung aus Liebe. Kann es Edleres auf Erden geben?,
tönte Eugen zum Abschied.

Er fühlte sich sogleich besser und wurde obendrein vom
Zufall belohnt. Dankbar setzte er sich in einen Lieferwa-
gen, der gerade betankt wurde. Im Firmenlogo eine Äs-
kulapnatter in flotter Bewegung. Kein Gott hätte das
Zusammentreffen besser arrangieren können als die
Lieferroute für dringende Arzneiwaren. Mit getrockne-
ten Kleidern und einem Ärztemuster Aspirin Express
stieg er später wieder aus.

*Viel chauf, hat der Ältere von ihnen gesagt. Angst, hat
der andere übersetzt. Sie hat die beiden Iraker zum Putzen engagiert. Damit Jalousien und Fenster sauber sind,
bevor sie nach Asmara fliegt. Alles wegen der Nachbarn,
nicht für Eugen. (Ihn interessiert es nicht, was die Leute*

im Haus über sie reden). Die jungen Männer sind gelern-
te Tischler und haben den ganzen Tag nichts zu tun. Viel
chauf und viel Zeit, hat der Jüngere nach dem ersten
Fenster gesagt. Er heißt Khalil, 24 Jahre alt. Sein Leben
steht still, seit er in Österreich warten muss. Nicht der
kleinste Schritt in eine Zukunft. Ihre Fußfessel heißt Asyl-
antrag. Nadir, der Ältere, arbeitet wortlos vor sich hin. Es
liegt nicht an seinem schlechten Deutsch. Er hat sich un-
ser Land anders vorgestellt, hat Khalil verraten. Leichter
und freier, ohne das Dickicht der Vorschriften. Nadirs
Blicke gehen ins Leere, bis nach Ar-Rutba an der Wüsten-
straße von Bagdad nach Amman. Die Männer sind ohne
Aussicht und ohne Mut. Auf der Flucht haben sie ihn auf-
gebraucht. Er wächst nicht mehr nach. Sein letzter Trieb
ist auf der Überfahrt zur griechischen Insel ertrunken. Die
Tasche mit der Bekleidung für das kalte Europa mussten
sie über Bord werfen. Um Gewicht zu sparen. Was ist
euch von zu Hause geblieben, wollte sie nach den Arbei-
ten wissen. Was habt ihr mitnehmen können? Ein Foto
von den Eltern und Geschwistern, den abgegriffenen
Zollstab des Vaters und unvergessliche Bilder von den
Zerstörungen. Sie folgen ihnen, wohin sie auch reisen. Sie
sind nicht mehr abzuschütteln. Ein lebenslanges Trauma.
Viele Särge haben sie gezimmert. Solange das Holz reich-
te. 2014 hat der IS ihre Stadt erobert. Ar-Rutba ist keine
schöne Stadt, aber ihr Zuhause seit ihrer Geburt. In ihren
Kindertagen hat die Strabag dort ein Wohncamp errich-

tet. Die Fernsehnachrichten haben vor dem Heranrücken von IS-Kämpfern gewarnt. Von Bekannten wurden sie telefonisch aufgefordert: Flieht! Der Alarm erreichte sie rechtzeitig. Zwei Stunden später waren sie an der jordanischen Grenze. Allah sei Dank! Khalil hob seine Hände wie zum Gebet. Wer es nicht geschafft hat, ist dem IS in die Hände gefallen. Die Alten wurden getötet, die jungen Frauen verschleppt und an die Islamisten verkauft. Was für ein Grauen! Jetzt wohnt Nadir wieder mit Khalil in einer aufgelassenen Jugendherberge zusammen. Die Frau, die ihn bei sich aufgenommen hatte, hat er wieder verlassen. Er konnte es bei ihr nicht mehr ertragen. Jetzt wohnen sie wieder zusammen in Itzling (Stockbetten?). Kochen gemeinsam Magedra wie zu Hause (Reis, Linsen und geröstete Zwiebel). Und warten gemeinsam.

Siehst du mehr, kehrst du um

Ohne ihr Zutun wäre sie ihm nicht aufgefallen. In der Fußgeherzone tummelte sich am frühen Nachmittag ein multikulturelles Touristengeschiebe, verschleierte Araberinnen, dickbäuchige Männer in rotkarierten Hemden, schlanke Skandinavierinnen in Hot Pants und Flip Flops. Sie saß auf der Treppe zum Porsche Kongresszentrum und winkte ihn zu sich heran.

Nur eine halbe Minute! Gib mir halbe Minute!, rief sie Eugen entgegen. Eine Sinti oder Roma mit einem sympathischen Gesicht, das noch nicht lange verblüht war, eine reife Schönheit in bunter Tracht mit besten Chancen bei einem Casting für die Rolle einer Wahrsagerin. Eugen blieb eine Stufe tiefer vor ihr stehen, sie erhob sich und nahm lächelnd seine Hand.

Willst du in deine Zukunft schauen? Kostet nur eine Spende.

Ihre Stimme klang dunkel und machte ihn neugierig. Das Funkeln ihrer schwarzen Augen ließ ihm keine Wahl. Er zeigte sich einverstanden und sie drehte seinen Handrücken ohne seinen Widerstand nach unten. Ihr kundiger Zeigefinger fuhr seine Handlinien so sanft und langsam entlang, dass er ein anregendes Prickeln spürte. Die verhaltene Berührung elektrisierte blitzschnell seine Männlichkeit. Dieser Frau stand er noch keine halbe Minute gegenüber, schon hatte sie seine Gefühle in der Hand. Aus ihrer Miene strahlte die Überlegenheit einer sinnlichen Macht. Ihre dunkelroten Lippen waren halb geöffnet, während sie stumm von seiner Rechten las. Ihm kamen mittlerweile Zweifel an der von ihr geäußerten Absicht. Etwa doch keine Wahrsagerin, die ihm einen Blick in seine Zukunft angekündigt hatte? Gar ein raffiniertes Vorspiel, um Männer wie ihn für ein kostspieliges Liebesabenteuer zu umgarnen? Sie musste doch wissen, was sie in seinem Körper auslösen konnte. Solche Frauen mussten doch Erfahrung mit der Verführbarkeit von Männern haben. Wie man sie hereinlegen kann, um nicht zu sagen hineinlegen. Eine geschickt getarnte Anbahnung in einer belebten Fußgängerzone, so kam ihm die Begegnung mit der dominanten Schwarzhaarigen gerade vor. Sie bemerkte seine Verunsicherung an seiner steifen Körperhaltung und umklammerte mit beiden Händen seine Rechte mit festem Griff.

Keine Angst!, beruhigte sie ihn wie einen unerfahrenen Knaben. Kein böser Zauber! Garantiert. Bin ganz brav.

Wie um ihre Seriosität zu bekräftigen, führte sie anschließend seine Hand theatralisch langsam dorthin, wo ihr Herz schlug und er einiges von ihrer Brust zu spüren bekam. Dass sie damit seine Spendenfreudigkeit steigern wollte, kam dem Bedrängten in seiner Verwirrung nicht in den Sinn. Hoffentlich fällt`s niemandem auf, wo meine

Hand liegt. Verdammt peinlich, was gerade geschieht. Plumpe sexuelle Belästigung. Besonders delikat wegen der arabischen Augenzeugen. Gleich sagt sie mir als Zukunft die Verfolgung durch die Sittenpolizei voraus. Wenn ich mich losreiße, erhebt sie ein Geschrei und der Skandal ist nicht mehr abzuwenden. Ein Gefühl wie am Pranger, so wehrlos ausgeliefert. In aller Öffentlichkeit falle ich Idiot auf dieses Weib herein. Schaut weg, da gibt`s nichts zu sehen! Ich kann doch nichts dafür. Ich bin das Opfer, ihr Gaffer! Ich bin doch kein Grapscher. Me too passiert auch Männern. Kapiert?

Mit geschlossenen Augen stellte sie ihm die Zukunft vor, wobei sie Wort für Wort betonte: **Siehst du mehr, kehrst du um**. Mehr sprach sie nicht. Sie schlug ihre pinsellangen Wimpern auf, gab die Hand des sich schämenden Mannes frei und hielt ihre auf. Er spürte die Macht ihres Blickes. Selbstbewusst begehrte sie einen angemessenen Lohn.

Wie soll ich diesen Spruch verstehen?, fragte er verärgert. Sie schaute ihn achselzuckend an und meinte kryptisch: Irgendwann du verstehst. Sicher.

Für das Prickeln und den speziellen Griff an den Busen legte er einen Geldschein in ihre Hand. Den Satz über seine Zukunft nahm er mit, ohne zu bezahlen. Was er nicht verstand, war ihm kein Trinkgeld wert. Mit einem Rätsel beladen ging er weiter. Vor dem Abgang zum Bahnhof lehnte ein rotes Fahrrad. Das von Elsa ohne

Gepäckträger. Im Vorderreifen fehlte die Luft. Möglich, dass der Dieb den Träger entfernt hat. Auf seinem Handy war ein Bild gespeichert. Er hätte es doch mitnehmen sollen.

Von Eis lutschenden Touristen eskortiert wanderte Eugen ohne die leiseste Ahnung von seiner Zukunft auf dem Uferweg weiter und gelangte nach Stunden in einen hellen Föhrenwald, der von Urlaubsgästen unbehelligt wachsen durfte. Eine idyllische Szenerie in Grüntönen. Jeder Naturliebhaber kennt sie. Ungestört könnte er hier mit Elsa liegen und tiefe Abdrücke im Moos hinterlassen. Es fiel ihm leicht, sich ihren Körper vorzustellen, die anschmiegsamen Hüften. Sie schließt ihre Augen und wartet, was als Nächstes geschieht. Wartet auf meine lange Zeit fehlenden Berührungen, die leidenschaftlicher und fester werden. Auf ihrem Mund glänzt dasselbe Dunkelrot wie bei der aufdringlichen Frau von vorhin. Ich spüre, ich bin mit Elsa nicht allein. Leg dich auf die Seite, flüstere ich, ich bin der Löffel hinter dir. Ich greife nach ihrem Busen und höre wieder das geheimnisvolle **Siehst du mehr, kehrst du um.** Mit geschlossenen Augen spüre ich noch einmal, wie meine Hand auf der Brust der Wahrsagerin festgehalten wird. Mein Körper genießt die Erregung, mein Kopf schämt sich für das Bild, das ich in der Stadt abgegeben habe. Kein Zweifel, in asiatischen Fotoapparaten inzwischen eine einzigartige Urlaubserinnerung. Wanderer beim Frauentesten in einer Fußgängerzone. Alles nur wegen meiner Freundlichkeit. Wäre ich nicht stehen geblieben, wäre ich der Schwarzhaarigen nicht in die Falle gegangen. Ein blamabler Körperkontakt und sie spricht vom Umkehren. Warum habe ich sie nicht gefragt: Was ergibt Freiheit x Einsamkeit? Eugen ärgert sich und geniert sich zugleich, bis er überlegt: Was willst du mehr? Du erlebst zu Fuß mehr als am Steuer deines Taxis. Ein einziger Tag kann die herrlichsten Verrücktheiten bieten. Kommen daher wie auf einer Drehbühne. Jede Episode gratis und ohne Kleidervorschriften für Taxilenker. Denk an die verwöhnten Fahrgäste in der Festspielstadt! Wollen nur von einem Fahrer in langer Hose und Hemd mit Ärmeln bei der größten Hitze kutschiert werden. Brauchst du alles nicht beim Rumzigeunern. Na also. Du hast die Freiheit gewählt und die ist unberechenbar wie das Wetter in den Bergen. Genieße einfach die Überraschungen und mach dich wieder auf die Socken! Bleibst du noch lange hier sitzen, überfallen dich die gemeinen Wald- und Wiesenameisen. Finden ohne Navi in die Hosenröhren und krabbeln auf deiner verschwitzten Haut. Wenn du Pech hast, ätzen sie dich mit ihrer Ameisensäure. Zum aus der Haut fahren, wenn du keine fünf Hände gegen den Juckreiz hast.

Im Buch der geheimen Schreiberin fand er keinen Hinweis, wann sie damit begonnen hatte. Er las hin und her, manchmal dort, wo sich ihm das dünne Buch zufällig öffnete. Mit Sorgfalt geschriebene Aufzeichnungen, ohne Abkürzungen, jedem Buchstaben sein eindeutiges Zeichen verleihend, mit Achtsamkeit für jedes Detail. Nicht eilig aufs Papier geworfen wie eine Notiz für den abwesenden Mann, sondern als ob ihre Worte noch fünfzig Jahre später ohne Anstrengung lesbar sein sollten für Neugierige, die sich ein genaueres Bild machen wollten von ihr, der vorafrikanischen Elsa. Kann sein, sie verflucht mich, wenn sie heimkommt und ihre Aufzeichnungen nicht finden kann. Buch weg, Deserteur weg, Drama da. Kann aber auch anders sein. Eugen zurück, Buch verloren, Elsa? Abbruch in Asmara, weil es sie zu den Irakern zurückzieht? Sei bloß kein Dummkopf! Ist doch aus der Luft gegriffen.

Einmal im Monat der Anruf in Kirchdorf. Vater hat seine üblichen Kreuzschmerzen, weil er zu viel im Garten zu tun hat (und noch mehr Zeit vor dem Fernseher sitzt). Den Afrika-Entschluss hat er ruhig aufgenommen (noch immer liberal, toleriert die Entscheidungen der anderen Familienmitglieder). Dennoch: Fahr nicht allein! Ein Ratschlag (hat er betont). Er weiß, mit einem Verbot würde er sich lächerlich machen. Zuletzt kamen Vorschläge. Überleg eine andere Auszeit vom Spitalsdienst. Beginne eine zusätzliche Ausbildung in Österreich. Unser Gesundheitssektor bietet einige Möglichkeiten für eine berufliche Veränderung. Die Tochter will anderes. Luft holen und gleichzeitig Gutes tun. Durch eine radikale Veränderung wieder zu Kräften kommen, bevor sie ein Burnout lähmt. No risk, no life. Wenigstens hat er auf seinen alten Satz verzichtet. Kein Bist du gut genug für die neue Aufgabe. Bist du gut genug? Das ewige Damoklesschwert über ihrem Nacken. Seit ihrer Jugend hängt es. Kann doch der Mensch mit seiner Aufgabe wachsen.

Mutter wird rotiert haben (Was verlangt sie noch von uns? Zuerst der Taxifahrer und jetzt Afrika. Will sie gar ein Kind von dort adoptieren? Einmal schwarz, immer Neger. Zuzutrauen wär`s ihr bei ihrem Helferzwang. Von wem hat sie das überhaupt? Und das in unseren alten Tagen. Hat Eugen denn gar keinen vernünftigen Einfluss auf unsere Tochter? Oder ist er gar froh, wenn sie für längere Zeit nicht da ist und ihre Probleme von der Arbeit nicht nach Hause schleppt?)

Mit offenen Augen kann sie das Elend und die Not anderer nicht übersehen. Ein Dauerthema in den Medien. Und irgendwann vor zwei, drei Jahren Ärzte ohne Grenzen. Eine Veranstaltung in einer Klinik hat den Stein ins Rollen gebracht. Er rollt noch immer.

Melie ist verschwunden

Glück lässt sich kaufen! Nach einer langen Forschungs-dauer ist einem Wiener Institut für Lebensmittelwissen-schaften durch einen gefinkelten Emotions-Projektionstest der Nachweis gelungen: Glück ist sogar billig zu erwerben.

Frisch gewaschene Berge, die noch im Mai für hinterhäl-tige Lawinen bekannt waren, rund um Eugen, als ihn ein kleines Mädchen mit einer aufgeregten Frage überfiel.

Hast du meine Katze gesehen?

Er schaute in ihr trauriges Gesicht. Eine unbeschreibliche Verzweiflung sprang ihn aus grau-blauen Augen an, ver-bunden mit der Erwartung, der fremde Mann würde ihr helfen. Was wird das jetzt, fragte er sich und wäre am liebsten in seinem Rucksack verschwunden.

Nein, habe ich nicht.

Sie ist seit gestern weg. Ich hab sie schon überall ge-sucht.

Ein Schluchzen ließ ihre Stimme ein paar Mal unterge-hen.

Das tut mir Leid.

Für eine Weile verstummten die beiden. Ist nichts Au-ßergewöhnliches, wollte er dem Mädchen zum Trost sagen. Eine Katze kann vorübergehend verschwinden, ein Mensch genauso. Wichtig ist doch nur, dass sie zurückkommt. So wie Elsa. Er ließ die Blicke der unfrisierten Kleinen nicht aus den Augen.

Wie heißt du?

Jasmin.

Also, Jasmin, setz dich zu mir auf die Bank! Wir überlegen, was wir machen können, damit du deine Katze zurückbekommst.

Sie nahm Platz und stellte die Futterdose neben sich ab.

Wie alt bist du?

Sechs.

Solltest du jetzt nicht in der Schule sein?

Schon. Aber Melie ist wichtiger.

Verstehe ich. Wie lange hast du deine Katze schon?

Seit Papa weg ist.

Dein Papa wohnt nicht mehr bei euch?

Nein. Ist nicht schade, sagt Mama jeden Tag.

Aha. Wo ist sie jetzt?

Sitzt an der Kassa.

Sie arbeitet also. Weiß sie, dass du Melie suchst und nicht in der Schule bist?

Nein. Sonst wird sie wieder terisch, antwortete Jasmin ganz lässig.

Was wird sie?, fragte Eugen nach.

So hat Papa immer gesagt, wenn sich Mama aufgeregt hat.

Meinst du vielleicht hysterisch?

Ist dasselbe. Könntest du aber schon wissen. Bist alt genug dafür.

Tja, was wissen schon Erwachsene. Hast du ein Foto von deiner Katze?

Daheim.

Wie sieht sie denn aus?

Lustig.

Eugen stutzte wieder, bis sie fortsetzte.

Sie hat nur ein Ohr. Das andere ist ihr abgebissen worden.

Eugen wurde mit jeder Antwort des Mädchens nachdenklicher. Ihm setzte eine wachsende Ratlosigkeit zu und in seiner Notlage schwieg er eine Weile.

Deine Katze hat einen schönen Namen, beendete er die unangenehme Pause.

Mama verwendet auch einen anderen.

Welchen?

Sie sagt auch Vogeltod zu ihr. Nicht schön von ihr. Hast du auch eine Katze?, fragte Jasmin.

Nein. Das geht nicht.

Warum denn?

Ich bin fast immer unterwegs.

So wie ein Zirkus?

Könnte man sagen, stimmte er schmunzelnd zu.

Um die Kleine abzulenken erfand er eine Geschichte von einer Katze, der er den Namen Melie gab, weil ihm kein schönerer einfiel. Sie verlässt aus Abenteuerlust ihre

Familie, streunt durch Wiesen und zugewachsene Felder, geht Jägern und ihren bellenden Hunden aus dem Weg und schläft in einem unbewohnten alten Haus am Waldrand. Sie ernährt sich von Mäusen, Maulwürfen und unvorsichtigen Vögeln. Als sie den Winter herannahen spürt, kehrt sie zu ihren Leuten zurück.

Jasmin hatte aufmerksam zugehört und prüfte Eugen sogleich.

Glaubst du an diese Geschichte oder willst du mich nur trösten wie ein Opa?

Ich bin mir ganz sicher, solche Geschichten passieren immer wieder, gab er zur Antwort und schaute ihr dabei aufmunternd in die Augen.

Wann kommt denn der Winter?, fragte sie ängstlich.

Bei euch hier früher als anderswo. Vielleicht schon in vier Monaten.

So lang noch!

Im nächsten Moment überschwemmten Tränen die Augen des Mädchens und Eugen entschloss sich zu handeln. Ihm fiel nichts anderes ein, als Jasmin in der Schule abzuliefern. Das Mädchen stimmte enttäuscht zu. Als sie an einem Kaufgeschäft vorbeikamen, entdeckte er am Zeitungsständer vor dem Eingang den dicken Satz eines Schlagzeilenakrobaten: VANILLE MACHT GLÜCKLICH.

Eugen musste wissen, was von der Aussage zu halten war, und ging ins Geschäft. Er brachte Jasmin einen Becher Vanillejoghurt, drückte ihr einen Plastiklöffel in die

Hand und beobachtete sie genau. Ihre Züge entspannten sich allmählich und als der Becher leer war, machte Jasmin für einen Moment ein fröhliches Gesicht. Zum ersten Mal, seit sie den Fremden angesprochen hatte.

Die Lehrerin nahm das vermisste Mädchen dankbar in Empfang.

Vanille wirkt Wunder, teilte er ihr erleichtert mit.

Sie schaute ihn verständnislos an, er aber meinte nur: Melie wird es Ihnen erklären, Frau Lehrerin!

Er ging unverzüglich zum Geschäft zurück und kaufte Vanilleeis.

Wieder für die Kleine?, fragte die aufmerksame Kassierin.

Nein, für mich.

Wegen einer anderen, dachte er, wegen der anderen.

Könnte noch ein heißer Tag werden, fügte er hinzu und konnte sich nicht erinnern, wann er sein letztes Eis gegessen hatte. Irgendwann am Ende der Kindheit, als Belohnung oder zum Trost. Vanilleeis vertreibt den Kummer. Die Wissenschaft kann sich doch nicht irren.

Schamrot ist sie geworden, als sie begriffen hat, was Nadir widerfahren ist. Die stumme Wut hat sie gepackt. Nach dem Putzen haben sie zu dritt Tee getrunken. Ihr Geld hatten sie noch nicht erhalten, so nahmen sie die

Einladung an. (Sie wirkten nervös. Sie wussten nicht, was du mit ihnen vorhattest). Es dauerte eine Tasse lang, bis sie wieder erzählten. Viel chauf! Sie fürchten die Abschiebung, fürchten sich vor einem Überfall auf einer unbeleuchteten Straße und vor einem nächtlichen Anschlag auf ihre Unterkunft. Wir leben in einem sicheren Land, beteuern unsere Politiker (hast du entgegnet). Sie blieben bei ihrer Meinung. Khalil und Nadir fehlt das Gefühl der Sicherheit. Viel chauf vom Aufwachen bis in ihre Träume. Zu Hause wurden ihre Häuser erstürmt oder bombardiert, in Österreich werden ihre Unterkünfte beschossen oder in Brand gesteckt. Der Unterschied? Die Wahl der Mittel, mehr nicht. Seit ihrer Flucht aus Ar-Rutba hat ihre Angst den Namen gewechselt. Nach dem Terror des fanatischen IS hat das ungeheure Meer die Menschen getötet, gierig und unersättlich wie der Rachen eines Raubtiers. Zum ersten Mal in ihrem Leben haben sie das gewaltige Wasser gesehen, dem sie sich ausliefern mussten. Sie hatten für die Überfahrt bezahlt, ohne das Boot zu kennen. Ohne zu wissen, wie viele hineingezwängt wurden. Sie mussten mit und waren unter Dutzenden Fremden, die sich an einer Schwimmweste und ihrer Hoffnung festhielten. Viel chauf vom Besteigen des Bootes bis zur Landung in Griechenland. Viel chauf, die Nadir bei dieser netten Frau vergessen wollte. Sie hat ihm bei den Behörden geholfen, hat ihm Kleider für den Winter gekauft und in ihre sichere Wohnung eingeladen.

Sie gab ihm Geld für das Entrümpeln des Kellers, wo sich die Sachen ihres geschiedenen Mannes stapelten. Sie kochte ihm Essen ohne Schweinefleisch und schlich sich in sein Vertrauen. 20 Jahre älter als er, immer freundlich und gepflegt. Sie bot ihm an, bei ihr zu wohnen, und Nadir nahm mit gutem Gefühl an. Ganz ohne chauf. Zum ersten Mal seit dem Irak. Er zog mit seinen Habseligkeiten bei ihr ein und ging in die geschickt getarnte Falle. Sie bewunderte sein Aussehen, konnte sich von seinen dunklen Augen nicht mehr losreißen und machte ihm Komplimente, wie geschickt er sei und wie gut erzogen. Eines Abends zeigte sie ihm alte Fotos, auf denen sie sich oben ohne am Strand räkelte, und wünschte sich eine harmlose Dankbarkeit von ihm. Ihre Stimme klang so, als würde sie um einen Tee mit Zucker bitten. So oft er wolle, könne er Sex mit ihr haben. Er würde es nicht bereuen, ihre Erfahrungen im Bett würden ihm sicher gefallen. In seinem Alter solle er seinem Körper regelmäßiges Vergnügen gönnen. Nadir saß in der Falle. Zweimal täglich musste er die Sugar-Mama befriedigen. Zweimal täglich wälzte er sich mit der lüsternen Frau. Sie gebrauchte ihn als junges Spielzeug für ihren verblühten Körper.

Stumm und schamrot starrte Elsa auf den heißen Teekessel. Sie schüttelte den Kopf und genierte sich für die Unbekannte, die sie am liebsten an den Pranger stellen würde (wie im Mittelalter, aber wirksam und angemessen). Eine unauffällige Frau aus ihrer Stadt hat Nadir erniedrigt. Bis er die Flucht ergriff. Wieder einmal. Empört kommt ihr ein abwegiger Gedanke. Sie stellt sich vor, wie Nadir im Sommer am Ufer eines gut besuchten Badesees sitzt. Er wartet darauf, dass ein Schwimmer zu ertrinken droht und um Hilfe ruft. Nadir nimmt einen Rettungsring und schwimmt auf den in Not geratenen Badegast zu. Die Rettung gelingt im letzten Moment und Nadir wird als Held gefeiert. Sein Bild in den Medien des Landes. Er gilt plötzlich als guter Flüchtling. Als einer, der seinen Aufenthalt verdient. Keine gute Idee, fällt ihr später ein. Nadir müsste sich wieder dem tiefen Wasser anvertrauen. Er müsste das Meer vergessen können. Zu viele sind dort ertrunken, als sie ihr eigenes Leben retten wollten.

Elsas Job in Eritrea

Mein ist die Welt, motivierte sich Eugen jeden Morgen, der ihm das Innergebirg in seiner wolkenlosen Pracht zeigte. Vor nicht wenigen Wochen hatte er auf dem Esstisch neben einer Rose die Nachricht hinterlassen, es könne länger dauern, bis er wieder zurück sei. Sollte Elsa von Afrika schneller genug haben als er von seinem Herumstreunen, so konnte sie erfahren, er komme für längere Zeit nicht zurück. Seine Tour sei nicht so schnell vorüber. Vor ihm lägen noch unzählige Wege. An einen Irrweg wollte er nicht denken.

Einen langen Marsch ins Freie hatten zwei Ordensleute zurückzulegen, denen er auf einem Pilgerweg begegnete, wo sie ihm von ihrem lebenserschütternden Wunder mit glänzenden Augen erzählten.

Elisabeth, die schon etliche Jahre in einem Kloster mit ihrem himmlischen Bräutigam genügsam verlebt hatte, hatte sich eine sommerliche Auszeit genommen. Unbegleitet hatte sie mit einem Gebet auf den Lippen die schützende Abgeschiedenheit des Waldviertels verlassen und strebte Assisi als ihr Ziel an. An einer Weggabelung im unteren Pinzgau begegnete ihr ein stattlicher Mann, der sich eine magische Viertelstunde später als Ordensbruder Andreas zu erkennen gab, während ein heftiges Gewitter die beiden unter den Schutz einer Kapelle für den Heiligen Valentin zwang. Von Blitz und Donner begleitet und vom Schutzpatron der zärtlich Liebenden ermuntert fuhr ein gerüttelt Maß an irdischer Liebe in die beiden wehrlosen Ordensleute hinein, sodass sie nach Abziehen des Gewitters entschieden, ihr klösterliches Leben aufzugeben. Elisabeth himmelte hinfort den Mann an, den ihr der gütige Himmel gesandt haben musste. Den wohlgemeinten, heiser klingenden Ruf eines Eichelhähers, der eine monogame Saisonehe führt, überhörten sie in ihrer aufgeblühten Euphorie am Rand des Bergwaldes. Ihren weiteren Weg bis Assisi wollten sie zu ihrer vorgezogenen Hochzeitsreise umgestalten. Eugen ließ die Beglückten weiterziehen. Die Frage, was aus den beiden in sieben Jahren geworden sein wird, verwarf er sogleich. Euphorie schwindet im Alltag, hätten sie in seinen Blicken lesen können.

Sie brauche eine Auszeit von ihrer Tretmühle, hatte Elsa an dem Abend der Offenbarung gesagt. Mehrere Monate werde sie in einer Klinik in Asmara tätig sein. Er spürte damals, wie sich seine Augen vor Entsetzen weiteten, obwohl er keine Ahnung hatte, wo in aller Welt dieses Krankenhaus stand.

Ein feindselig gezischtes Was willst du denn dort? füllte das Wohnzimmer mit seiner Fassungslosigkeit.

Sie wiederholte ihre Mitteilung und versuchte, ihn zu beruhigen.

Wenn ich so weitermache, bekomme ich demnächst ein

Burnout. Wäre dir wahrscheinlich keinesfalls lieber als Asmara, vermute ich. Ich fühle mich überfordert, Eugen, ich brauche eine längere Phase mit weniger Stress. Eine Unterbrechung des Alltags wird mir guttun.

Mit demselben Schwung setzte sie fort: Sei froh, dir wird in deinem Job so etwas nicht passieren! Bitte, versteh mich doch. Du wirst auch ohne mich zurechtkommen, Eugen. Es ist ja nicht für immer.

Sie schauten einander lange schweigend an.

Was willst du dort?, fragte er später verständnislos ein zweites Mal und stellte sich eine karitative Mission vor, die sie nach dem schwarzen Kontinent locken würde. Wo es ein reiches Betätigungsfeld für den Stamm der weißen Gutmenschen gibt, von denen er in den Zeitungen immer wieder lesen konnte. Absoluter Schwachsinn, hätte er am liebsten gebrüllt.

Für die Kranken von Eritrea da sein, was sonst. Ich gehe nur für eine gewisse Zeit weg und gehe nicht von dir weg. Ich habe mich entschieden und du kannst mich nicht mehr umstimmen. Es bleibt bei meinem Entschluss. Ich warte nur mehr auf die Zusage.

Eritrea also, dort willst du hin. Ich bin mir sicher, du hast keine Ahnung, was in dem Land los ist. Was dich dort in deiner Naivität erwartet. Viele Junge fliehen aus Eritrea. Ist mein Zeitungswissen, Elsa. Mit einem solchen Land kann etwas nicht stimmen, wenn die Jugend abhaut.

Sie entgegnete nichts. Er sollte ihre Entschlossenheit

spüren.

Wie sagt man heute?, suchte er kurz nach dem modern gewordenen Wort, das in aller Munde auf seine Verwendung wartete. Selbstverwirklichung! Ist es diese Fata Morgana, die dich nach Afrika zieht? Bist du hier zu wenig du selbst?

Darum geht`s mir nicht, das kannst du mir glauben.

Was er in der Zwischenzeit machen werde, war ihr klarer als ihm. Sie ging davon aus, er werde sein gewohntes Leben weiterführen. Ob ihre Treue auch eine Pause brauche, wagte er nicht zu fragen. Es würde sich noch eine Gelegenheit dafür ergeben.

Ich halte mein jetziges Leben nicht mehr aus, womit ich den Arbeitsplatz meine, fügte sie rasch hinzu. Und abgesehen davon wird es uns beiden gut tun, wenn unsere Gefühle einen Belastungstest machen. Denkst du nicht auch von Zeit zu Zeit, dass wir im seichten Wasser der Gewohnheit gestrandet sind? Ist dir überhaupt aufgefallen, von welchen Lebensumständen wir inzwischen umstellt sind? Ich glaube, du bist dir zu sicher geworden, dass unser Leben immer weiter so dahinplätschern wird. Einfach immer so dahin nach der Schablone der Bequemlichkeit.

Nach einer kurzen Atempause setzte sie zur eigenen Bestätigung hinzu: Sag etwas, Eugen, wenn ich Unrecht habe. Mach den Mund auf!

Er erlebte gerade, wie ihm sein Leben um die Ohren flog.

Geräuschlos, aber so heftig wie ein K.-o.-Schlag. Ihre Worte prügelten auf ihn ein und er überlegte vergeblich, was er dagegenhalten konnte. Wäre er nicht regelrecht überfahren worden, hätte er betont, welche Sicherheit im Zusammenleben durch Gewohnheiten entstehe. Wenn sie eine gewisse Einengung spüre, dann sei diese von beiden zugelassen worden. Ihr knallharter einsamer Entschluss hatte ihm nicht einmal die Chance für eine faire Diskussion gelassen.

Was hatte sie dazu gebracht, aus ihrem Leben auszubrechen, fragte er sich und schaute auf die Straße hinunter, wo die korpulente Nachbarin ihren Hund von der Leine ließ. War es Elsas Eigenschaft, die er in den ersten Jahren mit ihr so genossen hatte? Diese Leichtigkeit, sich völlig fallen zu lassen, wenn sie Lust dazu hatte. War es diese aufregende Haltlosigkeit, die sie in das ungewisse Abenteuer trieb?

Die wichtigsten Impfungen habe ich schon, falls du dir Sorgen um meine Gesundheit machst.

Wie umsichtig von dir, ätzte er, als er seine Chancenlosigkeit erkannt hatte.

Nichts hätte es ihm geholfen, das nie geborene Kind ins Treffen zu führen. Er war überzeugt, dass sie als Mutter niemals auf die afrikanische Idee verfallen wäre. Das hätte sie niemals gemacht. So gut kannte er sie.

Sein Lokal in der Innenstadt, die männergemütliche „Trinkstube", hatte geschlossen. Sonntag war, der Tag der Nüchternheit. Der Tag, an dem man sich am Familienglück berauschen sollte. Gut gewählt von ihr. Ein Katastrophentag für ihn, dem sein Glaube abhandengekommen war, alles sei in Ordnung, alles würde so weitergehen wie immer.

Vor zwei Stunden hat er die Tür zugeknallt, dann war er weg. Musste so kommen. Du hast ihn mit deinem Entschluss überfahren, Elsa. Hast einen Kübel Eiswasser über ihm ausgeschüttet. Langsam hättest du es angehen sollen. Erst einmal mit der Überforderung im Krankenhaus beginnen. Eine Woche später über Burnout reden, dann (in einer günstigen Stunde es im Guten sagen) der Wunsch nach einer Auszeit. Vom Belastungstest hättest du besser gar nicht gesprochen (ergibt sich doch von selbst). So war es ein Schock für ihn.
Irgendwie musst du das wieder gutmachen. Wird nicht leicht werden.
Das Telefonat mit der Mutter (wie erwartet). „Das kann doch nicht dein Ernst sein!" Kein Verständnis für ihr Afrikaabenteuer, wie sie meinte, und schließlich zum wiederholten Mal die zitternde Frage: Willst du wirklich kein Kind, Elsa? Ihre Entgegnung wie immer: Meine Entscheidung verdient denselben Respekt wie deine für drei Kinder. Und außerdem: Bedenkst du eigentlich, welche Zukunft dieses Kind hätte? In einer Welt, die aus den Fugen

ist. Mutter entrüstet: *Jetzt hör bitte auf mit deiner Schwarzmalerei! Was glaubst du eigentlich, wie Eugen mit deiner Abwesenheit umgeht? Aus den Augen, aus dem Sinn – so sind die Männer. Du brauchst dich nicht wundern, wenn er sich eine andere zulegt.* Die Mutter hörte nicht auf mit ihren Warnungen. Die Tochter hörte mit der Zeit nicht mehr hin.

Sie hat sich die Sache keineswegs leicht gemacht damals. Nach Jahren des Nachdenkens wurden ihre Argumente gegen ein Kind immer mehr. Die Angst vor einem behinderten Kind. Sie fürchtete, durch das Kind und den Beruf überfordert zu werden. Die Alten können nicht mehr auf die Hilfe eines Kindes vertrauen. Sie selbst ist nach der Ausbildung weggezogen. Und sie fragte sich immer öfter, welches Leben ein Neugeborenes erwarten dürfe. Ist die Welt in 50 oder 70 Jahren überhaupt noch ein Ort zum Leben wie bisher? Ist es dann so weit, dass die Nachkommen nicht ertragen, von unserem sorglosen Leben in Luxus zu erfahren? Dass Filme und Bücher über unsere verschwenderische Lebensweise niemandem zugemutet werden können. Dass das Leben auf Erden zu einer lebenslangen Strafe geworden ist. Die Menschheit betreibt die Selbstzerstörung mit wachsendem Erfolg. Haben sich in 50 Jahren die Reichen in einem Territorium eingeigelt, wo noch erträgliche klimatische Bedingungen herrschen? Wo man von Wetterkatastrophen verschont bleibt. Was bleibt für alle anderen? Der Zorn, den Tag ihrer Geburt

zu verfluchen. Und ihre Eltern dazu, die ihnen ein Dana-
erleben geschenkt haben, aus blinder Lust an der Fort-
pflanzung. Weil sie den Wunsch hatten, ein Kind zu besitzen. (Zeugung ist auch ein Akt des Egoismus. Unstrei-
tig dann, wenn die Erde für den Menschen zunehmend
unbewohnbar wird). Bleib bei deiner Entscheidung, Elsa.
Du zweifelst zwar manchmal, ob dir das halbe Jahr in
Eritrea guttun wird. Bedenken sind normal, wenn man
Neues unternimmt. Jeder Sprung ins kalte Wasser bringt
frische Kräfte hervor.

Diskretion selbstverständlich

Bist du frei? Kannst du mich heimbringen?
Elsas Stimme klang aufgebracht. Sie hatte Grund, wütend zu sein. Ihr geliebtes knallrotes Rad war weg. Wochen, bevor sie sich für Afrika entschieden hatte.
Wie immer ist es in der Fahrradgarage neben dem Personaleingang gestanden. Ich habe es auch abgesperrt, da bin ich mir ziemlich sicher. Nach dem Dienst war es weg. Mein schönes Rad, wie vom Erdboden verschluckt.
Ich selbst hab`s knallrot lackiert, damit es sicher ist.
Sie waren auf dem Weg nach Hause und Eugen wollte ihr Hoffnung machen.
Ich bin auf so vielen Straßen unterwegs, vielleicht entdecke ich es auf einer Fahrt. Es fällt ja auf.
Wenn du den Dieb siehst, mach sofort ein Foto von ihm!
Ich will unbedingt wissen, wie dieser Gauner aussieht.
Wenn du dich traust, kannst du ihn auch verprügeln, aber als Opfer möchte ich dich auf der Station nicht sehen. Also schau zuerst, mit wem du dich anlegst.
Und wenn`s eine Diebin ist, Elsa?
Kann ich mir nicht vorstellen.
Ich schon. Überleg doch, es ist ein Damenfahrrad! Oder gibt es nur Männer, die stehlen?
Nein, aber die Eigentumsdelikte werden ganz selten von

Frauen begangen.

Er wechselte lieber das Thema und fragte sie nach ihrem Arbeitstag im Unfallkrankenhaus.

Schlimmen Dienst gehabt?

Nö, alle Patienten am Leben, begann sie irgendwie zufrieden, sogar der komplizierte Jochbeinbruch, den ich fünf Mal stechen musste.

Warum so oft?

Weil ich erst beim fünften Mal eine Vene getroffen habe. Wahrscheinlich glaubt er insgeheim, ich sehe schlecht. Aber es war wie verhext – keine brauchbare Vene zu finden.

Und dann auch kein Fahrrad!, unterbrach er sie.

Eine böse Überraschung, das kannst du mir glauben. Mit einem Schlag nicht mehr mobil. Ein Alptraum für mich.

Und was hast du so erlebt mit deinen Fahrgästen?

Wie üblich hat jede Fuhre etwas Persönliches mitgebracht. Der Geruch von Mottenkugeln auf der Fahrt zu einem Begräbnis, dampfender Leberkäse zwischen Semmelhälften, ein überschweres Parfum unterwegs zum Friseur, eine Alkoholfahne vermurkst die Pointe eines Witzes, aber zum Glück war noch kein Hundekot auf einer Schuhsohle dabei.

Muss so einiges einatmen, deine Nase.

Und hätte Besseres verdient. So, wir sind zu Hause.

Was verlangt der Herr für die Fahrt?

Wie immer, Elsa.

Sie löste den Sicherheitsgurt und küsste ihren Chauffeur. Er spürte noch die Feuchtigkeit ihrer Lippen, als sein Telefon läutete. Generaldirektor P. möchte abgeholt werden. Sein Meeting, schätzte Eugen, hat heute zweieinhalb Stunden gedauert. Für sein Jour fixe am Mittwoch verzichtete er stets auf den Direktionswagen. Er wusste, er konnte sich auf Eugens Verschwiegenheit verlassen. Schon allein sein schwarzer Mercedes garantierte absolute Diskretion.

Sie nannte sich Venus. P. hatte einmal ihren Namen in sein Smartphone geflüstert. Sie mussten umdrehen, weil er seine Uhr bei diesem Meeting vergessen hatte. Während Eugen im Wagen wartete, bemühte er die Detektei Google. Im erstgereihten Escortservice fand er die Dame mit dem Künstlernamen Venus, ihre Telefonnummer, ihr Repertoire, ihre Tarife. Als P. wieder zurück war, genoss Eugen eine wohltuende Überlegenheit. Der Generaldirektor war für ihn plötzlich ein Mann wie jeder andere. Für eine Sonderfahrt nach Berlin könnte er einen halben Tag in ihrer Maisonette verbringen, stellte sich Eugen vor. Und dann mal testen, ob sie ihr Geld auch wert ist. Beim Warten auf P. hatte er ausreichend Zeit, sich diese Frau vorzustellen. In seiner Phantasie empfängt sie den grauhaarigen Generaldirektor wie immer wunschgemäß barfuß. Im Foyer stellt sie sich auf seine Füße, die noch in den dunkelgrauen Elefantenlederschuhen stecken, und blickt devot zu ihm empor, indem sie ihr rotblondes

Lockenköpfchen nach hinten streckt. Während er genie-
ßerisch ihre strammen Pobacken fasst, seufzt sie aus der
Tiefe ihres großen Herzens: Mon Cherie, wie viele ast du
eute entlassen? Ihr Französisch hat sie sich von alten
Filmen abgeschaut. Schließlich hält sie die Erotik für eine
Erfindung Frankreichs. L àmour est un miracle, hat sie
von einem Kunden gelernt.

Mein Terminkalender war übervoll, meine Kleine. Ich bin
nicht dazugekommen, gibt er seiner Maitresse, die Gedanken mit Tiefgang zu vermeiden im Stande ist, zur
Antwort. Mit gespielter Enttäuschung windet sich der
Luxuskörper von Venus aus seinen Armen und steigt
koketten Schrittes die Wendeltreppe voran. Mit jeder
Pendelbewegung ihrer Pobacken zelebriert sie die
Macht, der sich mächtige Männer mit Lust unterwerfen.
Nach wenigen Stufen verliert sie wie aus Versehen ihren
knisternden Seidenkimono. Als Kavalier der alten Schule
eilt er der entblößten Gastgeberin nach und trägt das
parfümierte Kleidungsstück dorthin, wo es für eine gute
Stunde nicht benötigt wird. Eugen stoppte seine Phantasien. Der Verkehr im Zentrum verlangte seine Aufmerksamkeit. Seinen wichtigsten Stammkunden wollte er
ohne Unfall zu Hause abliefern. Vorwürfe der langjähri-
gen Ehefrau ihm gegenüber, er habe sich gewissenlos
verhalten, konnte er nicht gebrauchen.

Mit hängender Zunge heute zur Dienstübergabe. Den

Bus schätzen sicher viele Schüler (zu spät zum Unterricht ist beliebter denn je, wenn man hört, was sie so reden). Eugen sollte ausschlafen nach seiner Taxischicht bis zum Morgen. Heute ist sie noch zu keinem neuen Rad gekommen. Vielleicht besser ein paar Tage mit dem Kauf warten. Könnte sein, dass der knallrote Flitzer wieder auftaucht. Sie hätte ihn fotografieren sollen, als er noch da war. Für Flugzettel und als Erinnerung an die gemeinsame Zeit. Wer weiß, wo in Salzburg die meisten Räder unterwegs sind? Hat es überhaupt einen Sinn, zur Polizei zu gehen? Achselzucken und uniformierte Ratschläge machen den Frust nur größer. (Wir klären zumindest 17 Prozent der Fahrraddiebstähle auf). Um halb acht Alarm aus zwei Zimmern gleichzeitig. Stress. Ein Erstickungsanfall während des Frühstücks (hat es wieder Linzer Schnitten gegeben, diese Bröselmonster?), eine Schmerzattacke im anderen Zimmer. Vorbereitete Infusion gelegt, dann zurück zur Visite (warum heute so früh?), der neue Oberarzt ist ausgefallen (angeblich krank). Das Tattoo mit der Busenteilung ist gestern nach Hause. Leupolds Blicke haben seit der überfallsartigen Nachtlesung etwas Mönchisches (oder schauen Verschwörer so, wenn Zeugen dabeistehen?). Der grasige Duft seines Aftershaves vertreibt die Männerzimmergerüche aus ihrer Nase. Schon angenehm. Sie hat keine Ahnung, wann sie wieder Nachtdienst mit ihm hat. Bis zur nächsten Lesung wird ihm hoffentlich etwas anderes eingefallen sein (Tragik

bleibt länger im Gedächtnis). Wenn nicht, kriegt er Anregungen von ihr. Das Leben ist kein Stück aus einem Komödienstadl. Keine Ahnung, was er für ein Privatleben führt (besser nicht fragen – wer weiß, was dann kommt). Sie traut ihm sogar ein Zimmer bei den Eltern zu (Komforthotel Mama). Oder doch eine Ehefrau, die ihn kurz hält? Auf jeden Fall ein Kandidat für ein Doppelleben. Verkraftet er seinen Biedermann nur, indem er seine Phantasien auf dem Papier auslebt? (Schreiben zur Selbsttherapie). Leupold kann kein glücklicher Mensch sein. Seine Ringelsocken verraten, dass mit ihm nicht alles stimmt. Ginge schon, aber nur am Faschingsdienstag zusammen mit der Clownnase. (Oder bloß ein notorischer Sparzwang? 12 Paar Geringelte zum Preis von drei aus dem Restpostenparadies.) Der Alte mit dem Trümmerbruch fragt zehn Mal am Tag, ob ihm der schlechte Fuß bleibt. Nach einem Jahr wird ihm die Platte entfernt, aber bis dorthin ist er völlig dement. Seine Frau macht den Eindruck, dass sie seine Betreuung schaffen könnte. (Wie lange halten die Kräfte in diesem Fall?).
Ein besonderes Taxi hat Elsa heimgebracht, ganz ohne Anruf. Ist einfach so dagestanden für den wichtigsten Fahrgast des Tages. Zwischendurch war er sogar einkaufen. Hättest du ihm nicht zugetraut. Lieb von ihm.

Das Meerwunder

HEUTE MUSEUMSTAG, HEUTE FREIER EINRTITT
Auf der Brücke über die Malta fiel Eugen das Plakat auf und es schien zu dieser Stunde nichts dagegen zu sprechen, zum zweiten Mal in seinem Leben eine Ausstellung zu besuchen. Einmal hatte ihn ein Taxifahrerkollege in eine Reptilienausstellung geschleppt, wo er sich wie ein Muslim in einem Schweinezuchtbetrieb fühlte. Gratis zur Kultur muss doch nicht umsonst sein. Also stieg er im Stadtturm von Gmünd die steilen Treppen bis in das letzte Stockwerk hinauf, wo Zeichnungen des weltberühmten Hasenmalers hingen. Er ging gemessenen Schrittes die vier Wände des kleinen Raumes entlang, schaute zwischen den Köpfen und über die Schultern der andächtigen Besucher hinweg auf Heilige, Ritter, Tod und Teufel. Die kleinformatigen Grafiken waren seine Sache nicht. Altmodisch fand er sie, eben aus einer untergegangenen Welt. Viel lieber wandte er sich den großformatigen Besuchern zu, die er aus nächster Nähe beobachtete: Bildungsbürger, Kunstkenner, glühende Verehrer alter Meister, so ließen sie sich in den Zeitungen gerne bezeichnen. Eugen wollte, wenn er schon einmal in einem Museum war, erfahren, woran man Kunstliebhaber erkennt, wenn sie einem auf der Straße begegnen.

Er stellte sich hinter einen älteren Herrn mit Glatze und seine Goldrandbrille tragende Gattin, die gerade im diskreten Flüsterton über einen Kupferstich sprachen.

Kannst du den Titel lesen, Isolde?, fragte der mutmaßliche Amts- oder Hofrat.

Natürlich. Das Meerwunder. Wilhelm, du gehst mir wieder einmal zum Augenarzt!

Wenn du meinst, Isolde. Ist die Frau in der Bildmitte wirklich ganz nackt?

Ts! Also das siehst du doch. Sie trägt bloß einen Kopfschmuck, wie ihn damals vermögende Damen im Haar hatten. Aber diese Füße, Wilhelm! Siehst du so weit? Was sagst du zu ihren Füßen?

Mh, nicht gerade zierlich. Eher plump oder gar geschwollen, wenn ich mit deinen vergleiche, gab er sich charmant.

Schamlos wie ein modernes Aktmodell posiert sie. Diese fülligen Oberschenkel waren vor 500 Jahren wohl ein Schönheitsideal. Aber der Oberkörper ist zierlich wie bei einer Tänzerin. Eine bedauernswerte Figur. Unterhalb der Taille ganz aus den Fugen geraten, kritisierte sie gnadenlos.

Traurig schaut sie in die Ferne, irgendwie voll Angst. Vielleicht traut sie sich nicht mehr heim?, fragte der Mann.

Aber geh, ist doch kein Wunder. Schau dir diesen ekelhaften Kerl an, der sie mit seiner rechten Pranke festhält. Ein regelrechtes Ungeheuer mit einem Fischschwanz, wo seine Beine sein sollten. Muss ein Wassermann sein und vor seiner Brust ein Schildkrötenpanzer.

Jetzt verstehe ich es langsam, Isolde. Sie schaut zum anderen Ufer, wo drei unbekleidete Frauen beim Baden und ein wild gestikulierender Mann zu sehen sind. Ich sage dir, der ist über die Entführung der Nackten entsetzt.

Könnte ihr Ehemann oder ein Verwandter sein, der aus der Stadt zum Ufer gestürmt ist. Diese herrliche, wehrhafte Stadt im Hintergrund!

Und auf dem Felsen darüber eine prächtige Burg und ein Fachwerkhaus.

Mir kommt vor, Wilhelm, die Idylle der mittelalterlichen Stadt und das ruhige Meer mit den badenden Frauen stehen im Kontrast zum Geschehen im Vordergrund, wo sich der bärtige Fischmann die Nackte gekrallt hat, wie man leider sagen muss. Ach, diese arme Frau! Was wird er mit ihr vorhaben?

Aber Isolde, das kannst du dir doch denken. Was glaubst du, warum sie unbekleidet dargestellt ist?

Grässlich. Ich möchte mir das gar nicht vorstellen.

Brauchst du auch nicht, Isolde. Weißt du was? Wir fragen später wen vom Museum, warum der Kupferstich Das Meerwunder heißt.

Das machen wir, Wilhelm. Kann doch kein Mensch verstehen, wie der Titel gemeint ist, da fehlt eine Erklärung für die Besucher.

Es kann aber auch sein, dass der Titel ein Rätsel bleiben soll.

Ein Rätsel, meinst du?, gab sie sich nachdenklich. Mh, also ich weiß nicht so recht, warum uns der Dürer ein Rätsel aufgeben sollte. Auf alle Fälle glaube ich, dass er mutig war, weil er die Frau hüllenlos dargestellt hat, im Jahr 1498, kurz nach der Entdeckung Amerikas.

Ein paar Jahre vorher ist unser schönes Kärnten wieder einmal von den Türken heimgesucht worden. Wenn sie bis nach Nürnberg gekommen wären, na, ich weiß nicht, ob er sich über diesen Kupferstich getraut hätte. So was von freizügig - oder nicht?

Wilhelm, ich sag`s ja immer wieder: Gott sei Dank sind sie nicht geblieben, diese Muselmanen. Die armen Künstler hätten sonst nur mehr Hasen und Lämmer zeichnen dürfen – nicht auszudenken, so etwas!

Hast Recht, Isolde. Und wir könnten uns heute über Das Meerwunder nicht wundern. Und stell dir um Gottes willen vor: kein Schweinsbraten! Kein anständiges Essen hätten wir unter den Kümmeltürken, flüsterte er.

Während Eugens Aufmerksamkeit sich von dem leisen Gespräch vor ihm entfernte, wurden seine Blicke von zwei Frauenbeinen vor einem anderen Bild magnetisiert. Wohlgeformt, schlank, leicht gebräunt fußten sie in glänzenden, dunkelblauen Schuhen mit Absätzen in maßvoller Höhe. Welches Gesicht wird sie haben? Wie schaut die Kunstliebhaberin von vorne aus? Nur für einen Augenblick soll sie sich umdrehen, damit ich auch das Gesicht sehen kann. Mehr will ich gar nicht. Vor dem Schuhsalon in Salzburg ist mir die glückliche Vollbremsung eines Taxis zu Hilfe gekommen. Die Nackte im Vordergrund nahm den Blick des Laien gefangen. Ihre Locken fallen über die Schulter nach hinten bis zu den ausladenden Hüften. Die Brüste sind fest und zierlich, ein schmales Tuch verhüllt ihre Scham. Sie blickt schräg nach hinten zu einem älteren Mann, der vor einem Kachelofen sitzend schläft.

Das Geflüster der Besucher verbot ihm einen Pfiff des Erstaunens und so beschränkte er sich, nichts Schlimmes befürchtend, auf eine kurze Bemerkung hinter dem Rücken der Dame.

So ein Gruftie! Merkt nicht einmal, welches Prachtweib er haben könnte.

Was er von sich gab, wirkte prompt. Mit einem jähen Ruck fuhr sie herum und wusste sofort: Dieser Bärtige in Wanderkleidung muss es gewesen sein. Nur dem ist so etwas Ungehobeltes zuzutrauen. Bevor ihm noch ihre spitze Nase, die schmalen Lippen und das kantige Kinn auffielen, traf ihn schon ein Bannstrahl aus eiskalten Augen.

Was erlauben Sie sich? Mit solchen Manieren sind Sie hier fehl am Platz, Sie Banause, herrschte sie ihn an. Seien Sie still, wenn Sie nichts von Kunst verstehen!

Wovon der im Titel von Dürer genannte Doktor träumen mag, erschloss sich allen anderen als Eugen. Versierte Kenner mit einem geschulten Bildverständnis finden in der linken Ecke sofort eine hilfreiche Andeutung: Ein kleiner Amor, der sich in der Gesellschaft der großgewachsenen Venus befindet, bemüht sich, auf Stelzen zu steigen.

Sie hat das falsch verstanden, überlegte der Gemaßregelte beim Verlassen des Museums. Wer weiß, woran sie meine Bemerkung erinnert hat. Wäre sicher besser gewesen, ich hätte mit der Zunge geschnalzt. Als unüberhörbare Bewunderung für ihre tadellose Figur. Sind eben schwierige Menschen, diese Kulturleute, und ausgesprochen heikel. Da verbrennt sich unsereiner ganz leicht den Mund. Macht aber nichts, war nur ein Platzverweis. Und das Ganze hat ja nichts gekostet.

Endlich! Die Zusage ist da – welche Freude! Er wird sich denken, jetzt gibt es kein Zurück mehr, jetzt geht sie wirklich nach Afrika. Es ist allein ihr Ding, sie lässt sich nicht mehr beirren. Er muss da durch. Wird schon gehen. Wenn ihm zwei Überfälle im Taxi und die schlimme Kopfwunde nicht geschadet haben, wird er die paar Monate ohne seine Elsa auch überstehen. Es wird doch keine Trennung und sie ist auch nicht die vorübergehende

Ex, die unter Umständen zurückkommt. Die große Frei-
heit wird in Asmara nicht auf sie warten (vielleicht aber
auf ihn zu Hause?). Da braucht er sich keine Illusionen
machen. Wer möchte schon dorthin auswandern, soll er
mal ganz nüchtern überlegen. Eritrea als Aussteigerziel?
Hawa wollte nicht mitkommen. Du gehst zum Seeleput-
zen nach Eritrea? Verrückte Idee. Als sie das sagt, durch-
leuchten ihre dunklen Augen die neun Jahre ältere Elsa.
Du wirst dich anschauen dort unten. Die letzten Worte
betont sie wie eine Verurteilung. Oksana hat nur gelacht:
Bin doch nicht durchgeknallt. Hawa schickt gespartes
Geld nach Somalia, hat aber keine Sehnsucht nach dem
schwarzen Kontinent. Sie warnt ihre Leute (Bleibt da-
heim! Europa ist eiskalt geworden). Als Krankenschwes-
ter muss Elsa nicht arbeiten (kein Hautkontakt mit Pati-
enten, keine Krankensäle). Ihr Job ist die Ausbildung von
Schwestern für das Land. Anatomie, medizinische Fach-
begriffe, Erste Hilfe, Hygienekunde, Verbandstechniken
(ein Schulbetrieb wie zu Hause?). Hauptsache, die Hände
sind weit weg von fremdem Männerfleisch. Nun wird
alles gut. In Asmara alle Spitäler in derselben Situation:
zu wenig Medikamente, Mangel an medizinischen Gerä-
ten. Unlängst die Aufnahme der Stadt in die Welterbelis-
te der UNESCO (moderne Architektur aus Italien, wäh-
rend der Kolonialzeit entstanden). Art Deco wie in Miami
Beach (kuriose Parallele). Angenehmes Klima wegen der
Höhenlage. Katastrophal die unmenschliche Regierung

(junge Männer fliehen vor dem unbegrenzten Militärdienst über das Mittelmeer). Was ist für Ausländer in Eritrea verboten? Was wirst du dort vermissen, Elsa? Das Leben dort als Abfolge von Improvisationen? Was nimmst du mit? Ein leeres Notizbuch kann keine Zollbehörde beschlagnahmen (oder doch in Nordkorea?). Unverzichtbar! Wenn du es öffnest, bist du nicht allein.

Christophorus vor der Ampel

Eine Mühsal, so kam es ihm am schönsten Sommertag vor, auf die er sich leichten Sinnes eingelassen hatte. Julinachmittagshitze an der Gail. Auf einer gepflegten Wiese eine alte Wegkirche, dahinter unhörbar der stille Fluss. Das sonnenwarme Gras trocknete seinen nassen Rücken, der Kopf lehnte am harten Rucksack. Illyrer, die im Fluss ihre Körper einst wuschen, nannten ihn Gailias, die Überschäumende. Im schnurgeraden Verlauf nicht mehr möglich. Ein kratzendes Schieben näherte sich von der Seite. Er war zu bequem, seinen Kopf zu wenden und die Augen zu öffnen. Eine alte Frauenstimme wandte sich von der schmalen Asphaltstraße her an den im Gras Liegenden.

Die Hitze macht müde, wie man sieht, junger Mann.

Genauso der Rucksack, setzte der 40jährige hinzu und richtete sich langsam auf.

Dann wär der dort hinter dir der Richtige, sagte sie und wies zur Kirche mit ihrem riesigen Fresko hin. In Eugens Rücken stand ein blonder Hüne in einem Flusslauf, auf seiner Schulter ein winkendes Kind. Gebannt blickte der Riese nach oben. So schauen Fußgänger, fiel dem Taxifahrer auf, wenn sie vor dem Zebrastreifen auf das grüne Signal warten.

Der Richtige für uns beide, meinte er und erwartete ihre Zustimmung.

Mein Christophorus ist der Rollator. Der bringt mich zwar über keinen Fluss, aber mir genügen seine Dienste. Du könntest den Nothelfer besser gebrauchen. Sein Wirken, sag ich dir, schützt die Reisenden rechten Glaubens vor einem plötzlichen Tod. Wer weiß schon, was der nächste Tag bringt? Wer weiß schon, über welches gefährliche Wasser du noch musst? Das kann auch keine Wahrsagerin sehen. Du bist von weiter weg, mit Verlaub, du stammst nicht aus unserer Gegend, hab ich Recht? Das hör ich aus deinem Mund. Jeder Reisende kann froh sein über einen Schutzheiligen. Schon die alten Griechen haben auf ihren Hermes gesetzt, auch wenn er ein Schlitzohr sein konnte. Aber mit wem red´ ich eigentlich die ganze Zeit? Was für einen Namen hast du? Frauen in meinem Alter sind immer neugierig, wirst ja wissen, fügte sie schmunzelnd hinzu.

Ich bin der Eugen, schien ihm als Antwort ausreichend.

Aber mit dem Prinzen bist nicht verwandt? fragte sie sogleich allen Ernstes.

Aber geh!

Hätt ja sein können. Wär schlimm geworden, wenn damals die Kruzitürken gewonnen hätten. War auch so ein Nothelfer, unser Prinz Eugen, der edle Ritter.

Der Vagabund interessierte sich noch nie für die Retter des christlichen Abendlandes. Die große Geschichte, von der ganze Bibliotheken voll waren, war für ihn vorüber wie das Wetter des vergangenen Jahres. Er wollte ungestört wieder in der Sonne dösen und musste die Alte loswerden. Ihre Neugier nervte ihn zusehends. Er wollte sich nicht länger mit ihr abgeben, also schickte er sie und diesen toten Prinzen weg.

Du willst sicher weiter. Ich will dich nicht länger aufhalten, sagte er mit Bestimmtheit zum Straßenrand hin und drehte sich zur Seite.

Wer soll schon auf mich warten? sagte sie mit schwacher Stimme.

Eugen stellte sich taub und die Alte entfernte sich langsam. Vier Rollen und zwei schwache Beine schleppten sich weiter. Ein paar Schritte später dachte sie, wenn dieser Eugen in sich hineinschaut, dann sieht er wohl in einen leeren Brunnen hinunter. Kein Wunder, dass er allein herumzieht. Und das im besten Alter. Was ist mit dem bloß los? Aber ich kehre nicht mehr um. Geht mich nichts an, woher er kommt und wohin er will.

Er legte sich wieder ins Gras, diesmal so, dass die Kirche in seinem Blick blieb. Sie gefiel ihm irgendwie. Ein Bauwerk, so bescheiden wie die Bäume am Ufer der Gail. Menschlicher als die Domkirchen und Kathedralen, die mit ihrer Größe den Menschen erniedrigen konnten und einschüchtern wollten, um ihn zum Glauben zu treiben. Je gewaltiger das Gebäude, desto hilfloser und schuldbeladener sollte sich der Besucher fühlen. Eugen genügte ein einziger Besuch im Dom seiner Heimatstadt, um später die Paläste zu meiden, die für Götter errichtet worden sind, ohne dass sie nach ihnen verlangt hätten. Noch weniger verstand er, was die zahllosen Bilder eines grauenhaften Martyriums den Gläubigen erzählen sollen. Abschreckende Leiber voll Blut und Wunden. Was haben sie in Gotteshäusern verloren, in denen die Menschen Trost und Hilfe suchen? Warum findet sich in den Gesichtern der Götter und Heiligen keine Lebensfreude? Obwohl, diesen Christophorus dort an der Wand akzeptierte er. Er war ihm sympathisch. Sein junges Gesicht blickte nach oben, während er das Wasser querte. Eugen schloss die Augen und stellte sich das Meer vor. Eine endlose Ebene in Azurblau, aus der sich ein Frauenkopf erhob. Leicht hat sie sich's gemacht, die Romafrau mit dem Prognosebusen. Er werde umdrehen, wenn er mehr sieht. Dieses Mehr schwirrte manchmal in seinem Kopf. Unbestimmbar wie das Ende seines Lebens. Ungenau wie die Horoskope für sein Sternzeichen. Ein Projekt fordert Sie heraus. Sie müssen sich auf einem Terrain beweisen, auf dem Ihnen die Erfahrung fehlt. Die Herausforderung macht Sie stärker. Woran wird er merken, dass es Zeit ist umzukehren? Beginnt der Umkehrtag mit akut schmerzendem Heimweh nach Salzburg? Wann befällt ihn der Überdruss am Vagabundieren? Hat er es an diesem Tag tatsächlich satt, als verhärmter Obdachloser herumzuziehen? Weitwanderer folgen zumindest einer Route mit festen Tagesetappen, aber was machte er? Ihm kam nun der Satz der Wahrsagerin wie ein Hinweis vor, in dem wirklich etwas von seiner Zukunft verborgen sein könnte. Etwas, das ihn eines Tages einholen werde.

Er war ohne Landkarten unterwegs, ohne diese graphischen Kunstwerke, die er mehr bewunderte als Picassos Rätselbilder. Nach der Alpenüberquerung waren seine geographischen Kenntnisse erschöpft. Er wusste nur, wohin er nicht wollte. Nicht nach Westen und er hatte schon gar keine Lust, vor der ungarischen Grenze umzudrehen. Verweigerte ihm schlechtes Wetter die Orientierung durch den Sonnenstand, musste er sich auf die Angaben der Einheimischen verlassen, wenn er nach dem Weg in den Süden fragte. Auf eine Kompassnadel hätte er sich verlassen können, auf das alte Gerät seines Großvaters, das irgendwo im Keller lag und beharrlich zum Nordpol zeigte. Wer sich bei Autofahrten der unbeholfenen Maschinenstimme eines Navigationsgerätes auslieferte, konnte Eugens Frage nach dem richtigen Weg selten beantworten. Die moderne Technik hatte den Orientierungssinn verkümmern lassen und manchen Menschen zu einer Blinden Kuh gemacht, die sich im eigenen Land nicht mehr auskannte.

Mit Elsa hatte er keinen Kontakt seit ihrem Abflug. Konnte sein, dass zu Hause eine Nachricht aus Afrika inzwischen eingelangt war. Er wusste nicht einmal, ob in Eritrea eine Epidemie wie Ebola wütete, ob Unruhen die Hauptstadt aufwühlten oder ein Erdbeben Menschen und Gebäude vernichtet hatte. Er wusste nichts von ihr. Allmählich verlor ihr Bild die starken Farben.

Sie kommt, sie kommt nicht, sie kommt, sie kommt nicht zurück. Wie in Kinderzeiten entblätterte Eugen die Margerite, die er aus der Uferwiese geholt hatte. Als noch fünf weiße Zungen am gelben Kopf hingen, kannte er das Vorzeichen. Die gerupfte Blume steckte er an seinen Rucksack.

Bevor er selbstbewusst grüßend die niedrige Gaststube betrat, drang schon unverkennbarer Wirtshausgeruch in seine ortsfremde Nase. Ein Geruch wie damals. Wie im Gasthaus, dessen Namen er nicht mehr wusste. Jedes Jahr ging seine Familie dorthin, jedes Mal am Geburtstag der Mutter. Bestellt wurde für alle drei das Gleiche. Ein Bauernschmaus, damit sie nicht unterschiedlich lange warten mussten, schließlich war es eine Feier. Gebratenes Fleisch, eine Wurst, Knödel und Kraut türmten sich in seiner Erinnerung auf. Die kurze und eindeutige Kopfbewegung einer zugeschürzten, resoluten Frau, der er sogleich den Rang der Wirtin zuschrieb, wies ihm den Tisch zu, der im Visier des gut besetzten Stammtisches lag. Sie empfahl ihm fürs Erste die Tagessuppe, die an ungeraden Tagen im Gasthaus Zur Kastanie eine Eintropfsuppe sei. Nach der Bestellung im Sinne der Wirtin schaute er zum Stammtisch hinüber, wo fünf Männer ihre Trachtenhüte in den Nacken gerückt hatten, um einander ins Gesicht schauen zu können. Unverkennbar, der große Tisch dort drüben war ein Nistplatz der trauten Heimat. Über den Ankömmling begannen sie zu tuscheln, warfen verstohlene Blicke zu ihm hinüber, waren geflissentlich auf Distanz bedacht und platzten zugleich vor Neugier. Einer eingespielten Praxis folgend trugen sie der Regentin des Lokals auf, sie solle ihn nach und nach all das fragen, was man am Stammtisch eben so wissen müsse. Wozu gehe man denn in die Kastanie und mache seine Zeche, wenn man ohne Neuigkeiten den promilleschweren Heimweg antreten müsse? Schließlich freue sich auch die zu Hause Bügelnde über ein Mitbringsel, egal ob Gerede oder Wahrheit. Alsbald stellte die Wirtin den Suppentopf vor Eugen hin, schleckte von ihrem Servierdaumen etwas Eingetropftes genüsslich schmatzend ab und meinte schließlich wie aus einer Laune des Zufalls heraus im Tonfall eines belanglosen Halbsatzes: Schon länger unterwegs?

Etliche Wochen, um ehrlich zu sein, gab er zur Antwort und tauchte den Löffel in die dampfende Suppe.

Na, dann guten Appetit!

Sie klopfte noch wie zum Dank für die Auskunft auf die Tischplatte und begab sich unverzüglich zum wartenden Quintett.

Sein Gaumen stufte die Suppe als äußerst zurückhaltend ein, milder, als die Dünste aus der Küche erahnen ließen.

Das vertraute braune Fläschchen, das zwischen Salz und Pfeffer am Tischrand auf seinen Einsatz wartete, sollte die Suppe zum Besseren wenden. Er griff zum legendären Maggi, dem über die Landesgrenzen hinaus bewährten Geschmacksgaranten. Das gewisse Tröpfchen Etwas, wie es das Flaschenetikett versprach, brachte den echten Geschmack der Heimat in die Eintropfsuppe.

Schmeckt`s?

Die Wirtin war vom Stammtisch zurück und ließ im selben Atemzug die zweite Frage fallen:

Sind Sie etwa beruflich bei uns unterwegs?

Der Angesprochene lächelte die ausgeschickte Kundschafterin an und durchbrach das mühevolle Spiel über die Bande. Er nahm ihr den Rückweg zum Quintett ab, indem er laut und deutlich den Männern zurief: Ich bin inkognito im schönen Tröpolach.

Nach diesem Satz zogen die Stammtischgrößen die Köpfe ein, stellten sich taub und schoben ihre Hüte in die Stirn. Wer von ihnen interessierte sich schon für einen Unbekannten? Angezogen wie einer aus der Stadt. Etwa gar ein Deutscher auf Urlaub. Wenn er wenigstens einen blauen Walkjanker anhätte, mit Hirschhornknöpfen. Es könnte aber genau genommen jeder in den Ort kommen, ganz egal, ob er nur die Tagessuppe mit Maggiaufbesserung schlürfen oder ein braunes Bärenfell verkaufen wolle. Wir sind doch nicht so!

Die Wirtin kam erst wieder zum Abservieren an den Tisch des Spielverderbers, dem sie ihre Verstimmung mit großer Mühe vorenthielt. Worauf hätte er in dieser ungemütlichen Situation Rücksicht nehmen sollen? Er saß nicht in seinem Taxi und plauderte nicht mit einem Fahrgast, der ein harmloses Gespräch über Gott oder besser noch die Welt erwartete. Er lächelte die burschikose Frau, die auf den Luxus einer Frisur verzichtete, betont vorsichtig an und stach geradewegs in ein aggressives Wespennest. Gäbe es denn auch einen Frauenstammtisch, musste sie sich vor dem Servieren einer Runde Obstler für den Tisch der Jagdgenossenschaft anhören. Eine Frechheit, was sich der zu fragen traut, ging durch ihren Kopf. Unverzüglich kippte sie selbst das erste Gläschen, bevor sie Eugen mit ihrer Antwort zusammenstauchte. Eine rasche Handbewegung, als wollte sie eine lästige Fliege vom Tablett verscheuchen, unterstrich ihre Schelte. Die Frauen träfen sich beim Einkaufen, das genüge ihnen allemal, außerdem wüssten sie, dass es für sie Besseres zu tun gäbe, als ins Wirtshaus zu gehen. Schließlich bräuchten die Kinder Vorbilder und zischend fügte sie hinzu, was ihn das überhaupt angehe, als einen Fremden noch dazu. Kaum angekommen, sei er auch schon neugierig. Da stelle man keine unpassenden Fragen, auch wenn man sich nicht auskenne. Eugen zuckte mit den Achseln, fragte nach keinem Bauernschmaus und zahlte seine Suppe.

Das Weiße hat sie genommen, die Farbe ist ihr vertraut (ein Cityrad für 269,99, sechs Gänge heben es in ihre persönliche Luxuskategorie). Ein beschwingtes Gefühl auf der ersten Ausfahrt zur verwilderten Parklandschaft (das alte Rad schon nicht mehr vermisst). Dieses unbeschwerte Dahingleiten im Sattel, den Fahrtwind um die Nase und in den Augen, die Haare fliegen. Nichts kann sie bremsen. Wie sie die Freiheit spürt! Ein Gefühl zum Abheben.

Die Übersicht. Inmitten von wuchernden Wiesen eine kegelförmige Erhebung, unsymmetrisch. Oben eine durchgesessene Holzbank. E+L in einem Herzen vereint (alte Kerben). Ihr Kraftplatz mit freier Sicht. Die geliebte Übersicht. Unten leuchtet im Grün das Neue (das Rote ist verschollen). Hundebesitzer im Tempo ihrer Vierbeiner. Im gleichmäßigen Zwang bewegen sich Läufer vorbei. Hinter gemischten Bäumen die Dächer von Wohnblöcken, der Schornstein eines Heizkraftwerks und sein blinkendes Licht (warnt es auch die Vögel?). Monotoner Verkehrslärm, wie aus einem Kellerraum. Ein besonderer Platz dort oben, gut zum Abschalten. Ein Gefühl wie auf einem Berggipfel (über den Dingen dort unten). Wäre herrlich gewesen, wenn dein Nachtdienst nicht bevorstünde. Ob der Radfahrer noch am Leben ist? Wurde von einem LKW gerammt und in den Graben geschleudert. Wenigstens mit Helm. Wieder ein tragischer Erwin. Ihr

Mitschüler saß drei Reihen vor ihrem Platz. Dunkelblond, kurz geschnitten, Grübchen am Kinn. Erwin fiel niemals auf. Schüttete keinen Zucker in den Benzintank des Mathematiklehrers, verteilte kein Juckpulver in den Sportbeuteln der Mädchen. Ein stilles Wasser (tiefer als die anderen Burschen?). Für seine Kinder blieb ein erzählter Vater wie die Figur eines Märchens. Ohne Stimme, die für immer nachklingt. Keine Sätze fürs Gedächtnis wie von ihrem Vater. Leiden sind Lehren (ist sein Trost für die Familie in schweren Stunden). Wie oft hast du das gehört? Seine Stimme wird in ihrem akustischen Gedächtnis bleiben. Erwin hat sie als einen Sessel in Erinnerung, der sprechen konnte. Nach vorne zum Lehrer oder zur Lehrerin. Ihre und Erwins Blicke trafen sich selten (immer zufällig). Er interessierte sich nicht für sie. Sie weiß noch immer nicht, warum. 14 Jahre später war er tot. Selbstmord oder ein gewollter Unfall. Zwei kleine Kinder. Nach seinem Ende entstand ein Andenken in ihrem Kopf. Erwin besetzt jetzt eine Stelle. Sie leuchtet manchmal auf.

Was kommt nach Asmara? Nach dem geteilten Jahr? Fragen nach der Zukunft gelingen in der 3. Person leichter. Ihre Augen werden vieles anders sehen. Was wird bleiben? Was wird noch wichtig sein? Wird sie nach der Rückkehr den Heimatkult besser verstehen können? Diese aufdringliche Heimatlichkeit aus einem verstaubten Setzkasten, die seit Jahren an ihren Nieren kratzt? Eine Sonographie müsste Schürfspuren zeigen (eine Idee für

Leupold?). Dieses inflationäre H-Wort (mehr Bollwerk als echtes Gefühl)! Nicht mehr als eine Droge für Menschen, die im Kreis gehen und sich gegen Veränderungen stemmen (gelingt leichter in einer Lederhose).

Leben, um zu verändern: Gibt es einen stärkeren Antrieb?

Mit Flora nach Verona

Beinahe hätte er die Tafel übersehen. Der winzige See im Hintergrund zog zuerst seinen Blick und gleich danach seine Füße an. Vom Tal herauf, zuletzt auf einem alten Saumweg, bis zum Nassfeld brauchte er acht Stunden. Vor 20 Jahren gab es auf der Passhöhe noch einen Grenzbalken, seither genügte eine quadratische Tafel in Azzurro-Blau. ITALIA. So unauffällig wie Grenzen heute sein sollten, wenn die Zeit der Kriege vorbei ist. Noch vor 50 Jahren völlig undenkbar. Lächerlich, gefährlich, wo kommen wir hin ohne Grenzkontrollen? Kopfschütteln und Angstgefühle, wenn damals von dieser Utopie geredet wurde.

Eugen geht so frei und unbekümmert nach Italien, als würde er bloß die Straßenseite wechseln. Schwelgten seine älteren Taxikollegen in ihren Erinnerungen, so wussten sie von den Grenzkontrollen auf ihren Fahrten nach Bayern zu erzählen. Auf der Rückfahrt von Bad Reichenhall oder Freilassing wurden sie regelmäßig angehalten. Ein leeres Taxi musste ja keinen leeren Kofferraum haben. Im Kanaltal unten beginnt la dolce vita, stellt er sich vor, die Füße im kühlen Seewasser, den Kopf in der warmen Nachmittagssonne. Alles wird leichter im Süden, der Rucksack drückt nicht mehr auf den

Schultern, die Sprache ist Musik in seinen Ohren und das schnelle Lächeln einer Frau entzündet einen Flirt mit dem Bärtigen aus dem Norden. Spiegelelsa schiebt er zur Schmutzwäsche hinunter, neben den Reisepass. Ein gutes Versteck für seine Dokumente. Sein Kopf soll frei sein für ein neues Kapitel seiner Tour. Avanti heißt jetzt die Devise. Direzione Udine? fragt er später im Tal unten, wenn vor seinem Daumen ein Wagen stehenbleibt. Autostoppen im Schatten fühlt sich besser an als vor einem schweren Rucksack in der prallen Sonne zu marschieren. Avanti, als Beifahrer kommt er schneller vorwärts. Der Rücken bleibt gerade und trocken, wenn er in einem Wagen sitzt. Schluss mit der Schinderei, ab sofort lebst du in der Schwerelosigkeit. Rotwein statt Bier und Bekanntschaften statt Einsamkeit. Du bist jünger, als du am Abend nach einem Tagesmarsch ausschaust. Das kalte Wasser hat seine Sinne belebt. Das Leben bekommt neuen Schwung. Über dem See lockt eine Osteria. Italiener sind gastfreundliche Leute. Die Kellnerin hat das Alter seiner Mutter und spricht Deutsch mit ihm. Grenzland eben, tröstet er sich. Das wahre Italien beginnt weiter unten im Tal.

Solange sie nichts sagt, solange sie sich nicht wegdreht, solange schaut er sie an. Starrt auf ihr Gesicht, das aus einem Schwarz-Weiß-Film gefallen sein könnte. Sie trägt den schwarzen Hut einer Gaucho-Frau.

Die langen, rabenschwarzen Haare und der dicke,

schwarze Lidstrich machen das Gesicht zu einer Stumm-film-Schönheit. Ihre kalten Blicke und die türkis-blauen Haarspitzen sind nicht von gestern. Die Stummfilmzeit hätte sie verrucht genannt. Nicht nur, weil unter dem schwarzen T-Shirt kein BH für festen Halt sorgt.

Er hat sie schon einmal gesehen, ist er sich sicher. Aber wo? Es fällt ihm nicht ein, wo das war. Einen Irrtum schließt er aus.

Er sitzt auf einem Bahnsteig in Udine und wartet. Schräg gegenüber hockt sie in unübersehbarer Haltung und raucht in einem jener Bahnhöfe, die der Tristesse erlegen sind.

Irgendetwas soll ihn in einen noch unbestimmten Zug steigen lassen. Oder zu Fuß von hier weglocken. Nach Norden will er nicht, eine Rückfahrt nach Hause kommt nicht in Frage. Noch lange nicht. Die unbekannte Bekannte könnte die Richtung bestimmen, entscheidet er und nähert sich unaufdringlich ihrem Sitzplatz, während sie sich eine neue Zigarette anzündet.

Hallo! Ich möchte Sie etwas fragen, wenn Sie gestatten. Falls Sie Deutsch verstehen.

Die Angesprochene schaut extrem langsam zu Eugen auf, skeptisch, als wäre er ihr kein Wort wert. Als müsste ihr Blick genügen.

Mir gefallen deine Augen, Fremder. Aber sie sind chancenlos gegen einen Husky, damit du Bescheid weißt. Sonst, sie taxiert rasch seine Statur von unten nach oben, bist du auch kein Typ zum Pferdestehlen.

Sie senkt ihren Kopf und zieht an der Zigarette. Nicht gut drauf, die Tussi, urteilt er rasch, bevor er weiter spricht.

Das freut mich zu hören, witzelt er. Ich bin tatsächlich kein Pferdedieb. Würde sonst auf keinen Zug warten.

Egal. Männer mit Bart mag ich nicht. Haben immer was zu verbergen. Gut frisiert und glatt rasiert – so einem traue ich über den Weg.

Ihre Stimme klingt kälter als eine digitale Zeitansage.

Ich will ja nur eine Kleinigkeit, entgegnet Eugen, sichtlich irritiert durch ihre Offenheit. Leihen Sie mir kurz Ihr Ohr?

Welches? Ich hab zwei unter den Haaren.

Ob Sie mir zuhören wollen, hab ich gemeint.

Warum sagst du das nicht gleich?

Tja, manchmal bin ich ungeschickt.

Bartträger und noch dazu ungeschickt! Holy moly!

Sie schaut ihn ungeduldig lauernd an und beginnt mit dem Fuß zu wippen.

Also, raus mit der Sprache, Mann! Was willst so Wichtiges von mir?

Wo ist der kleine Hund?, lässt Eugen die Katze aus dem Sack. Seine Erinnerung ist plötzlich wieder da und macht ihn sicher.

Ein kurzes Staunen durchfährt sie, dann sagt sie eiskalt: Verkauft.

Ach so! Ihre Stimme hab ich schon einmal gehört. Sie waren damals ziemlich aufgebracht in Salzburg. Nur wer abhaut, erlebt was, haben Sie einmal in meinem Taxi gesagt.

Weiß ich nicht mehr, trau`s mir aber zu. Klingt doch intelligent, meint sie ohne Bescheidenheit.

Für mich war das entscheidend. Ein Dammbruch von einem Satz.

Sie schaut den vor ihr Stehenden verständnislos von ihrer Sitzposition aus an. Ihre Lippen blasen den Rauch vor Eugens Hose. Mit einer Absicht, die Eugen nicht interessiert.

Ich verstehe nur Bahnhof, Mann.

Sie waren mein letzter Fahrgast, Sie und ein kleiner Hund. Ich hab danach meinen Job aufgegeben und mein Leben verändert.

Und jetzt beschwerst du dich? Oder willst du wieder meinen Rat?, fragt sie, ohne mit einer Wimper zu zucken.

Wenn Sie einen haben.

Er lächelt sie verhalten an, sie bleibt ungeniert und ohne jede Zurückhaltung.

Wie heißt du, Fremder?

Eugen.

Ein Name für einen Nachhilfelehrer, kommentiert sie frech und kann ein spöttisches Lachen nicht unterdrücken.

Namen sind Schall und Rauch, entgegnet er unbeirrt.

Und die meisten Männer auch, spottet sie weiter.

Ihr geschätzter Name ist?, erkundigt er sich unbeeindruckt.

Flora.

Was rät Flora dem Nachhilfelehrer heute?

Fahr weiter, nimm einfach den nächsten Zug!, sagt sie ihm, ohne lange nachzudenken.

Wohin will Flora?

Nach Verona.

Dann schließe ich mich an. Wer weiß, wozu Sie sonst noch gut sind, platzt er vor Zuversicht.

Sie lacht und hustet zugleich, dann bricht es sarkastisch aus ihrem Mund.

Wer so ausschaut wie du, soll sich keine Hoffnungen bei mir machen. Basta! Das hätten wir geklärt.

Eugen nickt zustimmend und bemüht sich um ein ernstes Gesicht, als er auf sie einredet.

Okay. Ich stelle fest: Zwei Fremde fahren heute im selben Zug nach Verona. Sie sitzen im selben Abteil einander gegenüber. Die drei anderen Fahrgäste haben ihre Ohren mit Kopfhörern verschlossen, weil sie jung sind. Die beiden Fremden sind eine verletzte Frau und ein vagabundierender Mann. Sie verwenden in ihrer Unterhaltung unsere Namen, Flora und Eugen. Sie wird erzählen, dass sie den Hund ihrem Ex zurückgeschickt hat und für kurze Zeit bei einer Freundin wohnen konnte. Dann ist sie verreist, ohne eine Adresse zu hinterlassen. Er hat ein kleines Mädchen mit Vanillejoghurt getröstet, weil er ihre entlaufene Katze nicht suchen wollte -

Hör auf!, unterbricht sie ihn lautstark. Wir versäumen sonst unseren Zug.

Er greift nach ihrer Reisetasche, sie nimmt einen letzten Zug aus ihrer Zigarette.

Was machst du in Verona?, will die neugierig gewordene Flora während der Fahrt wissen.

Wie immer, wenn ich ankomme. Ich schaue mich um, dann weiß ich, wie's weitergeht. Vielleicht suche ich einen Friseur.

Sie lacht und meint unmissverständlich: Spar dir das Geld! Mit mir gibt's sicher keine Affäre.

Will ich doch gar nicht. Wo denkst du hin?, kontert er kühl. Ich möchte nur gepflegt aussehen – trotz des Rucksacks. Schließlich legen Italienerinnen Wert auf das Äußere.

War ein harmloser Versuch, kommentiert sie überlegen grinsend.

Ein Dummkopf, wer anderes vermuten sollte!

Vielleicht interessiert dich nicht die Bohne, was mir durch den Kopf geht. Ich sag's trotzdem, beginnt Flora. Ich stelle mir gerade eine Frau und einen Mann vor, die sich vor kurzem kennen gelernt haben. Der sportlich wirkende Mann und die schlanke Frau mieten sich für eine Nacht in einem Luxushotel ein. Die Villa Giulia könnte in Verona stehen. Die Suite im obersten Stockwerk wird von einer frei stehenden Badewanne mit

Whirlpool-Düsen dominiert. Im Kühlschrank warten Champagner und Kaviar für besondere Momente. Noch vor Sonnenuntergang legt er eine Regel für diese eine Nacht fest: Sie schlafen nur miteinander, wenn sie errät, in welcher Hosentasche das Kondom steckt. Sie ist total überrascht. Sie hatte gedacht, er sei scharf auf sie, ohne jede Bedingung. Er lässt es darauf ankommen, ob sie richtig greift. Für einen schwachen Moment ist sie in Versuchung, gleichzeitig in beide Taschen zu greifen, so mächtig ist ihr Verlangen nach Sex. Sie stellt sich vor ihn, legt ihre linke Hand an seine rechte Hüfte, dann die rechte an die andere. Prüfend schaut sie ihn an. Er verhält sich ruhig, doch seine Augen zeigen eine heftige Anspannung. Nervöses Schweigen der beiden. Dann greift sie tief in die linke Tasche, spürt das Päckchen und küsst ihn leidenschaftlich.

Eugen reagiert schroff und sagt schonungslos: Du lässt es auf ihren Griff ankommen, wie die beiden die Nacht verbringen. Sicher eine gute Szene für einen billigen Erotik-Film, aber für mich hier im Zugabteil eine absichtliche Provokation. Du erfindest eine Situation und spielst mit dem, was für uns unter besseren Umständen vielleicht möglich wäre. Was hast du bloß für irre Einfälle? Du bist absolut zynisch!

Das letzte Wort muss er noch hinzufügen, sonst würde er platzen.

Nichts ist im Verstand, was nicht vorher in den Sinnen

war. Hat ein toter Denker einmal behauptet. Und zum Zynismus möchte ich anmerken: Meiner ist erfrischend wie ein guter Champagner, hat mein Ex in besseren Zeiten gemeint.

Sie schaut ihn an, als habe ihre Überheblichkeit keine Grenzen.

Eugen dreht sich weg und blickt stumm aus dem Fenster. Die Landschaft dahinter ein künstlich belebtes Opfer der Agrarindustrie. Dazwischen Gutshöfe, die von vergangenen Zeiten träumen. Er befindet sich am falschen Platz, wird ihm klar. Sie gefällt sich darin, mit ihm zu spielen. Die Gesellschaft dieser Tussi im selben Abteil verdirbt ihm noch die ganze Bahnfahrt. Bis Verona will er aber durchhalten.

Kalt lächelnd setzt sie mit der nächsten Szene fort.

Ich bin noch nicht am Ende, Mann! Das extravagante Ambiente und ihr treffsicherer Griff in die Hose putschen die beiden auf. Blitzschnell streifen sie ihre Kleidung ab und fallen übereinander her.

Im Tempo eines Schnellzugs fährt Flora von Satz zu Satz. Eugen gibt den stummen Zuhörer. Augen zu und durch. Er kann nicht glauben, an wen er geraten ist. Warum musste er die in Udine überhaupt ansprechen? Eine eingebildete Schickse mit ausgefahrenen Ellbogen. Taxifahrer nannten früher die Trabantinnen der Schickeria so, die zu Festspielzeiten in Salzburg ihre Auftritte zelebrierten.

Während er unter der Dusche steht, untersucht sie seine rechte Hosentasche: Leer! Kein Kondom! Sie lässt sich ihre Verwunderung nicht anmerken.

Und was spielt sie ihm bis zum Morgen vor?, fordert Eugen sein Gegenüber zum Abschluss des Beziehungsdramas auf.

Der Rest der Nacht ist bedeutungslos. In der Badewanne weiß die Frau: Das Macho-Spiel ist aus. Sie hinterlässt dem schlafenden Mann eine Nachricht auf einem Zettel: Ich bin nicht dein Spielzeug. Am Morgen ist sie verschwunden. Er streift nach dem Frühstück allein durch die Stadt.

Der Zug nähert sich dem Bahnhof Veronas. Eugen kann aussteigen, ohne sich nach Flora umzudrehen. Die Friseurläden haben geschlossen.

In einer Lade hat sie nach ihrem Pass gesucht und stößt dabei auf ihr Stammbuch. Sogleich sieht sie das Mädchen. Es hat eine schüchterne Stimme, als es die Erwachsenen artig um eine Eintragung bittet. Manche nehmen das Buch mit nach Hause und bringen es mit Zeichnungen zurück. Du weißt nicht, wie schwer die Last ist, die du nicht trägst (stammt vom Religionslehrer). Eine Weisheit aus Afrika (ein merkwürdiger Zufall). Ein paar Noten hat er dazu gezeichnet (wohl ein Kinderlied). Lieber hat er zur Gitarre gegriffen als über den Katechismus zu reden. Der lustige Mann trug den Bart eines Propheten und *die abgewetzte Hose eines ewigen Studenten. Diese Freude, wenn er vor der Klasse stand! Manchmal hat er von Menschen in Not gesprochen, um die er sich gekümmert hat. Und wie das Amen im Gebet kam schließlich sein Ratschlag: Geht`s euch nicht gut, dann geht dorthin, wo Ärmere leben! So könnt ihr euch und ihnen helfen. Ist im Gedächtnis, als wenn`s erst gestern gewesen wäre.*

Keine Schiffe befahren den Fluss. Wasser, das zu nichts taugt. Abflussertüchtigung wird der Zustand gelobt. Das Ungestüme der Ache zu einem Wasserlauf zurechtgebaggert. (Nehmen ihn die Menschen noch wahr?) Ein nasser Spalt zwischen den beiden Teilen der Stadt. Nur mit Hochwasser kann sich die Salzach Aufmerksamkeit verschaffen. Sonst zu leise, um gehört zu werden. Die beiden saßen am Ufer, vertieft in ein Handy. Fotos von zu Hause aus dem Internet. Gerne haben sie ihr die Bilder gezeigt. Niedrige Gebäude säumen die Hauptstraße von Ar-Rutba, rotbraun oder schmutzig weiß, mit Klimaanlagen und Flachdächern. Am düsteren Himmel die irakische Flagge und schlanke Minarette. Khalil spricht für den älteren Nadir, der an Schlafstörungen leidet. Wenn er sich aufs Bett legt, schaukelt das Fluchtboot. Er hat Angst („chauf", schaltet sich Nadir ein). Angst, es könnte umkippen. Er spürt die Launen der unheimlichen Wellen und hört noch immer den stotternden Motor. Aber Allah hat dich nicht ertrinken lassen, versucht der Jüngere ihn zu beruhigen. Jeden Abend vor dem Schlafengehen (sind Wiegenlieder im Irak bekannt?). Hast du Arbeit für uns? Khalil erzählt vom letzten Stück, das sie in der Tischlerei angefertigt haben. Ein Medikamentenschrank für den einzigen verbliebenen Arzt der Stadt, als der IS noch so weit entfernt war wie Mekka. Und später nur mehr Särge. Ein Fließband des Todes. Sie sind mit anderen Vorstellungen gekommen. Dass sie in Österreich irgendwo gebraucht werden und nicht nur geduldet. (Unsere so humane Gesellschaft rettet bedrohte Tierarten mit Leidenschaft. Genießen die beiden den Respekt eines geschützten Salamanders? Man sollte das heikle Thema allen Asylanten verheimlichen). Einige Holzbänke im Außenbereich des Krankenhauses sind schadhaft. Sie wird den Verwalter fragen, ob zwei geschickte Iraker... Untätiges Herumlungern wirft man ihnen vor – und blendet aus, dass sie keine Arbeit haben.

Elsas Geburtstag in Peschiera

Kommt noch jemand?

Ja, dachte er, wäre schön.

Nein, sagte er, heute nicht mehr.

Er saß in einer Pizzeria mit dem ungewöhnlichen Namen Lo Scarabeo, das Personal war für Gäste aus dem Norden gut geschult. Fast wie zu Hause beim Italiener in der Altstadt. Das nach dem heißen Pizzaofen duftende Lokal kam ohne dekoratives Fischernetz an der Decke aus, in dem Muscheln und Seesterne nach Plan verstreut waren. Kein Schnickschnack, der ein mediterranes Ambiente vortäuschen sollte. Kein schiefer Turm an der Wand, keine Türme von San Gim, kein Sonnenfeuerball über Capri. Allein die Servietten gaben den Gästen ein Rätsel auf. Über dem Namenszug des Lokals hockte ein ordinärer Käfer, der von Kennern der Krabbeltiere als ägyptischer Mistkäfer identifiziert wird. Weil der Skarabäus eine bevorstehende Nilüberschwemmung ankündigen konnte, galt er bei den alten Ägyptern als Glückskäfer. Wie sich das plumpe Tierchen in eine Pizzeria am Gardasee verirren konnte, blieb den Gästen verborgen. Mit einem Wort, ein mysteriöser Name.

Seit Verona glühende Hitze. Verursacht von einer massiven Luftströmung aus dem Süden, ihr Ursprung Nordafrika. Kein Wunder, schimpfte er missmutig, von diesem Kontinent kann nichts Gutes zu mir gelangen. In der Nacht war er im Halbschlaf der Idee verfallen, in dieses verdammte Eritrea um sein letztes Geld zu fliegen. Als es hell und bis zum Sonnenaufgang etwas kühler wurde, verwarf er seinen Plan wieder. War nicht mehr als ein Gespinst in einem Billig-Zimmer ohne Klimaanlage. Er wusste ohnehin nicht, wie Elsa seine Ankunft verstünde. Warum wäre er ihr gefolgt? Aus einer unstillbaren Sehnsucht heraus? Wegen der blamablen Unfähigkeit, ein halbes Jahr allein zu verbringen? Gar aus einer Kombination von Schwäche und Verzweiflung? Konnte gut sein, sie hätte ihn mit einem erstaunten Kopfschütteln begrüßt. Eine kranhohe Digitalanzeige an einem Einkaufszentrum in der Nähe des Gardasees zeigte am späten Vormittag 32,5 Grad an, im sprunghaften Wechsel mit dem Datum: 21. September. Beim zweiten Aufleuchten machte es klick in Eugens Kopf: Sie hat heute Geburtstag. Elsa wird heute ... 38, wenn er sich nicht verrechnet hatte. Er wollte so tun wie immer. Er wollte den Tag nicht ungenützt verstreichen lassen. Eine kleine Feier am Abend, was sonst. Wie wenn sie auch in Peschiera wäre. Anwesend, aber unsichtbar. Ihm war danach, dem emotionalen Rückfall nachzugeben. Melancholie im September. Im Lo Scarabeo bestellte er einen mezzo litro di vino rosso (verstand die dunkelhaarige Kellnerin auf Anhieb) mit zwei Gläsern (auch kein Problem) und verlangte nach der Speisekarte. Als er sich auch das zweite Glas einschenken lassen wollte, zögerte sie nachdenklich. Mit deutlichem Kopfnicken forderte er sie unverdrossen auf, das Glas nicht ohne Inhalt auf seinem Tisch zu lassen. Schließlich saß er hier als zahlungswilliger Gast, der seinen harmlosen Wunsch für erfüllbar hielt. Die junge Frau mit den feingliedrigen Händen tat, worum Eugen sie bat. Das zweite Glas stand ihm gegenüber, genau dort, wo ein zweiter Gast gesessen wäre. Die Feier konnte beginnen. Während er auf sein Essen wartete, ließ er seine Blicke durch das Lokal wandern. Die schlanken Beine der Kellnerin wären in jedem Mailänder Schuhsalon bewundert worden und der Solo-Gast überlegte, ob sein Blick noch länger gefangen bliebe, hätte sie schwarze Netzstrümpfe vor Arbeitsbeginn übergestreift. Sie und ihr älterer Kollege tuschelten verstohlen miteinander und hüteten sich davor, zu Eugen zu schauen. Jede Wette, dass sie mich für einen eigenwilligen Trinker halten, dem ein einziges volles Glas nicht reicht, überlegte er mit Amüsement. Täuschung ist ein einzigartiges Vergnügen, sagte er zu sich und unterdrückte ein stummes Lachen. Ich simuliere den ungenierten Alkoholiker, der die Kontrolle verloren hat. Schüttet selbst in einem ausländischen Speiselokal den köstlichen Wein hinunter, um den gewohnten Level zu erreichen. Ein untröstlicher Typ wie Dean Martin, der wie auf Bestellung in der Musikanlage schmachtete: I`m so lonesome, I could cry. Den anderen Gästen, die in Gesellschaft plauderten, war Eugens Tisch noch nicht aufgefallen. Bis er mit seinem an Elsas Glas klirrend anstieß und Alles Gute zum Geburtstag, Elsa! rief, für die Nebentische einigermaßen deutlich hörbar.

Ein älterer Herr mit gerötetem Gesicht, der mit direktem Blick auf Eugens Tisch saß, hob sein Glas und wollte gratulierend hinüberprosten zu Elsa. Er stellte sein Weißbier nach einer Weile wieder ab, weil ihm jemand fehlte. Irritiert fragte er sich, wo jene Elsa sich befinde. Angestrengt suchte er im Restaurant nach einer Dame, die er für Elsa halten könnte, um sich in Ruhe wieder seiner Tischgesellschaft zu widmen. Wo war sie hin verschwunden? Hatte der Mann eine Sprechprobe gemacht, bis jene Elsa erscheinen würde? Was für ein mysteriöser Gast, dieser Bärtige! Und welch enormer Rucksack unter dem Tisch! Mit dem Mann stimmte etwas nicht. Er sah zwar nicht abstoßend aus, aber der Rotgesichtige wollte gar nicht wissen, wann er zum letzten Mal die Unterwäsche gewechselt hatte. Gebannt runzelte der Biertrinker seine leuchtende Stirn, als wäre er einer unerklärlichen Wundererscheinung ansichtig geworden. Ein Vorfall, der einen lebenden Menschen in Luft aufgelöst hatte. Die Sache ließ ihm keine Ruhe. Am liebsten wäre er aufgestanden und hätte unter einem Vorwand nach jener verschwundenen Elsa gerufen. Es ging an diesem Tisch nie und nimmer mit rechten Dingen zu und die Bedienung spielte mit. Die Kellnerin servierte nämlich Augenblicke später eine einzige Quattro Stagioni an Eugens Tisch und verhielt sich so, als sei alles in bester Ordnung. Was tun sie nicht alles für ein Trinkgeld, dachte der Rotgesichtige, diese freundlichen Italiener. Eben wahre Gastfreundschaft. Die blondierte Frau neben ihm zupfte ihn schließlich erfolgreich am Ärmel und er drehte sich von Eugens Tisch weg. Er musste sich verhört haben, gab er auf. Die zu feiernde Elsa war ganz sicher nicht im Lokal.

Ein paar Mal unterbrach der Singlegast sein Essen und sprach leise mit Elsa, der er die vergessenen Blumen für den nächsten Tag versprach. Wo haben wir eigentlich im vergangenen Jahr gefeiert? War das beim neuen Griechen oder in der Brasserie in der Kaigasse? Ihre vermisste Stimme kam von irgendwoher. Er hätte schwören können, sie zu hören. Beim Griechen waren wir, weil wir schon so lange nicht mehr unten waren, antwortete sie. Irgendwann, sprach er stumm weiter, möchte ich wieder nach Kreta. Am liebsten nach Aghios Nikolaos. Die phänomenale Fischplatte am Hafen hast du also noch immer im Gedächtnis, flüsterte sie mit einem spöttischen Unterton. Natürlich, Elsa, sie war sensationell. Also, ich hätte schon ein Geschenk für deinen nächsten Geburtstag. Ich zahle dir den Flug – willst du? Er hörte keine Antwort. Elsa war in Schweigen gefallen. Ihr Gesicht verschwand in ihrem Glas. Willst du wirklich noch zwei Monate in Asmara bleiben, wollte er als Nächstes erfahren. Keine Antwort. Seine Schwermut kam zurück. Er hob enttäuscht seinen Blick und gab der Kellnerin die Gelegenheit, seinen leeren Teller abzuservieren. Die freundliche Frage, die man sich in Österreich in solch einem Moment gefallen lassen muss, „Ist bei Ihnen noch alles in Ordnung?" wurde ihm nicht gestellt. Was hätte er antworten sollen, ohne mit langen Erklärungen auf die Dunkelhaarige einzureden, die ihren deutschen Wortschatz überfordert hätten?

Der Zeitpunkt war jetzt da, nach Elsas Glas zu greifen und ihren Bardolino zu trinken. Er ließ sich Zeit mit dem Genuss, schaute sich nach den anderen Gästen um, die mit Tischgesprächen oder ihrer Pizza beschäftigt waren. Der Rotgesichtige hatte es bei einem weiteren Weißbier geschafft, den Namen Elsa zu vergessen. Ein Klassiker aus der Hippie-Ära knisterte aus den Lautsprechern des Lokals. If you can`t be with the one you love, love the one you`re with. Wurde der Song gespielt, um ihn auf andere Gedanken zu bringen? War ihm die provokante Flora auf den Fersen? Wartete sie vor dem Lokal auf ihn mit einem neuen Ratschlag? Zufälle können ein Leben verändern.

Was wird aus mir, wenn ich so weitermache?

Ein Melancholiker in stinkenden Socken, der es zu Hause nicht ausgehalten hat und mit einem verstaubten Rucksack unterwegs ist.

In Italien war er falsch. Er musste wieder weg aus diesem Land. Nur ein idiotischer Einfall konnte ihn dazu gebracht haben, in den Zug nach Verona zu steigen. Ohne die Begegnung mit der Schwarzhaarigen hätte er das nie gemacht. Gemeinsam mit dieser Verrückten, die zu einer schrillen italienischen Stadt passte wie der Käse auf die Pizza. Lärmend, chaotisch und unberechenbar hatte er Verona erlebt. Solche Städte konnte er sich nicht länger leisten, sie waren ihm zu teuer, also musste er wieder weg. Und es ging einfacher als gedacht. Per Autostopp zurück in die Stadt von Romeo und Julia. Auf dem Busbahnhof Veronas stand ein Fernbus nach Slowenien. Ljubljana war sein Bestimmungsort und das Ticket erschwinglich. Von dort war er auf einem guten Weg zum Meer.

Khalil ist heute eingeliefert worden (Knöchelbruch). Er ruft „Alhamdullilah", als Elsa sein Zimmer betritt. Der Ramadan hat begonnen. Essen bewahrt sie ihm bis nach Sonnenuntergang auf. Bei einer dämlichen Schwarzarbeit ist er verunglückt. Ein Polizist hat Khalil bei einer Personenkontrolle zum Heckenschneiden verpflichtet („Mitkommen! Brauche dich und zahle gut"). Ein Fuß der Leiter ist im tiefen Boden eingesunken, Khalil wird auf den Kiesweg geschleudert. Höllische Schmerzen im Knöchel, Wutausbruch des Polizisten („Du Idiot! Bist du zu blöd, um aufzupassen?"). Der Gesetzeshüter schleppt

Khalil aus seinem Garten auf die Straße hinaus und er-
klärt ihm, was wirklich passiert ist (Sturz mit dem Fahr-
rad, gegen die Bordsteinkante geprallt). Erste Hilfe und
Anruf beim Notarzt (die Polizei, dein Freund und Helfer).
Keinem Sanitäter fällt auf, dass das Fahrrad fehlt. Der
Dienstausweis eines Polizisten garantiert in Österreich
die Richtigkeit der Angaben (Vertuschung ist ein leichtes
Spiel, wenn die Polizei es will). Sein Asylantenblick im
Krankenbett, dunkle Verzweiflung (Was droht jetzt?).
Nadir muss für eine Weile allein in den Deutschkurs (viel-
leicht ganz gut für ihn). Unser Alphabet ist notwendig,
um sich in Ämtern zurechtzufinden (BITTE WARTEN. EIN-
TRETEN NUR NACH AUFRUF. HEUTE GESCHLOSSEN). Bei-
de sind krankenversichert (Alhamdullilah!).

Aneta

Wie lange soll ich bleiben?
Koliko dugo trebam ostati sagen wir.
Und deine Antwort?, fragte er.
Sve dok ljubav nije navika.
Bis die Liebe Gewohnheit ist.

Aneta. Ihren Namen nannte sie nach dem ersten Kuss.
Ein tropfnasser Baldachin hing bleischwer über der Ci-
carija und hielt ihn in einer Privatpension auf einem
Hang über dem Kvarner Golf fest. Er war der einzige
Gast im Ika Garden Bed & Breakfast. Eine junge Frau
betrieb das einfache Gästehaus alleine. Acht Zimmer mit
kroatischem Frühstück, als Spezialität Schafkäse mit ma-
riniertem Fenchel aus dem eigenen Garten. Kein Pool,
kein Luxus, kein Bild von Tito. Glatte Schränke, auf ihre
Funktion beschränkt, wollten sich zu keiner Farbe be-
kennen. Manchmal sah ein abgestandener Milchkaffee
so aus. Die Betten unverkennbar ambitionierte Ikea-
Imitate. An den Wänden Dubrovniks Altstadt im Breit-
wandformat oder Wasserfälle von Plitvice. Dunkelbrau-
ne Fensterläden vor einer gelben Fassade. Eine Pergola,
Hanfpalmen und Oleander unterteilten den Garten. Alles
im Rahmen der Möglichkeiten. Nichts drängte sich dem

Auge eines Touristen auf.

Beide warteten. Sie auf neue späte Gäste, er auf besseres Wetter am Ende des Sommers.

Am zweiten Abend fragte er sie, ob er ihr Gesellschaft leisten dürfe. Sie sprach Deutsch, wie er es nicht erwarten konnte. Wie eine Jugendliche aus einer deutschen Großstadt. Ihre freundlichen, dunklen Augen gefielen dem schweigsamen Gast. Am ersten Abend war er in seinem Zimmer geblieben, er stellte keine Ansprüche beim Frühstück und verbrachte den Großteil des Tages unten am Meer. Sein Zimmer fand sie aufgeräumt vor, was ihr seltsam vorkam bei einem jüngeren Mann, der allein unterwegs war. In seinen Rucksack warf sie nur einen flüchtigen Blick. Schmutzwäsche und ein Pullover. Das schmale Buch und das Springmesser übersah sie aus Angst, er könnte jeden Moment bei der Tür hereinkommen und sie zur Rede stellen. Auf dem großzügig angelegten Lungomare schlenderte er das Ufer entlang bis Lovran. Für Touristen mit Geld, meinte er, als er am späten Nachmittag in der Eingangstür stand. Villen aus der Wiener Kaiserzeit wie zu Hause, doch unvergleichlich durch das Meer. Seinen Geruch hatte er seit Lošinj nicht vergessen.

Ein Geschenk für die Küche, sagte er, als er das Paket ablegte. Riba, sein erstes kroatisches Wort. Leicht zu merken. Sie hatte es längst gerochen und wusste, was er erwartete. Fisch sollte es geben am Abend. Ihre Augen glänzten. Was ist ihm da eingefallen? Er murmelte etwas Unverständliches und ging in den Garten. Was mache ich, wenn ihm der Fisch nicht schmeckt? Im Servieren hatte sie wenig Übung. Sie wollte perfekt aufdecken, streifte sein Weinglas mit dem Handgelenk. Die leichte Berührung genügte und der Malvazija ergoss sich auf das Tischtuch. Tut mir leid. Wie ungeschickt von mir. Die Rötung ihres angespannten Gesichts machte ihm Mut. Kann Glück bringen, sagte er zu ihrer Beruhigung und griff nach ihrer Hand, dass es fast wehtat. In ihrem Blick fand er Zustimmung. Ihr Mund war leicht geöffnet, als wartete er auf eine Freude. Beide verstanden wortlos und ließen ihre Körper aufeinander los. Um den Fisch war`s geschehen.

Lippen hatte sie, Lippen mit der Weichheit einer genussreifen Mango. Als er sie zum ersten Mal spürte, wollte er an ihrem Mund anwachsen. An ihrem ausgeprägten Amorbogen kleben bleiben. Durch ihren knapp einen Meter siebzig hatte er nicht weit bis zu ihren Lippen. Alles an ihr wirkte natürlich und absichtslos. Wie sie nach dem Verlassen des Bettes ihr dunkles Haar, das über ihre Schultern reichte, hinter die Ohren schob. Wie sie ihr T-Shirt mit dem Delfin auf der Rückseite überstreifte. Ihre Bewegungen in Haus und Garten flossen aus einer träumerischen Choreographie. Wenn er sich von der weichen Bucht ihrer Schenkel löste, hatte er die Wärme für die Nacht aufgenommen. Kein Traum zerrte ihn ins Langedavor zurück. Rüttelte die Bora an den Fensterläden, wurde ihm im ersten Erwachen bewusst, neben wem er lag. Er roch das Meer und lauschte ihrem Atem. Ungerufen stand in der zweiten Woche die Zigeunerin an seinem Bett. Sie flüsterte ihm ihren Satz zu, den er jetzt anders hörte. Siehst du Meer, kehrst du um! Wie lange er in Ika bleiben würde, wusste sie auch im Traum nicht.

In der dritten Woche gab Aneta es auf, ihm Mangold zum gebratenen Fisch zu servieren. Bei aller Liebe, beteuerte er, aber ich verweigere dieses grüne Gold noch immer. Es schmeckt so traurig. Im Gegenzug stand sie wieder mit Nick Cave auf. Diese Leidenschaft verstand er nicht. Ist mit der Freude verwachsen und hört am Morgen Friedhofsgesänge. Einfach skurril, den Tag mit Trauermusik zu beginnen. Seine ultracoole Musik bleibt, das ist mein Zuhause, da musst du durch. Zwei Wochen ohne Push the Sky Away habe ich dir geschenkt, aber mehr geht nicht, mehr halte ich nicht aus. Mit dem Song holte sie ganz nebenbei seine Morgengeilheit herunter. Ihr zuliebe rasierte er seinen Bart ab. Deinen Urwald im Gesicht empfinde ich als Statement, musste er sich anhören. Er verstand nicht, was sie meinte, und schaute sie fragend an. Dein Bart sagt mir, dir ist einiges egal. Willst du bei dieser Botschaft bleiben? Natürlich nicht. Er gab nach und den Bart weg. Zu Nick Cave auf dem Cover hätte keiner gepasst. Die Nacktheit im Gesicht holte

Vergangenes hervor, als er den Schaum abwusch.

Einen sicheren Boden habe das Handwerk. Seine Mutter variierte das Sprichwort, das ihm einen sicheren Weg zeigen sollte. Eine Uhrmacherlehre wirst du nicht bereuen. Ein Beruf ohne körperliche Anstrengung und ohne Schmutz. Etwas Gehobenes, für das du nicht studieren musst. Auch in 50 Jahren brauchen die Leute die genaue Uhrzeit. Wenn sie nicht in der Nachsaison in einer leeren Unterkunft auf die Nachtstunden warteten. Er gab nach und hörte nicht auf die Stimme seines Vaters, der ihm eine Ausbildung zum Mechaniker nahelegte. Eugen reparierte für die Leute, was zu langsam lief oder stehengeblieben war. Sie kamen zu ihm, wenn die Zeiger nicht mehr mit der Zeit gingen. Vornehme Damen bewunderten die Geschicklichkeit seiner Finger. Zu mehr ließen sie sich nicht hinreißen. Bei manchen Jüngeren konnte er sich vorstellen, die Uhr zu justieren und am Abend das Herz aus dem Takt zu bringen. Wie filigran eine mechanische Uhr sei, wenn man sie öffne und in ihr Gehäuse blicke, wollte er ihnen unter vier Augen erzählen. Winzige Teilchen lägen vor ihm, eine abgestimmte Ansammlung von Geheimnissen, Dutzende kaum sichtbare Räder, Schrauben und Ösen. Einen magischen Reiz übe ein Uhrwerk auf ihn aus, es habe ein Innenleben, das nur von dem einer Frau übertroffen werde. Es blieb bei seinen naiven Vorstellungen, es gelang ihm nie, eine der Kundinnen erfolgreich anzuhimmeln. Ihm fehlte in jungen Jahren das Geschick, im geeigneten Moment ein Kompliment und eine raffinierte Einladung auszusprechen. Ob Elsa einmal seine Kundin war? Er hat sie nie danach gefragt. Den Sitz der Uhr am Handgelenk überprüfte er mit behutsamen, beinahe zärtlichen Griffen, deren Bedeutung von den Frauen nicht erkannt wurde. Das lassen wir so, sie sitzt schon, hörte er rascher, als ihm lieb war. Die alterslose Geschäftsinhaberin legte Wert auf tadellose Manieren. So blieb es bei ungeschickten Versuchen. Zu unseren Kundinnen schauen wir auf wie zu einer Königin. War eine solche bei Eugen, schaute ihm die Chefin auf die Finger. Vier Jahre lang hielt er den überwachten Distanzjob aus, dann kündigte er und kaufte sich einen Stadtplan. Er holte sich das Salzburger Straßennetz in seinen Kopf und wurde Taxilenker. Im Wagen fuhr keine penible Chefin mit. Dafür transportierte er Fahrgäste, die ihm Einblick in ihr Leben gaben. Er wurde zum Mitwisser von Streit und Entlassung, von Liebe und Enttäuschung. Im Fahrpreis sei das Abladen inbegriffen, in diesem Glauben saßen viele in seinem Mercedes und legten los. Der Stern auf der Motorhaube garantierte ihnen Diskretion. Private Dinge vertrauten sie ihm an, von denen er nichts wissen wollte. Welcher Zahn gezogen werden musste, wie die undankbare Tochter rebellierte und welcher Chef nach jungen Kurven griff. Ich sag Ihnen was, stand oft am Anfang einer Tirade. Er hörte Telefonate mit, die vor Wut und Leidenschaft überkochten und unverhüllte Drohungen aussprachen.

Äußerungen über die Politik und Politiker ziehen den kostenpflichtigen Abbruch einer Beförderung nach sich. Der Taxilenker.

Mit dem Hinweisschild vor dem Beifahrersitz zog er eine klare Grenze und brachte manchen Fahrgast zum Schmunzeln. Dass ein Raubüberfall auch zum Glück führen kann, erzählte er gerne seinen Kollegen in der Warteschlange. Seine Menschenkenntnis hatte erbärmlich versagt. Unter der Kapuze steckte der Kopf eines Gewalttäters. Ein mieses Aas schlug ihn von hinten nieder. Filmriss. Schädeltrauma. Als er auf der Station wieder zu sich kam, schaute er zu ihr auf. Ganz in Weiß, sympathisches Lächeln, Lippen, die ihm gefielen. Etwas Herzliches ging von ihr aus. Elsa. Willkommen im Unfallkrankenhaus, Herr Noland. Wie geht es Ihnen?

Mir geht`s wunderbar, flüsterte er, als Aneta ihn nach draußen rief.

Weil die Gäste ausblieben, griff der Sohn eines Mechanikers zu Farbe und Pinsel und verpasste fünf Zimmern einen frischen Anstrich. Er konnte sich den Aufenthalt in Ika Garden nicht mehr leisten, also übernahm er Renovierungsarbeiten. An trockenen Tagen lackierte er den Gartenzaun, bei Regen setzten sie sich im Frühstücksraum zusammen. Ihre Eltern waren nach Köln zurück, wo sie aufgewachsen war. Köche gehörten zum gesuchten Personal, in Deutschland hatten sie ein sicheres Einkommen. Zu dritt hätten sie durch die Vermietung der einfachen Zimmer zu wenig verdient. Aneta wollte bleiben. Sie hatte in Ika oft ihre Ferien verbracht. Im Fischerdorf mit wenigen hundert Bewohnern und einem kleinen Naturhafen, wo der Lungomare vorbeiführte. Einige Villen im Jugendstil, Habsburger Schimmer, dem Kriege und Kommunismus wenig anhaben konnten. An der Küstenstraße ein Konzum-Markt, ein Café und das Hotel Bellevue. Melancholie in den schmalen Straßen und Vorgärten. Beschämt standen die älteren Häuser und ließen ihr Gesicht hängen. Werbetafeln oder Oleander verhüllten Schäden an den Fassaden. Nicht einmal eine Kirche gab es hier. Aneta wurzelte hier ein. Sie brauchte das Meer. More za srce, sprach er ihr unbeholfen nach. Das Meer für das Herz, Lieber. Im Hafen genügte eine unbestimmte Ahnung von der größeren Welt. Ich bin das, erklärte sie ihrem Gast aus Salzburg einmal, was die Kroaten einen Švabo nennen. Sie halten nämlich alle Deutschen für Schwaben. Auch solche wie mich, trotz meiner kroatischen Eltern. Für die Einheimischen bin ich mehr Deutsche als Kroatin. Eben eine Švabo. Er unterbrach sie immer wieder gerne und fragte nach kroatischen Wörtern. Allein schlafen, Rucksack, Wahrsagerin, gehen und Lippen. Für die Wahrsagerin kannte sie keine Vokabel. Sie nannte ihm eine Umschreibung. Eine Frau, die anderen die Zukunft bringt. Beim Nachsprechen stolperte seine Zunge. Einfacher das Wort für die Lippen. Usne.

Sie amüsierte sich über seinen Familiennamen. Noland, was für ein rätselhafter Name. Waren deine Vorfahren englische Seefahrer? Haben sie in einem Leuchtturm gewohnt? Waren sie ganz Arme ohne Grundbesitz? Lieber noch wären mir verwegene Piraten. Rauben Gold und edle Steine. Mit Branntwein voll reiben sie ihren harten Bauch auf wilden Weibern. Sag, brodelt in deinen Adern das Blut eines verschollenen Freibeuters, wenn du das Meer siehst? Oder hatten die Vorfahren eine Heimat an Land? Jetzt sag schon! Was haben dir die Großeltern erzählt? Du bist doch nicht vom Himmel gefallen.

Er wusste keine Antwort und wollte keine erfinden. Er lachte nur und winkte belustigt ab.

Niemand weiß, woher du kommst. Vielleicht aus Bayern? Du redest ganz so wie die Biertrinker. Wie bist du überhaupt nach Ika gekommen? Welcher Zufall hat dich zu mir getrieben? Hast du mich von der Straße aus im Garten gesehen und gedacht: Schaut ganz nett aus, die Langhaarige. Passable Figur und im besten Alter. Mit etwas Glück lässt sie sich pflücken. Bei der will ich sogar Kroatisch lernen, damit wir auch zum Reden kommen. Falls es hin und wieder sein muss. Und wenn ich mich geschickt anstelle, lässt sie mich die Wände streichen. Gib`s zu! So ungefähr muss es gewesen sein, was dir durch den Kopf gegangen ist.

Er lachte wieder und schüttelte den Kopf.

Die Bora hat mich zu dir geweht, Anetamädchen. Ganz sicher. Du weißt doch selbst am besten, was sie alles bewirkt.

Na klar, erwiderte sie belustigt. Es kann nur die unberechenbare Bora gewesen sein. Sie rüttelt an Häusern und Bäumen, sie raubt den Menschen den Schlaf, als wolle sie sie zum Reden bringen. Nimm dich ja in Acht vor ihr! Sie wird dir den Mund öffnen. Manchmal sprichst du im Schlaf. Halbe Sätze, aber am Morgen habe ich sie schon wieder vergessen. Dein Glück. Bis ich einmal aufstehe und zum Zettel greife.

Sie wollte ihm die Zunge lösen, aber es war noch nicht die Zeit gekommen, von seinem Langedavor zu erzählen. Sie müsse sich gedulden. Dräng mich nicht, Aneta. Alles nicht so wichtig wie du.

Sein Schweigen machte ihr zu schaffen, wenn er für einen Tag weg war. Er verheimlicht mir etwas Schlimmes. Wenn er plötzlich verschwindet? Wenn er seinen Rucksack zurücklässt und dazu das Rätsel um seine Vergangenheit?

Mit Beflissenheit reparierte er das ausgeleierte Gartentor, das lärmende Spielzeug des Windes. Nach wenigen Blicken hatte er im Vorbeigehen gesehen, dass Ika Garden auf ihn wartet. Renovierungsbedarf von der Fassade bis zum Gartenzaun. Wer hier zu Hause ist und wie die Frau aussieht, stellte sich erst später heraus. Bei einigem

Geschick finde ich Arbeit und Quartier für Wochen, dachte er sich beim Betreten des Hauses. Aneta hielt er zunächst für einen Gast, der die freundliche Atmosphäre in der verschlafenen Pansion mit Blick auf das Meer bewies, war es doch die deutsche Sprache, mit der sie ihm entgegenkam.

Sie zog langgewachsene Karotten aus einem großteils abgeernteten Beet. Den Mangold daneben rührte sie nicht an. Soll er meinetwegen umsonst gewachsen sein, dachte sie. Oder ich schenke ihn Lucija, falls sie ihn brauchen kann. Ihr toter Mann kann ihr keinen Mangold mehr verbieten. Ist im Jahr meiner Geburt gestorben. 1993. Weiß ich genau. Er hat sich freiwillig gemeldet zum Kampf gegen die Serben. Ein Patriot bis in den Tod. Hat in der Dunkelheit eine Sprengfalle ausgelöst und Lucija zur Witwe gemacht. Tausende Kriegsflüchtlinge aus dem Osten Kroatiens waren schon in Opatija untergebracht. Viele von ihnen sind übers Meer nach Istrien gekommen. Überall kochender Hass gegen die Serben. Reichte bis in die Küche, wie Mama immer noch leidenschaftlich erzählt. Keine serbische Bohnensuppe mehr, kein Djuveč, keine Čevapčiči. Wer will schon essen, was der Feind frisst. Unabhängigkeit auch auf unserer Speisekarte. Eugen muss wissen, was damals geschehen ist. Es ist keineswegs vergessen. Zeigt das Fernsehen das Bild eines serbischen Schlächters, erstarrt Lucijas Antlitz, bevor sie sich bekreuzigt. Der Teufel hat viele Gesichter.

Eugen muss es wissen.

Mit ihrem Gemüsekorb begab sie sich zum Gartentor.

Geschickte Hände hast du, du Geheimnisträger.

Vor langer Zeit habe ich Uhren repariert. Hast du auch einen Beruf erlernt?

Dazu ist es nie gekommen. Leider. Nach dem Abi bin ich mit den Eltern hierher übersiedelt. Vorher ist das Haus meist leer gestanden. 1991 hat Kroatien seine Unabhängigkeit erklärt. Im selben Jahr begannen die Kämpfe zwischen unserer Polizei und serbischen Extremisten. Aus Angst sind die Touristen ausgeblieben. Mehr als die Hälfte immer aus Deutschland. Im dritten Kriegsjahr sind meine Eltern mit mir nach Köln. Der Tod von Lucijas Mann hat den Krieg bis zu uns gebracht. Sie hatten Angst und verdienten kein Geld mehr.

Ist hier in der Gegend auch gekämpft worden, Aneta?

Nein. Gott sei Dank sind wir auf Istrien verschont geblieben. Aber es sind keine Gäste mehr gekommen. Trotz der Unabhängigkeit. Meine Eltern mussten fort. Sie hatten keine Wahl. Sie haben sich für eine regelmäßige Arbeit und eine friedliche Welt für die neugeborene Tochter entscheiden müssen. Kann sein, Papa hatte auch Angst, dass er eingezogen wird. Noch im Mai 1995 hat es Tote in Zagreb gegeben. Bald darauf war der Krieg endlich vorbei. Seither feiern wir jedes Jahr am 5. August den Tag des Sieges. Ein Freudenfest, wie du dir denken kannst. Vor sieben Jahren schließlich sind wir aus

Deutschland zurückgekommen. Seit damals heißt die Pansion Ika Garden. Am Hafen unten hab ich ab und zu gekellnert und hier oben mitgeholfen. Wenn man's genau nimmt, hab ich nichts zum Geldverdienen gelernt. Aber denk bloß nicht, ich warte wie eine brave Jungfer, bis mich einer heiratet und mir Kinder macht. Höchstens in zehn, zwölf Jahren. Vielleicht. Aber auf keinen Fall ein Balkan-Macho. Vorher möchte ich aus Ika Garden eine Luxusunterkunft machen, mit Pool, neuen Bädern und einer Panorama-Terrasse. Aber noch keine Ahnung, wo ich das Geld herbekomme.

Er zuckte mit den Schultern und fügte belustigt hinzu: Du kennst meine Vermögensverhältnisse seit meiner Ankunft.

Na ja, einen verstaubten Rucksack könntest du auch zur Tarnung verwenden, wandte sie ein.

Natürlich, er hat mir gute Dienste geleistet, antwortete er. Kein einziger Überfall in fünf Monaten. Niemand hat das viele Geld darin vermutet. Du siehst, man kann auch Gauner täuschen.

Seine ernste Miene bei diesen Worten wurde zu ihrem Rätsel. Hat er einen Scherz gemacht und ist er doch nicht so arm, wie er aussieht? Bei nächster Gelegenheit würde sie den Rucksack auf den Kopf stellen. Wenn er nicht bis dorthin das Geld versteckt hat. Ein Mobiltelefon hat sie bei ihm auch noch nicht gesehen. Ganz ohne gilt man heute als verschwunden, wenn man telefonisch nicht erreichbar ist. Einigermaßen mysteriös, dieser Noland.

Wie auch immer, du fremder Mann, ich lade dich ein. Beteilige dich an der Finanzierung von Ika Luxury Garden. Sie meinte ihr Angebot ernst.

Aneta saß in der kleinen Küche und schabte die Karotten für einen Gemüsetopf.

Aus dem Mann werde ich nicht schlau. Ich habe ihn bei unserer Polizei nicht als Gast gemeldet. Ist ihm wahrscheinlich gar nicht aufgefallen. Außerdem die Sache mit dem Bart. Tagelang habe ich im Bett auf ihn eingeredet, er soll ihn abrasieren. Glatte Haut bringt die Gefühle zum Explodieren, sonst würde ich meine Beine und den Hügel nicht rasieren. Soll ich etwa meine Pička verstecken? Kommt nicht in Frage. Ich mag auch dieses Wort. Pička klingt viel sympathischer als die derben Ausdrücke im Deutschen. Klingt nach einem harmonischen Spiel von zwei Menschen und nicht nach Ficken. Undenkbar eine Liebe ohne gefühlvolle Berührungen wie die von Händen. Es beginnt mit einem Prickeln und steigert sich zu einem leisen Brennen. Wie ein Gesuchter wollte er sich unter dem Bart verbergen. Bis er nachgegeben hat. Was weiß ich, was er da überwinden musste. Aber ich habe keine Angst vor ihm. Ich teile Bett und Schlaf mit ihm und nichts deutet auf einen Kriminellen hin. Ist doch kein Verbrecher zu Fuß unterwegs. Kein Krimineller verdient sich Essen und eine warme Nacht mit solchen Arbeiten. Die alte Lucija bringt Fernsehen und Wirklichkeit schon lange durcheinander. Eugen im Auftrag meiner Eltern bei mir! Am liebsten würde ich ihm den Unsinn erzählen.

Wo sein Körper wohnte, war auch sein Kopf. Der Vagabund war bei seiner Kalypso gestrandet. Die Reize ihrer Jugend ließen ihn nicht mehr los. Am Ausläufer des schroffen Učka-Rückens wurzelte er mit jeder Nacht tiefer ein. Seine innere Uhr war weitergelaufen, stand nicht mehr bei Elsa. Sie zeigte auf Aneta, ihre Freundlichkeit, die Wärme ihres Balkankörpers, der keine eisige Bora etwas anhaben konnte. Die Rundungen ihrer weichen Landschaften kannten keine Jahreszeiten. Und was für ein Mund! Ihr natürliches Gesicht brauchte keine Kosmetik. Es hatte eben noch einem Mädchen gehört, mit der Figur einer kräftigen jungen Frau. Ihre Lust segelte auf sanften Wellen dahin, ließ sich von seinem Mund treiben, bis sie gegen die Klippe prallte und sich in eine überschäumende Gischt verwandelte. Ohne die Scheu einer Anfängerin liebte sie den Fremden aus dem Norden, ohne die Hast einer lange Entbehrenden gab sie sich seinem Verlangen hin. Mit jedem Morgen schwand seine Kraft, von Ika aufzubrechen. Wo die bewaldeten Berge milde Winter schenkten. Wo er in Anetas Schenkelbucht lag. Die Wahrsagerin kam nicht mehr zu ihm. Sie schenkte ihm Zeit. Elsa? In weiter Ferne. Auf einem anderen Kontinent. Am anderen Ende seiner Welt. Ihr Buch noch immer neben dem Springmesser im Rucksack.

Wieder ein strahlender Morgen, der azurblaue Himmel glatt. Kein Kondensstreifen, kein Vogelflug zerkratzte ihn. Auf einem Trittstein sonnte sich die ansässige Eidechse. Sie kannte inzwischen seinen Schritt. Von Eugen ließ sie sich nicht mehr erschrecken. Neugierig hob sie den winzigen Kopf, als wollte sie das Zikadengeschrill besser hören. Aus der Ferne drang ab und zu das aufgeregte Gackern von Lucijas Hühnern in den Garten herauf. Aneta war mit Nick Cave im Haus. Von Springsteens Musik wollte sie noch immer nichts hören. Auch wenn er ihr seine Texte kaum übersetzen konnte, verstand er ihre Ablehnung nicht. Sie müsste doch auch spüren, dem Boss geht es um die kleinen Leute und ihr dorniges Leben. Zu denen gehören wir doch. Nach mehreren Versuchen gab er auf. Die gleiche Geräuschkulisse begleitete den beginnenden Tag wie die ruhigen Herbsttage zuvor. Das im milden Licht glitzernde Meer hielt seinen Blick für Minuten fest. Wenn ich nächstes Jahr ein Taxi-Boot betreibe? Auf der Uferstraße kommt man tagsüber nur langsam voran. Er starrte zum Wasser, als stünde dort unten etwas Außergewöhnliches bevor, danach wartete er bei der Pergola, bis sie ihn zum Frühstück rufen würde. Heute drohte es zum ersten Mal auszufallen. Ein lautes Geräusch störte den Morgen. Auf der schmalen Straße rollte das Dröhnen eines starken Motors näher. Sekunden später schrie Aneta, er solle sofort in seinem Zimmer verschwinden. Frag nicht, los! Später erkläre ich es dir, Lieber. Jetzt geh schon endlich! Nema straha! Keine Angst!

Vor der Einfahrt blieb ein Sportwagen stehen, auffallend lackiert in den Nationalfarben Kroatiens. Ein kahlgeschorener junger Lederjackenträger ging langsam auf Ika Garden zu. Aneta eilte in Richtung Gartentor und trat ihm entschlossen entgegen. Durch das offene Fenster hörte Eugen das hitzige Gespräch, das rasch zu einer Auseinandersetzung wurde. Kroatisch. Er verstand kein einziges Wort, bis der Unbekannte schließlich seine Hände aus den Hosentaschen zog, ihre Oberarme packte und mit beschwörender Stimme ljubav sagte. Mehrmals hintereinander. Um Liebe musste es also gehen. Eine alte Liebe, verletzt, noch nicht zu Ende. Sie stand einem Ex gegenüber. Ihre Körperhaltung schrie eine hilflose Empörung hinaus. Schritt für Schritt wich sie zurück, er rückte wie bei einem Balztanz Schritt für Schritt nach. In ihrem Gesicht blanke Wut, die Nase und die Wangen feindselig gerötet. Eine unbekannte Aneta. Er fuchtelte mit den Händen herum, redete ohne Pause auf sie ein. Sie war in Bedrängnis und Eugen schaute untätig zu. Nicht mehr lange. Ich gehe hinunter. Auch wenn es gegen ihren Willen sein sollte. Was hält sie sonst von mir? Die Kleine braucht mich jetzt. Ihn graut vor einem Zweikampf, noch dazu auf nüchternen Magen. Ein teuflischer Reiz kitzelt ihn, zum rot-weiß-blauen Wagen zu schleichen und die Handbremse zu lösen. Sofort rollt der Bolide auf der abschüssigen Straße von seinem ahnungslosen Besitzer weg, gewinnt rasch an lautloser Fahrt, kommt mit etwas Glück von der Fahrbahn ab und rast auf Lucijas Anwesen zu. Brettert den hölzernen Hühnerstall nieder, macht daraus Kleinholz und Hühnerklein, das Spuren von Autolack enthalten kann. Eine Wolke aus Federn und Splittern senkt sich auf den jäh gestoppten Wagen, während der Unbekannte noch immer auf Aneta einredet. So nicht, leuchtet ihm ein. Hat keinen Sinn und sie bekommt von der Nachbarin keine Eier mehr. So nicht.

Also ist die Stunde des Kampfes gekommen. Er holt das unbenützte Springmesser aus dem Rucksack und eilt entschlossen die Stiege hinunter, seiner Kalypso zu Hilfe. Als er die fremde Sprache aus der Nähe hört, fällt ihm eine simple List ein, eines echten Mannes wenig würdig. Aber der Erfolg feiert die Mittel, mögen sie noch so erbärmlich sein. Ein einziges Wort der fremden Sprache drängt sich ihm auf, während er auf die Kontrahenten zugeht. Der Störenfried rechnet nicht mit mir, denkt sich Eugen, und er rechnet nicht mit meiner List. Das ist meine Chance. Papa dolazi! schreit er aufgeregt gestikulierend den beiden entgegen. Verdutzt schaut Aneta auf den rettenden Boten. Papa dolazi! wiederholt Eugen, um die Glaubwürdigkeit zu erhöhen. Ihr Ex starrt ihn wütend an und begreift in dem Moment, dass er heute besser nicht gekommen wäre. Seine Hände verschwinden langsam in den Hosentaschen, dann zieht er ab.

Papa dolazi war Eugens Einfall in der höchsten Not, um einen Kampf abzuwenden. In den Garten kehrte die Ruhe zurück. Der Eindringling drehte den Motor hoch und die Verliebten atmeten auf. Die Hühner der Nachbarin waren in Sicherheit. Aneta schüttelte sich vor Lachen, bevor Eugen sie in den Arm nahm. Dein Kroatisch ist inzwischen brauchbar, du Maulheld. Kein Tropfen Piratenblut in dir, merkte sie grinsend an. Hätte mich auch gewundert. Papa kommt, aber erst zu Weihnachten.

Ein großes Glas Wasser holte die gewohnte Aneta langsam zurück. Einer Verdurstenden gleich hielt sie das hohe Glas mit beiden Händen umschlungen. Schluck für Schluck spülte sie die Aufregung weg. Bei Tisch strahlte ihr Gesicht wieder wie im milden Licht des jungen Tages, der ihren Dauergast eine Stunde zuvor mit ihrer unbedeckten Weiblichkeit begrüßt hatte. Was war das für ein lästiger Typ, wollte Eugen beim verspäteten Frühstück wissen. Er hatte richtig vermutet. Eine Affäre, einen Winter lang, mit heftigen Gefühlsausbrüchen. Ich habe ihn abserviert. Er wollte mich überwachen. Er wollte wissen, was ich mache, wenn er in der Werkstätte gearbeitet hat. Ganz anders als du. Er war dabei, meine Freiheit zu zertreten. Also hab ich Schluss gemacht. Er hat geklammert und ins Leere gegriffen. Ich tauge nicht zur Dekoration. Ich lasse mich nicht festnageln. Du verstehst, Lieber?

Er verstand. Ihr Vater würde zu Weihnachten kommen. Aber bis dorthin?

Machen wir uns einen schönen Tag, Eugen. Der Bora ist heute Nacht die Luft ausgegangen. Das Wetter könnte nicht besser sein für eine Tour auf den Vojak. Nicht weit von hier. Wir fahren mit dem Auto nach Lovranska Draga und marschieren dort los. Ich zeige dir, wie schön Istrien von oben ist. Ein alter Aussichtsturm aus Stein wartet dort auf uns.

Aneta klebte einen Zettel mit einer Mitteilung in Kroatisch an die Eingangstür und die beiden verließen Ika Garden. Der Serpentinenpfad begann bei einer geschlossenen Konoba, er wurde zunächst von schlanken Buchen und krummen Schwarzkiefern beschattet. Eugen folgte in zügigen Schritten ihren langen Beinen. Ohne Wasser und ohne Proviant waren sie losmarschiert. Hals über Kopf auf und davon, diesmal zu zweit. Nach einer Stunde wollte er wissen, was sie wirklich mit ihm vorhatte.

Was machen wir hier, Aneta? Weißt du überhaupt, wohin der Weg führt?

Keine Sorge. Ich bin hier zu Hause, ich kenne den Vojak. Wenn wir oben sind, haben wir mit Glück freie Sicht bis zum Golf von Triest.

Gibt es hier irgendwo eine Quelle?

Wenn wir Glück haben und eine finden. Aber du musst wissen: Wir sind im Karst. Der ist kein Wasserreich.

Dann war hoher Mittag. Um diese Zeit hatte die Sonne ein leichtes Spiel, zwischen dem löchrigen Blätterdach auf die Wanderer zu treffen. Er war am Austrocknen, ohne es zuzugeben. Sie stiegen weiter, begegneten niemandem. Ginster und Wacholder mischten sich mit einer spärlichen Macchie, als schließlich der steile Weg auf ein kleines Plateau unterhalb einer nackten Felswand führte. Eine Schafherde weidete ungestört.

Der von grässlichem Durst gepeinigte Eugen stellte sich vor, eines der Euterschafe zu melken oder ihm die Kehle durchzuschneiden und das warme Blut zu schlürfen. Aneta blieb abrupt stehen. Zufrieden lächelnd meinte sie: Na, was hab ich gesagt?

Der alte Schafhirt hatte ihre Tritte und Stimmen schon lange gehört. Er saß auf einem Schemel, als die beiden Wanderer auf seine Hütte aus grob behauenen Steinen zugingen. Über ihren Besuch zeigte er sich erstaunt.

Wo schleppt ihr eure Füße in der Mittagshitze hin? Selbst die Eidechsen ruhen um diese Zeit hinter dem Steinwall. Lächelnd fügte er noch hinzu, er habe schon zwei Wochen mit keinem Menschen mehr sprechen können. Eugen wartete ihre Übersetzung nicht ab, sondern drängte sie sofort, ihn um Wasser zu bitten. Der bärtige Alte erhob sich mühevoll und ächzend. Mit einem Krug kam er aus dem Inneren der winzigen Behausung zurück. Während sie aus einem Becher und Eugen voller Ungeduld aus dem Mischkrug ihren Durst löschten, meinte der Schafhirt mit listiger Miene, sie könnten auch Essen von ihm bekommen.

Er kniff seine Augen zusammen und fügte mit gespieltem Ernst hinzu: Aber nur, wenn ihr mir eine gute Geschichte erzählt.

Eugen nickte zustimmend, als sie ihm seine Bedingung übersetzt hatte.

Er soll uns aber zuerst etwas zu essen bringen, damit wir ihn lange unterhalten können. Sag ihm das, denn ein leerer Magen erzählt nur dürftiges Zeug, das keine Brotrinde wert ist.

Der Hirt nahm seine abgegriffene Schirmkappe ab, zupfte an seinem grauen Vollbart und kratzte sich an der Schläfe. Während er überlegte, ob er einem Fremden trauen könne, der kein Kroatisch sprach, taxierte er ihn mit strengem Blick. Aneta redete ihm gut zu und mit ihrem freundlichen Lächeln verscheuchte sie seine Zweifel. Wiederum erhob sich der Alte und verschwand in seinem Steinhaus.

Obwohl die beiden großen Hunger verspürten, aßen sie den Schafkäse, über den sie nach Belieben Thymianhonig träufelten, ohne Hast. Sie nahm ihr Essen wie immer bedächtig zu sich und er ließ sich Zeit, um eine Geschichte zurecht zu kauen. Nachdenklich mahlten seine Kiefer Bissen für Bissen, die er dem Alten servieren wollte. Der wieder saß auf seinem Schemel und wartete geduldig wie ein Stein auf den Anfang der versprochenen

Geschichte. Er wusste, wenn der Teller geleert ist, werden sie zu erzählen beginnen. So war es abgemacht.

Also, fangen wir an, meinte Eugen zufrieden. Ich habe mir schon einen Beginn überlegt und während du ihm die Übersetzung lieferst, bastle ich mir eine Fortsetzung zurecht. Stück für Stück.

Ich erzähle von einem Hirten, der in uralter Zeit lebte, als die Götter in diesen Ländern am Meer noch verehrt wurden. Sein Vater war ein alter Grieche. Lass dir einen guten Namen einfallen, schließlich hast du das Abi geschafft. Ich kenne nur Odysseus und Alexis Zorbas. als Mutter des Hirten werden verschiedene Frauen genannt. Als diese nach der Geburt sah, was sie zur Welt gebracht hatte, eilte sie entsetzt davon und kümmerte sich um das Neugeborene nie mehr. Waldnymphen, wie Aneta ergänzte, nahmen das kleine Wesen zu sich und zogen es auf.

Der Alte hörte interessiert zu und Eugen war beruhigt, einen geeigneten Anfang gefunden zu haben. Nach einer kurzen Pause, in der Aneta am Wort war, meldete sich der Fremde wieder zu Wort.

Eine kuriose Missgestalt wuchs in der Obhut der mitfühlenden Nymphen auf, sie hatte Füße eines Ziegenbocks und auf der Stirn zwei kleine Hörner. Als dieses Wesen erwachsen war, lebte es als Schafhirt. Tagsüber lagerte er in der Nähe seiner Herde und wenn sich abends die Tiere niedergelegt hatten, jagte er den Nymphen des

Waldes nach. Er war liebestoll wie ein Bock und stets auf der Suche nach den Jungfrauen, um seine Lüsternheit zu befriedigen.

Als der Alte die letzten Sätze in seiner Sprache hörte, ließ ein breites Grinsen die Überreste seines Gebisses hervortreten. Sie hatte die treffenden Worte für einen Mann wie ihn gefunden und Eugen überließ ihr das weitere Geschehen. Lass keine Gelegenheit aus, dem Alten eine geile Geschichte zu servieren! Du kannst das, Liebe! Sie nannte das sonderbare Wesen Pan, der auf seinen Streifzügen in eine Waldschlucht kam, wo überirdisch schöne Mädchen wohnten. Diese Nymphen hatten einen schlanken Leib und eine melodisch klingende Stimme. Sie umwickelten ihren Körper nur mit einem schwarz-gelb gestreiften, durchsichtigen Schleier. Mit großer Leidenschaft tanzten sie in der Abenddämmerung zu ihrem Gesang, den Pan von weitem hörte. Als er näher schlich und die Mädchen sah, gingen ihm vor Geilheit die Augen über. Er war wild entschlossen, sich über eine von ihnen herzumachen, und wartete nur auf einen günstigen Augenblick. An dieser Stelle öffnete Neugier den Mund des Zuhörers einen Spalt breit. Er wollte kein Wort versäumen, so ausgehungert war er nach Erotischem. Eugen verstand kein einziges Wort und genoss umso mehr die Lust des Alten am Zuhören.

So, mein lieber Gastgeber, dachte sich Aneta, damit ist die Episode für einsame Männer schon wieder im Abklingen. Ich werde dich gleich enttäuschen, ich setze nämlich mit einer Verwandlung fort. Gespannt wartete der Hirt darauf, was sie ihm im nächsten Teil erzählen würde.

Eine von ihnen unterbrach ihr ausgelassenes Tanzen an der nahen Quelle, um daraus zu trinken. Sie kniete beim Wasserlauf nieder, als sie plötzlich zwei Bocksfüße vor sich sah. Wären es vier gewesen, wäre sie nicht in panischer Angst in die Höhe geschossen und weggelaufen. Sie rannte, sie schrie und sie hatte nur mehr den sehnlichen Wunsch, vor dem Unhold gerettet zu werden. Die anderen Nymphen hielten sich währenddessen versteckt und wagten nicht, ihrer Schwester beizustehen. Aneta machte eine Pause, in der sie Eugen den letzten Teil zusammenfasste. Ich bin gespannt, wie du weitermachst. Gar nicht einfach, kommentierte er.

Naja, die Rettung liegt in einer überraschenden Verwandlung, weihte sie ihn ein. Als die Nymphe mit ihrem Schleier an einer Hecke hängenblieb und nackt weiterflüchten musste, verlor der Verfolger sie aus den Augen. Sie war seinen Blicken entzogen, ihm fiel jedoch der schlanke Leib einer Libelle auf, die mit ihren durchsichtigen Flügelpaaren um ihn herumschwirrte, als wollte sie sich über ihn lustig machen. Der langgezogene schwarze Körper mit gelben Streifen ließ den enttäuschten Pan ahnen, dass er düpiert worden war. Es gab die Nymphe nicht mehr. Eine aufmerksame Gottheit hatte das Mädchen vor dem lüsternen Pan bewahrt.

Durch das gute Ende entstanden schließlich die Quelljungfern, die auch Libellen genannt werden. Um ihren Feinden zu entkommen, können sie ihre Flügelpaare auch unabhängig voneinander bewegen. So wechseln sie abrupt ihre Flugrichtung. Hast du wohl schon oft gesehen, guter Mann.

Aneta und Eugen fixierten den Alten schweigend, der seine Balkannase rümpfte und nachdenklich zum Himmel blickte. Sie wussten nicht, ob er Gefallen am Erzählten gefunden hatte, und warteten auf seine Reaktion. Schließlich meinte er brummend zu ihr, die Geschichte stamme aus einer längst vergangenen Zeit. Niemand könne sagen, ob sie wahr sei. Für den Käse habe sie halbwegs gereicht. In meinem Alter ist man genügsam. Nach einer Pause holte seine Linke zu einer großzügigen Geste aus und er fügte hinzu: Den Honig schenke ich euch.

Es war später Nachmittag geworden und Aneta stellte ihm eine letzte Frage, die sie Eugen nicht übersetzte.

Wir müssen umkehren, um noch vor der Dunkelheit hinunterzukommen. Trotzdem möchte ich wissen: Kann man von ganz oben wirklich auf die andere Seite des Meeres, bis nach Triest sehen? Ich hab es von einer Nachbarin gehört, aber sie erzählt viele Sachen, wenn ihr Tag langweilig ist. Ein hoher Turm aus Steinen steht dort oben auf dem Vojak. Mit einer Treppe an der Außenseite. Kann man von dort quer über Istrien sehen?

Ich bin noch nie dort oben gewesen, antwortete er wie selbstverständlich.

Wortlos staunend sah sie ihn an und erwartete eine Erklärung.

Was soll ich dort, Mädchen? Hier hüte ich meine Schafe und die sind schlau. Sie gehen nur dorthin, wo sie Futter finden, meinte er schmunzelnd. Höher als das Vieh steigt doch kein Vernünftiger.

Was hat der Alte zuletzt gesagt, wollte Eugen beim Abstieg wissen.

Sie hatte mit seiner Frage gerechnet und zögerte keinen Moment.

Er hat gemeint, du hättest das richtige Alter.

Wofür?

Hat er mir nicht verraten.

Was vermutest du?

Na, was wohl? Dass dein Alter zu mir passt.

Eugen konnte sich das Lachen nicht verkneifen und meinte: Spricht für seine Lebenserfahrung.

Während eines Frühstücks ihre ungenierte Frage: Woran hast du gedacht, während ich im Bad war?

Wie immer trug sie ihr langes Haar frei. Eine andere hätte es mit einem Tuch oder einer Spange gefesselt, wenn sie angekleidet war.

An eine junge Frau, ihre weichen Lippen und ihren wärmenden Arsch. An nichts anderes hab ich gedacht. Die Reihenfolge könnte auch anders gewesen sein.

Wie heißt sie?

Dass du noch fragst, wunderte er sich. Aneta heißt sie, wie denn sonst.

Von dir weiß ich immer noch viel zu wenig. Ich kenne deinen Namen, du bist 15 Jahre älter, hast kein Auto und nicht einmal ein Handy, aber eine Narbe an der linken Schläfe. Du trägst lieber Bart als ein nacktes Gesicht, magst keinen Mangold und schläfst jede Nacht mit mir. Deinen Körper kenne ich inzwischen. Ich könnte ihn ohne viel Nachdenken auf beiden Seiten beschreiben. Von deiner Vergangenheit weiß ich überhaupt nichts, weil du kaum was erzählst. Das reicht mir nicht! Du bist schon sieben Wochen bei mir, aber dein Leben ist mir zur Gänze unbekannt. Ich frage mich jeden Tag: Was hat der Mann zu verbergen? Mach doch endlich den Mund auf!

Mit dem Nachdruck einer Eifersüchtigen prasselten ihre Worte auf ihn ein. In ihrem Gesicht dieselbe Entschlossenheit wie bei der Begegnung mit dem Ex. Eugen konnte sie nicht länger vertrösten. Er stellte Nick Cave leiser, setzte sich und griff über den Tisch nach ihrer Hand. Sanfter als an dem Tag, als sein Weinglas umfiel und sie übereinander herfielen.

Was gibt es über mich schon zu sagen? Bis zum Frühjahr war ich Taxifahrer in Salzburg. Bis meine Langzeit-

Gefährtin nach Afrika geflogen ist. Auf unbestimmte Zeit. Sie bringt den Krankenpflegern dort bei, wie man Fieber misst und so. Kinder haben wir keine, also konnte ich weg. Mit dem Rucksack auf und davon. Kreuz und quer durch Mitteleuropa bis zu dir.

Er zuckte noch mit den Achseln und glaubte, sie sei nun zufrieden.

Aneta reagierte mit einem spöttischen Gelächter.

Ts!, zischte sie. Klingt absolut überzeugend, mein Lieber, und ich bin Titos Enkelin. Aber behalt`s um Himmels willen für dich. Ist mein größtes Geheimnis.

Sie holte tief Luft und nahm sich kein Blatt vor den Mund. Ihre Verärgerung wurde mit jedem Satz heftiger und sie riss sich aus seiner Hand los.

Job und Auto hast du also aufgegeben für ein Vagabundenleben, das bei mir eine längere Pause macht. Wie schön für mich. Hört sich nach Aussteigerromantik an, was du mir weismachen willst. Lonesome Tramp heißt also deine Mission. Bei Tag und bei Nacht? Oder nur bei Tag? Du musst doch Weibergeschichten gehabt haben unterwegs. Wie viele haben sich vom bärtigen Rucksackträger vögeln lassen?

Du magst mich wirklich, Mädchen, sonst würdest du nicht fragen. Aus dir spricht echte Leidenschaft. Also gut, ein einziges Mal gebe ich zu. Ein harmloser Ausrutscher während einer Reifenpanne. War ziemlich ungewöhnlich, sag ich dir. Mit einer flotten Musiknummer hat sie mich verführt. Heute weiß ich, sie hat mich, er stockte einen Moment und suchte nach einer geschickten Formulierung, sie hat mich irgendwie missverstanden. Wir haben uns noch vor der Nacht getrennt. Mehr war nicht.

Ich müsste auch ihren Namen erfinden. Und noch etwas, damit du mir glaubst: Wenn am Abend deine Knochen hundemüde sind vom Gehen, hast du andere Bedürfnisse, als dich mit einer unbekannten Frau auszutoben. Jeder Abend hatte die gleiche Tristesse, nur der Ort war ein anderer.

Nee, das kaufe ich dir nicht ab. Du willst mich auf den Arm nehmen. Dieses Weib würde ich gerne kennen lernen mit ihrem Instrument.

Ihr Wutausbruch schärfte ihre Stimme, die ihn einschüchterte. Eugen rückte mit seinem Sessel vom Tisch weg. Ihre Nähe war ihm plötzlich unangenehm.

Du bist der Typ, der hinter anderen Weibern her ist. Draufgekommen ist dir deine Alte auf eine deiner Affären und hat dich auf die Straße gesetzt. Darüber redet natürlich kein Mann gerne. Und Kinder habt ihr doch auch. Wie viele?

Kein einziges. Aneta, du musst mir glauben, was ich gesagt habe. Du kannst Mitsos anrufen, er kann alles bestätigen. Ich gebe dir seine Nummer.

Mitsos. Wer ist das?

Ein Taxifahrer, dem ich diese Narbe verdanke. Er zeigte dabei auf seine Schläfe. Hat mir auch das Springmesser auf dem Schwarzmarkt besorgt, das ich im Rucksack mit mir trage. Meine Waffe für den Ernstfall.

Ts! Verprügelt hat dich dein Freund und obendrein macht er krumme Geschäfte. Und dem soll ich vertrauen? Unglaublich. Wofür hältst du mich? Denkst du dir, dieser Jungen mit dem warmen Arsch kann man alles erzählen?

Eugen wusste, er musste jetzt vorsichtig sein. Er wollte von ihr nicht hinausgeworfen werden, dazu fühlte er sich zu wohl bei ihr. Sie hatte sich in eine gereizte Wildkatze verwandelt, die er wieder besänftigen musste. Zum ersten Mal, seit er in Ika Garden wohnte, dachte er an Elsas Notizbuch. Ein paar Zeilen daraus hätten genügt, um Anetas Zweifel zu zerstreuen. Um sie zu versöhnen. Nur, was sollte er sagen, wenn sie selbst in Spiegelelsa lesen wollte? Auf keinen Fall. Das ging sie nichts an. Würde alles nur noch komplizierter machen. Ein richtiges Drama will sie hören, wenn sie die Wahrheit nicht beeindruckt hat. Na gut. Sie soll ihr Drama bekommen. Warum denn nicht?

Tut mir leid, Aneta, dass du dich geärgert hast. Es war natürlich etwas anders, du bist eben clever oder hast es gespürt wie eine sensible Frau. Eine mittlere Katastrophe hat mich im Frühjahr getroffen. Es fällt mir nicht leicht, darüber zu reden. Seit ich bei dir bin, entfernt sich der entsetzliche Freitag langsam aus meinem Leben. Jedes Mal, wenn ich nachts aufwache und deinen leisen

Atem höre, glaube ich, neben einem Engel zu liegen. Dort, wo ich einmal zu Hause war, habe ich das Bett mit einem Luder geteilt, das mich betrogen hat. Zwei Mal in der Woche bin ich nachts gefahren und Mitsos war regelmäßig am Dienstag und am Freitag bei ihr. Bei uns zu Hause. Monate lang, bis ich einen unangekündigten Stopp daheim gemacht habe. In flagranti habe ich die beiden erwischt. Wie Teenager sind sie rot angelaufen, als ich die Schlafzimmertür aufgestoßen habe. Und dann bin ich ziemlich unfreundlich geworden. Die blutigen Einzelheiten erspare ich dir. Dem nackten Mitsos habe ich nichts geschenkt, während sie kreischend ins Bad gerannt ist und sich eingesperrt hat. Er hat mich mit seinem protzigen Ring an der Schläfe getroffen. Es war eine fürchterliche Prügelei. Vielleicht war doch ein Seeräuber unter meinen Vorfahren, ergänzte Eugen mit gespieltem Ernst und erschrak im selben Moment darüber, wie leicht ihm die Szene gelang, wie rasch ihm der Betrug Elsas mit seinem griechischen Freund über die Lippen ging. Mitsos hat seine Kleider zusammengerafft und ist ins Stiegenhaus geeilt. Als es wieder ruhig war, ist sie aus dem Bad gekommen und hat sich über mein aggressives Verhalten empört. Dass ich zur unpassendsten Zeit aufgetaucht sei. Da war ich kurz davor, ihr ins Gesicht zu schlagen. Verdient hätte sie es.

Anetas Züge entspannten sich allmählich, die Zornfalten ebneten sich. Ihre Stirn war wieder ein Spiegel ihrer

Freundlichkeit.

Wortlos hab ich ihr unseren größten Koffer vor die nackten Beine hingeknallt. Am nächsten Morgen war sie weg. Wahrscheinlich hat sie bei ihm Unterschlupf gefunden. Tage später hab ich meinen Wagen verkauft und mich in einen Tramp verwandelt. War in der Stimmung danach. Einfach ausprobieren, was mir unterwegs passiert. Ohne Plan und ohne Ziel. Die letzten Zugvögel sind gerade zu uns geflogen und ich bin fort. Ohne zu ahnen, welches Paradies ich in Ika finde.

Jetzt stand sie auf und nahm ihn in ihre Arme. Schon gut, sagte ihr Blick, schon gut, du Armer.

Muss schlimm gewesen sein, was du mitgemacht hast. Aber das Märchen mit Afrika? Bist du vom Namen Ika auf Afrika gekommen?

Nein, sicher nicht. Kann sein, die Flüchtlinge haben mich auf die Idee gebracht.

Das Meer wird uns gut tun. Fahren wir nach Medveja. Zu dieser Jahreszeit hat sich die Ruhe in der idyllischen Bucht eingenistet. Die letzten Touristen sind weg. Sammeln wir winzige Kegel und Spiralen, wie sie das Meer ans Land geworfen hat. Kalkweiße Gebilde mit einem verborgenen Sinn. Wind und Wellen helfen beim Vergessen, glaub mir, Lieber. Vor urdenklichen Zeiten hat dort eine junge Zauberin Erlösung von ihren Gewissensqualen gesucht. Aus rasender Liebe zu einem griechischen Seefahrer hat sie die Tötung ihres Bruders zugelassen. Sie flieht mit ihm aus dem Schwarzen Meer nach Westen. Ein schwerer Sturm treibt die Argo, so heißt sein Schiff, bis an die istrische Küste hinauf. Medveja mit dem fremden Glanz in den Augen und ihr bärtiger Mann sind mit einem Fluch belegt, der das Paar letztendlich auseinanderreißt. Und sogar ihren Kindern das Leben raubt. Die verzweifelte Emigrantin tötet sie in ihrer ausweglosen Lage. So hat`s immer geheißen, waren die abschließenden Worte der Großmutter. Hat mein Vater zugehört, hat er noch hinzugesetzt: Aber, meine Kleine, es stimmt nicht alles, was bei uns erzählt wird.

Sie blickte ihn ernst an und er fragte nicht, warum. Ihr letzter Satz ließ ihn verstummen. Auch bei seiner Geschichte wäre der Zweifel des Vaters berechtigt gewesen.

Seine Tage mit ihr gingen weiter.

Der Uferstreifen war übersät mit buntem Plastikabfall und angeschwemmten Muschelstücken, zerbrochen, nicht wert sich zu bücken oder sie näher zu betrachten. Die Luft war angenehm warm. Der Maestral, der im Sommer schönes Wetter brachte, wehte verhalten.

Ohne ein einziges Fundstück fahren wir nicht heim, beharrte Aneta auf ihrer Absicht und zog Schuhe, Jeans und lila Panty aus. Suchend schritt sie im seichten Wasser voran, immer wieder bis zu den Oberschenkeln bespritzt. Eugen blieb auf dem trockenen Schotterstrand und hielt ihre Kleidung in Händen. Tatsächlich gehörte

255

die ganze Bucht den beiden. Keine Menschenseele, die sich hier aufhielt. Ab und zu fuhren auf der höher gelegenen Küstenstraße Autos vorbei.

Du, das Wasser ist noch ziemlich warm, rief sie ihm zu. Gehen wir hinein?

Schade, dass wir kein Handtuch mitgenommen haben, fiel ihm rechtzeitig ein. Lass uns morgen schwimmen, meinetwegen morgen, Aneta.

Er wusste bereits, dass er auch am nächsten Tag keine Lust dazu haben würde. Es wäre das erste gemeinsame Bad mit ihr gewesen. Ihm genügte, dem ewigen Spiel der Wellen zuzusehen. Ob jemand weiß, wo die Wellen ihren Anfang nehmen? Irgendwo da draußen könnte es einen riesigen Krater geben, aus dem das Wasser herausgepresst wird. Das Heranrollen empfand er, wenn er allein war, als Warnung, den Fluten zu nahe zu kommen. Mit der erzwungenen Ausdauer des Frevlers Sisyphus stürmten die Wellen unablässig gegen den Strand. Als müsste das Meer Buße tun. Für Millionen Ertrunkene, für unzählige untergegangene Schiffe, für zerstörte Deiche. Er brauchte keine Berührung, um das Meer zu bewundern.

Er sah der halbnackten Aneta zu, wie sie das Ufer absuchte und einmal bis zu den Knien ins Wasser ging, etwas aufhob und rasch auf ihn zukam.

Ich hab was für dich, lächelte sie ihn an und öffnete nur langsam ihre Hand, um ihn neugierig wie ein Kind zu machen. Das braun-weiße Gebilde mit verstreuten blauen Schatten war kaum fünf Zentimeter groß und gleichmäßiger gerippt als die groben Karstfurchen des Vojak. Von der salzigen Nässe erhielt es einen schimmernden Glanz.

Eine Archenmuschel, erklärte sie. Ihr Fleisch ist weich und schmackhaft, aber mit der anderen Klappe verloren gegangen. Die beiden Hälften sind einander sehr ähnlich. Wie fast immer befindet sich die zweite nach der Trennung irgendwo im Wasser. Oder ist längst zerbrochen. Nimm die Muschel mit zur Erinnerung, Lieber.

Tagsüber vergaß ihn im Oktober die Zeit. Im Schutz der Učka-Berge war es milder als in Pula an der Südspitze der Halbinsel. Im Garten der abendliche Silberschimmer des kleinen Olivenbaumes. Lanzetten ähnlich schwangen seine Blätter bei schwachem Wind. Brachten Gedanken zum Tanzen. Die handgepflückte Ernte reichte schon für die istrische Suppe, wie sie genannt wurde. Nur Rotwein, Olivenöl und festes Weißbrot. Keine Leere, solange Aneta bei ihm war. Geborgen in ihrer Sanftheit. Etwas von Dauer? In seinem Alter glauben nur Phantasten an die Unvergänglichkeit. Wenn sie in Opatija war, überfielen ihn Zweifel. Wie Fallböen der Bora stürzten sie auf ihn ein. Wir reden in die Nacht hinein, von Frau zu Frau. Big Talk mit Ilona. Schau um Himmels willen nicht so misstrauisch, wenn ich zu ihr fahre. Wir müssen hin und wieder ausgiebig quatschen. Außerdem sind die Anti-Pillen bald zu Ende. Ich muss dort welche nachkaufen. Er hatte kein Bild von ihr. In einer Bank arbeite sie. Ihr Name war zu wenig, das leere Gesicht brachte keine Gewissheit. Schweren Herzens fand er sich mit Ilona ab.

Sein kühnster Gedanke: Ich bleibe. Länger, als das Geld reicht. Mit dem Autoverkauf kann ich die halbe Wohnungsmiete und andere Fixkosten noch ein knappes Jahr bestreiten. Anschließend krachend mittellos. Abhängig von Anetas Gunst und der Geschicklichkeit meiner Hände.

Kürzer wurden die Tage, länger die Nächte, welche die beiden sich selbst aussetzten. Zunehmend fragten ihre Blicke: nächstes Jahr? Tag für Tag wurde die Zukunft lauter. Nicht mehr zu überhören. Anfangs war Ika Garden seine Herberge. Nun war er kein Fremder mehr. Sein Rucksack döste unter einer Staubschicht. Immer seltener die Fragen: Wo ist? Wo finde ich? Lucijas Blicke prüften ihn nicht mehr. Ihr Hund bellte kürzer, wenn er ihn entdeckte. Die Liebe mit Aneta: kein Wenn und kein Aber, nichts anderes als lebhafte Freude. Seine große Ermutigung. Weißt du noch, wo du die große Sonnenfinsternis erlebt hast? Wer dir den ersten Regenbogen gezeigt hat? Die Tage wurden zu Wiederholungstätern. Reparaturarbeiten drinnen oder draußen. Wir könnten aktuelle Fotos machen, für den Tourismus können wir nicht genug davon haben. Wir, fragte sich Aneta beim

Bügeln. Wo nehme ich die Gewissheit her, dass er bleibt? Verrichtungen für ferne Gäste. Wäsche waschen, Wäsche hinter dem Haus zum Trocknen aufhängen, abnehmen und bügeln, Bettzeug lüften.

Kommen noch Gäste um diese Zeit, wollte er wissen.

Versprengte wie mein Liebhaber.

Elsas Stimme ruft Unverständliches. Er schreckt aus dem Schlaf hoch. Neben ihm Anetas entspannt ruhender Körper. Zwei Frauen, die im Traum nach ihm greifen. Er spürt ihre Hände irgendwo auf seinem Körper. Meist vergisst er in der Phase des Aufwachens sofort, was ihm im Schlaf begegnet ist. Diesmal nicht, es war zu deutlich. Er drängt ins Freie, wo sich das Geträumte verflüchtigt. Im Gartensessel wickelt er sich in die Schlafdecke. Derselbe Mond wie in Salzburg. Um diese Jahreszeit schon Schnee auf dem Untersberg, die weiße Grenze zum schwarzen Himmel. Unter diesem Himmel weiß niemand, ob er noch am Leben ist. Spurlos verreist oder irgendwohin verschwunden. Und doch. Es gibt Abdrücke, die er hinterlassen hat. Seine Bank weiß von Behebungen. Eine Route von Bankautomat zu Bankautomat. Bis nach Lovran. Im Dorf unten ist es still. Von der Küstenstraße dringen Fahrzeuggeräusche herauf, nach Mitternacht unschwer zählbar. In der Ferne ein Nest von bunten Lichtern. Rijeka vertreibt die Nacht. Weiter nach rechts Himmel und Meer in einer nächtlichen Vereinigung. Eine zusammengewachsene Fläche. Mit ihrem

Licht trennt die Morgendämmerung das Paar wieder. Die Kälte kriecht seine Beine hinauf. Sein Kopf gibt keine Ruhe. Was kommt, wenn er bleibt? Was findet er, wenn er wieder geht? Wohin soll er den entscheidenden Ball stoßen? Seit vielen Monaten kein Billardspiel. Er vermisst es nicht. Ganz ohne Bedauern. Es ist gut, wie es ist. Ika hat mir Glück gebracht.

Komm zurück ins Bett, flüstert sie in sein Ohr.

Ihre warmen Hände auf seiner Brust. Ihr Geruch verströmt Zuversicht und Geborgenheit.

Im Finstern ruft die Vergangenheit. Ich wärme dich, Lieber.

Er zieht sie auf seinen Schoß. Sein Blick geht wieder zum Meer. Nach Mitternacht schlägt die Stunde der Träumer.

Ein Schiff wäre schön.

Er redet wie ein Bleibender. In der Dunkelheit werden die Gedanken sogleich zu Sätzen.

Ein kleines Schiff könnten wir gut verwenden. Der Umgang mit Gästen ist mir vertraut. Meine Idee: ein Wassertaxi. Gibt es hier schon ein Wassertaxi? Ich könnte Passagiere nach Lovran, nach Opatija und zu einsamen Stränden bringen. Du sagst nichts?

Sie lächelt vor sich hin und sieht ihn am Steuerruder. Das Hemd blauer als der Himmel, unter der Kapitänsmütze ein souveräner Blick. Wie in alten Unterhaltungsfilmen, die am Wochenende den Fernsehnachmittag bestreiten. Verstohlene Blicke einer verheirateten Touristin. Das

Boot kentert. Rettung für die Familie in letzter Minute. Der Kapitän als Herr über Leben und Meer. Dieser Job, drängt sich ihr in Windeseile auf, ist noch bequemer als ein Auto-Taxi zu lenken. So ein Träumer. Hat die Ema im Hafen unten noch nicht entdeckt, das Taxi-Boot des dicken Goran. Vergisst, dass er nach drei Monaten illegal bei mir wohnt. Ohne amtlichen Hochseeschein darf er kein Schiff steuern und ohne Berechtigung keine Passagiere befördern. Kostet auch auf legalem Weg ein bisschen Kleingeld.

Hast du Geld?, fragt sie schnippisch, obwohl sie weiß.

Und leasen, denkt er insgeheim, was wäre damit?

Du weißt doch, wie gut wir uns ergänzen. Wir können ein erfolgreiches Duo werden: Projekt und Realität, tönt er ganz überzeugt. Aufgabenteilung für uns zwei.

Behutsam tastet er ihren Körper ab wie ein Arzt. Vom Hals bis an die Knöchel.

Wo hast du deine Vernunft versteckt, Anetamädchen?

Dort, wo sie vor dir sicher ist, antwortet sie und verschließt seinen Mund mit ihren Lippen.

Immer schleicht sie barfuß durchs Haus. Das im Oktober. Sie nähert sich lautlos ohne die Wetzgeräusche eines Hosenstoffs wegen ihrer O-Beine. Die würden einer Bereiterin alle Ehre machen. Wie ein Geist steht sie plötzlich da und ich erschrecke. Wenn die beiden noch länger bleiben -

Eugen unterbrach die genervte Aneta, bei der sich zwei Tage vorher ein Mann und eine Frau einquartiert hatten.

Wie lange wollen sie bei uns wohnen?, fragte er.

Sie wissen es selbst nicht, wie lange sie für ihren Auftrag brauchen. Schon merkwürdige Gäste. Bestellen kein Frühstück und halten sich nur zum Schlafen bei uns auf. Irgendetwas stimmt da nicht.

Wo sind sie denn zu Hause?

Er in Triest, sie hat einen slowenischen Pass. Wohnort Koper, der hässliche Hafen an der italienischen Grenze. Muss man nicht gesehen haben.

Eugen aß weiter, sie legte nach wenigen Bissen das Besteck wieder weg, richtete den Oberkörper auf und sah ihn freundlich an.

Was ist?, fragte er irritiert. Haben dir die zwei den Appetit verdorben?

Aber nein. Ich wundere mich gerade, dass mich ein Mann liebt und mich nicht ändern will.

Wäre auch dumm von mir. So gut, wie du zu mir bist, was sollte ich da an dir ändern wollen?

Als wäre ihnen das Thema ihrer Beziehung unangenehm, lächelten sie einander an und wandten sich wieder den mysteriösen Fremden zu.

Von einem Auftrag haben die beiden also gesprochen. Nichts Näheres?, wollte er wissen.

Nein. Kein Wort mehr.

Naja, wie Agenten oder Auftragskiller schauen sie nicht

gerade aus, rutschte ihm heraus.

Was hast du gesagt? Auftragskiller? Sie reagierte alarmiert.

Ich habe gesagt, dass sie nicht so wirken, versuchte er sie zu beschwichtigen.

Eugen, das kann eine geschickte Tarnung sein. Es gibt ein altes Gerücht über Waffenverstecke. Hier in der Gegend ist zwar nicht gekämpft worden, aber nach dem Ende des Bürgerkriegs waren viele Waffen im Umlauf. Waffenhandel hat es im großen Stil gegeben. Vielleicht noch immer. Küstengegenden lassen sich leichter für den Schwarzmarkt verwenden als das Hinterland. Wer kontrolliert schon die Yachten und ihre Ladung? Eine aufreizend gekleidete Frau an Bord und schon geht der Turn als Vergnügungsfahrt durch. Warum sollte sich die Küstenwache in solchen Fällen wichtigmachen?

Aber, aber. Mach dich doch nicht verrückt mit Killern auf leisen Sohlen. Oft genug lassen sich Menschen täuschen, durch irgendeine Kleinigkeit in die Irre führen. Ich erinnere mich an einen Fahrgast, dem ich in keiner finsteren Gasse begegnen wollte. Ringe unter den Augen, raue Stimme, dunkle Kapuze, knochige Finger. Der hat ständig etwas in sich hineingemurmelt. Deine letzte Stunde ist gekommen oder so ähnlich. Ich war heilfroh, als die Fahrt zu Ende war. Am nächsten Tag entdecke ich sein Foto in der Zeitung.

Ein Fahndungsfoto, vermutete sie sofort.

Weit gefehlt. Ein neuer Schauspieler im Jedermann. Den Tod hat er gespielt. War zu einer Probe unterwegs.

Das sagst du nur, weil du mich beruhigen willst. Aber eines ist sicher: Die beiden sind keine Schauspieler. Garantiert nicht.

Das Wohnzimmer sollte er sich vornehmen. Falls sie zufrieden sei, könne er später den Küchenanstrich erneuern. Lucija hatte sich bei Aneta erkundigt, wie sich der Österreicher mache, wenn er arbeiten müsse. Für ihr gutes Geld wolle sie nämlich ein sauberes Wohnzimmer bekommen. Ganz ohne Farbspritzer auf dem Fensterglas.

Du kannst bei ihr deine ersten Kuna verdienen, Eugen. Ich gehe mit dir zu Lucija hinunter, dann können wir die Einzelheiten besprechen. Auf lange Sicht wäre es schlau von dir, täglich ein paar neue Wörter zu lernen. Nach und nach, auch wenn Kroatisch so abweisend wie der Karst sein kann.

Hört sich vernünftig an, was sie sagt. Hätte sie dieselbe Ansicht, wenn sie nicht zweisprachig aufgewachsen wäre, fragte er sich insgeheim.

Ich bin nicht deine Übersetzerin, die zwischen Leiter und Farbkübel auf das Auftauchen eines Sprachproblems wartet, setzte sie mit Nachdruck fort. Ohne gewisse Sprachkenntnisse wirst du nicht Fuß fassen.

Die Zahlwörter waren ihm nicht unsympathisch, sie waren kurz und verlangten keine Zungenakrobatik. Was er von den Wochentagen nicht behaupten konnte. Ponedjeljak, das Wort für Montag, wurde in seinem Mund zu einer holprigen Floßfahrt über zwei Stromschnellen. Bei der letzten ging er regelmäßig über Bord. Im Handumdrehen fand er eine einfache Lösung: keine Schwarzarbeit am Montag.

Did you enjoy the boat-tour?
Eugen hatte lange überlegt, wie er seine Neugier verbergen konnte. Schließlich musste er zu einem Satz greifen, den ihm seine Englisch-Kenntnisse zur Verfügung stellten. Er überraschte die Gäste am Abend mit einer harmlosen Frage an der Haustür. Am Vormittag war er auf der Uferpromenade unterwegs gewesen. Ohne Aneta, einfach so, weil Montag war. Gegen den böig-kalten Wind stellte er den fleckigen Kragen seiner Jacke auf. Eine kolossale Leere gähnte ihn dort an. Mausetot, die Saison der Touristen. Kein Pärchen schlenderte vor dem Mittagsbuffet die Küste entlang und holte sich von der Bewegung der Wellen den fehlenden Appetit. Niemand absolvierte eine Jogging-Einheit für das Idealgewicht. Oder gab es eine Tsunami-Warnung für die Adria, von der er nichts wissen konnte? Wie viele junge Menschen übte sich Aneta in Abstinenz. Sie schaltete keine Nachrichtensendungen ein und er hätte ohnedies kein Wort

verstanden. Warum soll es im Mittelmeer kein Seebeben geben? Allein in Italien bebt die Erde jedes Jahr. Er blieb auf einem Felsplateau stehen und konzentrierte sich auf die brechenden Wellen. Seine Phantasie eroberte sich freien Lauf für ihr böses Spiel. Es beginnt mit einem Brausen in der Luft. Ohne weitere Vorwarnung fällt das Ungeheuer aus der Tiefe über dich her. In diesem Moment ist es bereits um dich geschehen. Die erste Riesenwelle blockiert deine Reaktionsfähigkeit. Du kannst nicht mehr davonlaufen, du staunst und bist zugleich maßlos entsetzt. Vom Meer her, diesem unzähmbaren Riesen, hämmert das Getöse der Naturgewalt gegen dein Trommelfell. Sekunden später reißt sie dich vom Boden des Lungomare. Schneller, als du denken kannst, bist du zum Spielball einer brutalen Kraft geworden. Dein Körper wird gegen die Gartenmauer einer unbewohnten Villa aus dem Jugendstil geschleudert. Den Aufprall spürst du nicht einmal. Dein Schmerzzentrum ist bereits ausgeschaltet. Die nächste haushohe Welle frisst sich in das Gebäude und spuckt einen Bewusstlosen am Treppenaufgang aus. Das nasse Ungeheuer will dich nicht behalten. Andere verschlingt es und gibt sie nie mehr frei. In wenigen Augenblicken wird aus der Küstenregion, wo vorher Menschen mit dem Meer zusammenlebten, ein Trümmerfeld. Es wird Monate dauern, bis die Identität der Opfer feststeht. Spiegelelsa in der höher gelegenen Pansion Ika kommt unbeschadet davon. Erst am Vortag wolltest du ihr Notizbuch aus dem Rucksack ziehen, um darin zu lesen. Als hättest du geahnt, was am nächsten Tag passieren könnte.

Ein Motorboot lärmte heran und riss seine Aufmerksamkeit an sich. Er schaute genau hin und wusste: Doch nur scheintot, die Saison im Oktober. Könnte spannend sein, was das Pärchen tagsüber unternimmt. Sie fahren an der Küste entlang, schwer bewaffnet mit einem Teleobjektiv.

Die Schleicherin, noch in gestreiften Sneakers, sah sich gezwungen, eine Antwort zu geben. Wir arbeiten für eine Filmproduktion. Wir sind Locationscouts.

Es klang ehrlich, was sie auf Englisch sagte. Kein Anflug von Verlegenheit in ihrem Gesicht.

Wir suchen ein Anwesen, das nur aus der Luft einsehbar ist und vom Meer aus zugänglich. Natürlich mit einem Anlegeplatz.

Ein perfektes Versteck also, schaltete sich Aneta ein. Sie tat sich mit der Fremdsprache leichter.

Könnte man so sagen. Mehr dürfen wir aber nicht verraten.

Klar doch, stimmte Aneta auf Kroatisch zu, das nur die Frau verstand, es geht uns gar nichts an, womit meine Gäste ihr Geld verdienen. Obwohl ich schon behilflich sein könnte. Ist aber eine heikle Sache. Top secret!

Sie glaubt also noch immer an die Agentenversion, vermutete Eugen, als er top secret verstand.

Die Scoutfrau brannte darauf, mehr zu erfahren, ohne ein Wort zu sagen. Ihr Gesicht sprach für sich. Die ahnungslosen Männer tauschten besorgte Blicke aus. Was reden die beiden Frauen miteinander? Dieses Top secret in ihrer Gegenwart machte sie verdächtig.

Also, setzte Aneta fort, in Opatija steht eine gut abgeschirmte Villa, dennoch an zwei alten Pinien zu erkennen. Dort soll sich jahrelang ein ausländischer Mafia-Boss verborgen haben. Man hat ihn nie in der Öffentlichkeit gesehen, aber immer wieder haben im Morgengrauen Boote angelegt. Den Fischern ist das natürlich aufgefallen. Und die sind redselige Leute. Aber damit wir uns verstehen: Von mir haben Sie nichts erfahren.

Wir wissen, dass Sie nichts wissen, bemerkte die Frau mit einem süffisanten Lächeln.

Was war das vorhin?, erkundigte sich Eugen später bei seiner Gastgeberin. Willst du mir etwas verheimlichen, wenn du mit ihr kroatisch sprichst?

Olle Kamellen, sagen die Kölner. Geschichten, für die sich kein Urlauber interessiert. Touristen bekommen durch die lokale Mafia doch keine Probleme. War es früher der Waffenhandel, sind jetzt die Drogen das große Geschäft. Aufgezogen von Serben und Kosovaren, die sich nach dem Bürgerkrieg im sicheren Kroatien niedergelassen haben. Der Mächtigste von ihnen hat jahrelang in Opatija gelebt ohne aufzufallen. Jeder hier weiß, wie der Pate heißt. Ein Mann mit engen Kontakten zu Polizei und Geheimdiensten. Hat sogar vier Jahre wegen Mordes in einem serbischen Gefängnis gesessen. Mit Ausgangserlaubnis am Wochenende. Wird er festgenommen, ist er nach wenigen Stunden wieder frei. Aus Mangel an Beweisen, so die Erklärung der Behörden. Ich vermute, auch ein Untersuchungsrichter kann gekauft werden, wenn die Summe stimmt. Man schaut hier lieber weg und will nicht wissen, wer zum Netz der Mafia gehört. Schließlich ist das Betreten der Unterwelt eine riskante Angelegenheit.

Eugen hatte mehrmals ungläubig den Kopf geschüttelt.

Und du? Musst du für Ika Garden Schutzgeld bezahlen?

Nein. Ich wäre sonst nicht hier, das kannst du mir glauben.

Ich will mehr über dieses Land wissen, in dem du geboren bist.

Vergiss deine politischen Ansichten aus dem Westen, hat Papa oft gesagt. Kroatien liegt auf dem Balkan. Da weht ein anderer Wind als in Deutschland. Wenn du ein Beispiel für unsere internationalen Beziehungen hören willst: Seit dem Bürgerkrieg streiten zwei Nachbarländer über eine Bucht in der Adria. Kroatien weigert sich, die Entscheidung des Internationalen Gerichtshofes anzuerkennen. Es will einen winzigen Anteil am Meer nicht an die Slowenen abtreten. Die anderen haben immer Unrecht, darin sind sich unsere Politiker einig. Alles Männer, die sich am altbewährten Nationalismus berauschen, ätzte sie. Ich bin hier wahlberechtigt, aber ich gehe nicht hin. Wozu auch? Soll ich Leuten mit verkümmertem Rechtsempfinden meine Stimme schenken? Dafür ist sie mir zu schade. Da tue ich lieber so, als ginge mich die Sache nichts an. Diese Leute sind einfach unbelehrbar. Sie schrecken auch nicht davor zurück, vom UNO-Tribunal verurteilten Kriegsverbrechern kroatischer Herkunft wie verdienten Nationalhelden zu huldigen. Dass in einem solchen Umfeld kriminelle Organisationen ein relativ leichtes Spiel haben, kannst du dir wohl vorstellen.

Sie haben schon einen speziellen Charakter, diese Politiker, meinte Eugen. Wenn einer geschickt ist, erfährt man erst nach seinem Tod, ob er korrupt war.

Wie viel Zeit muss vergehen, bis jemand als vermisst gilt?, fragt Aneta auf der Polizeistation. Das Zimmer meiner Gäste in Ika Garden ist zwei Nächte nicht mehr benützt worden. Ihr Auto ist auch weg. Ein Mietwagen aus Zagreb.

Sie gibt die Personalien des Paares an. Die Slowenin habe gesagt, sie seien auf der Suche nach einem perfekten Versteck. Eine Filmproduktion brauche ein geeignetes Anwesen am Ufer des Kvarner Golfs.

Für einen Spielfilm?, will der Uniformierte wissen.

Hat sie nicht gesagt.

Ich komme heute noch vorbei und schaue mir das Zimmer an. Vielleicht findet sich eine harmlose Erklärung für das Ausbleiben. So schnell gehen Menschen nicht verloren, es sei denn, sie sind in Seenot geraten.

Aneta rast nach Hause. Fieberhaft denkt sie während der Fahrt an Eugen. Er braucht ein Versteck. Auf der Stelle. Die Polizei darf ihn bei mir nicht finden, hämmert es in ihrem Kopf. Er ist als Gast nicht gemeldet. Er hat noch immer keine Aufenthaltsgenehmigung für Kroatien. Wo soll er hin? Die Nachbarin könnte die Lösung sein. Er soll sich bei Lucija verstecken, bis die Polizei wieder weg ist. Hoffentlich ist die Alte zu Hause. Aneta hält vor ihrem Haus und läutet mehrmals. Vergeblich. Die Tür ist unversperrt, im Vorraum hört sie laute Stimmen aus dem Wohnzimmer. Der Fernseher läuft. Auf ihre Rufe reagiert sie nicht. Aneta hält Nachschau und findet die im Sessel Schlafende. Kroatisches Nachmittagsprogramm. Sie dreht den Ton leiser. Eugen soll sich zu ihr setzen, bis die neugierige Tante weg ist. Was fällt mir noch ein? Sie macht wieder einen Kontrollbesuch. Blöde Ausrede, aber besser als gar keine. Unter alten Nachbarn zählt vor allem das Vertrauen. Da hilft man dem anderen aus einer kleinen Verlegenheit. Oder einer größeren. Wozu soll man denn immer die Wahrheit strapazieren? Aneta rüttelt Lucija wach und kündigt ihr Eugens Besuch an.

Ein Zirkusfilm läuft. Gelehrige Ponys reiten die Alte in den unterbrochenen Schlaf zurück. In sich zusammengesunken wie ein poröser Luftballon lässt sie ihren Besucher mit der nächsten Nummer allein. Trommelwirbel. Eine üppig gebaute Frau in einer schwarzen Ledermontur und ein entschlossen blickender Mann mit nacktem Oberkörper schreiten in die Arena. Er stellt sich vor eine mannshohe Holzwand und hält die Arme waagrecht zur Seite. Jetzt wechseln kurze Schnitte zwischen dem angespannten Gesicht des Mannes und dem martialischen Gürtel der Frau, in dem mehrere schlanke Messer stecken. Eine Messerwerferin. Eine Frau aus nicht zu wenig Fleisch und Blut wird die Zuschauer in Angst versetzen. Kennt die Gleichberechtigung gar keine Grenzen, fragt sich Eugen. Was für ein Zirkus. Schon zückt sie das erste Messer und zielt auf den Mann.

Eugen zuckt zusammen, als wäre er getroffen worden. Was passiert, wenn sich die Polizei aus einem dämlichen Zufall für meinen Rucksack interessiert? Das Springmesser und meinen Pass findet und Aneta keine glaubwürdige Erklärung parat hat? Mein Aufenthalt ist nicht ganz legal und Polizisten nehmen ihre Pflicht nun einmal genau, wenn sie schlechte Laune haben. Machen sie einen Unterschied zu einem Flüchtling, der übers Meer gekommen ist? So ein Cop bringt die Kleine garantiert zum Reden. Wofür ist er denn ausgebildet worden? Also Festnahme und Abschiebung, wenn nicht mehr. Eine gütliche Bereinigung seiner Misere scheint ihm unmöglich. Sie scheitert am Fehlen einer unwiderstehlichen Geldsumme. Er hält sich für ein armes Schwein, das bald unschuldig verfolgt wird. Nur keine Panik, flüstert sein Optimismus, es gibt immer noch das Glück des Harmlosen.

Am liebsten würde er auf die Straße gehen und nachschauen, ob das Polizeiauto noch da ist. Das erste Messer steckt zitternd unterhalb der rechten Achsel des Mannes im Holz. Das Aufatmen der Zuschauer bemerkt Eugen kaum. Krampfhaft denkt er daran, wann er wieder aufatmen kann. Die Akrobatin setzt zum zweiten Wurf an. Absolute Stille in der Arena.

Bei der Zimmerdurchsuchung findet der Polizist harmlose Wäschestücke und im Bad Utensilien für die Körperpflege. Die Betten sind unbenützt und greifen sich kalt an. Er fragt nach dem Alter der verschwundenen Gäste. Hat es Streit gegeben? War Auffälliges zu hören? Nichts Verdächtiges hier, bemerkt er zu Aneta. In der Tür dreht er sich nochmals um und mustert den Schrank von der Seite. Sein leiser Pfiff klingt nach Erfolg. Spuren auf dem Fußboden bestätigen seinen Verdacht. Der Schrank wurde von der Wand weggerückt und steht in einem schmalen Abstand davor. Mit roher Gewalt schiebt der Uniformierte das schwere Möbelstück weg. Spinnweben und ein Laptop kommen zum Vorschein. Zur Spurensicherung beschlagnahmt, sagt er und macht ein Gesicht, das nach Anetas Bewunderung verlangt. Sei froh, Mädchen, das sind sicher keine Mietbetrüger.

Neben dem Mann stecken inzwischen fünf Messer.

Rechtzeitig zum letzten Wurf ist Lucija aufgewacht. Die Zirkusnummer beeindruckt sie wenig. Während das Messer über dem Kopf des Mannes noch zittert, gähnt sie wie ein Raubtier. Ihre Handbewegung zeigt Eugen, dass doch nichts passiert sei. Kein Wunder, eben Kintopp. Ihren gemurmelten Kommentar versteht er nicht, aber was versteht der Fremde an diesem Nachmittag schon. Der unverletzte Mann bewundert kniend die gefeierte Messerwerferin. Als würde er sie um ihre gütige Treffsicherheit beim nächsten Auftritt anflehen. Dann folgt Werbung. An der Wäscheleine duften blütenweiße Hemden. Eine junge Frau drückt das Waschmittel freudestrahlend an ihre Brust. Im Hintergrund das zufriedene Lächeln eines jungen Mannes, der von seinem Auto-Magazin aufschaut. Wer sagt`s denn? Eine Beziehung gelingt mit dem richtigen Waschmittel.

Aber was gilt für mich, fragt sich Eugen. Welche Wartezeit gilt für den Unterschlupf bei der schläfrigen Nachbarswitwe? Zählt der Besuch der Tante, die nach dem Rechten schaut und erst nach Stunden wieder abzieht? Oder der Augenschein durch die hiesige Polizei, die kurz ihrer Pflicht nachkommt und bald wieder wegfährt? Vorausgesetzt, sie kommt nicht auf die Spur eines österreichischen Dauergasts, der mit den Locationscouts unter einer Decke stecken könnte. Ohne Zweifel ein mysteriöser Sachverhalt, könnte sich der Polizist denken. Drei Personen aus drei verschiedenen Nachbarstaaten logieren in derselben Unterkunft und sind bei Einbruch der Dunkelheit nicht anzutreffen. Die Quartiergeberin kann keine näheren Angaben zu ihrem Verbleib machen. Also wird sie vom routinierten Beamten gebeten anzurufen, wenn einer der Gäste wieder auftaucht. Dienstschluss.

Was mache ich mit ihren Habseligkeiten, falls die Gäste für immer verschollen bleiben, möchte Aneta wissen, hält ihre Frage jedoch respektvoll zurück. Der Polizistenmagen knurrt gerade und mahnt die Beendigung der Amtshandlung in Ika Garden ein. Für den Verbleib des Laptops hat sie keinen Beweis. Aber jede Behörde verdient Vertrauen.

Es werde sich das Verschwinden dieser Scouts gewiss bald aufklären, versucht der aus seinem Versteck Zurückgeholte die sichtlich genervte Aneta zu beruhigen. Nur Geduld, das sind doch keine Betrüger, wie du von kompetenter Stelle weißt. Morgen oder in ein paar Tagen sind sie wieder da, den Laptop holen sie von der Polizeistation, mit der sie bald Kontakt aufnehmen werden. Geh davon aus, dass das Paar under cover gegen die Drogenmafia der oberen Adria ermittelt. Ein Mann in Gesellschaft einer jungen Begleiterin fällt als Geheimagent von Interpol nicht so schnell auf, wie wenn zwei Männer mit Sonnenbrillen und aufgestelltem Kragen durch die Gegend schleichen. Was die beiden machen, liegt womöglich im Interesse der Sicherheit der ganzen Gegend, deshalb brauchst du nicht besorgt sein. Ika

Garden verwenden sie als unauffällige Basis für ihre Geheimaktivitäten. Der zufällig entdeckte Laptop zeigt bloß, dass auch Fahnder manchmal unvorsichtig sind.

Der verunsicherten Aneta kam seine Besonnenheit am späten Abend mehr als recht, auch wenn die Vorstellung, am Rande in die Bekämpfung einer unentdeckt agierenden Mafia involviert zu sein, ihre Angst befeuerte. Am liebsten hätte sie alle Habseligkeiten der Verschwundenen auf der Stelle zur Polizei gebracht und auf die Mieteinnahmen verzichtet. Mit der ganzen Affäre wollte sie nichts mehr zu tun haben, egal, ob die beiden noch am Leben waren oder ein nasses Grab auf offener See gefunden hatten. In diesem Jahr rechnete sie mit keinen Gästen mehr, die meisten kleinen Unterkünfte hatten seit Anfang Oktober ohnedies geschlossen. Somit würde sich ihr die Gelegenheit bieten, für längere Zeit zu den Eltern nach Köln zu fahren. Aber wohin mit Eugen? Ihn wollte sie nicht vor die Tür setzen. Solange er bei ihr in Ika war, fühlte sie sich jetzt einigermaßen sicher. Hielt jedoch ein Wagen in der Nähe, hörte sie von draußen ein ungewohntes Geräusch oder kam sie sich auf einer Autofahrt beobachtet vor, packte sie ein kurzer, heftiger Schrecken. Je öfter sie solche Situationen erlebte, desto mehr fühlte sie sich bedroht. Ihre Angst vor der unbekannten Gefahr behielt sie zunächst für sich, wollte sie doch nicht riskieren, von Eugens Fürsorge belächelt und mit einem verständnislosen Kopfschütteln in seiner Umarmung wie ein kleines Kind beruhigt zu werden.

Sie würde sich etwas einbilden, meinte er immer wieder. Was sie nur habe, unser Leben im Verborgenen werde doch nicht überfallsartig in einen Thriller verwandelt. Was könne ihr schon passieren?

Als ob dieser Satz allein schon genügt, mich vor Unheil zu beschützen. Als ob es keinen Zufall, keine Verwechslung gibt, die es auf mich abgesehen haben könnten. Ihre ramponierten Nerven kreierten stündlich neue Gefahren. Ihre Züge verhärteten sich, sie ließ sich ihre Besorgnis nicht nehmen.

Beruhige dich, Aneta, es gibt keinen Grund, Angst zu haben!

Als ob man ein heftiges Gefühl mit ein paar Routinephrasen vertreiben könnte, dachte sie sich.

Früher sei sie auch allein zurechtgekommen, als er noch nicht bei ihr war, setzte er fort. Es werde sich bald eine vernünftige Erklärung für das Ausbleiben der Gäste finden. Kann sein, dass sie auf hoher See treiben, weil der Motor ihres Bootes ein technisches Problem hat, oder dass sie zwischenzeitlich an einen anderen Ort des Balkans fahren mussten, um jemanden zu beschatten.

Auf Placebosätze hätte sie an diesen Tagen am liebsten verzichtet, würden doch dergleichen Beschwichtigungen und Erklärungsversuche ihre Befürchtungen keineswegs zerstreuen. Sie bemühte sich nun, ihm das glitschige Gefühl der Angst zu verbergen. Wem würde es schon gefallen, für eine Unkenruferin gehalten zu werden. Wenn sich in seiner Nähe ihre Vernunft zu Wort meldete, war es wahrscheinlicher, dass Eugen nach Salzburg zurückkehrt, als dass ihr Leben durch das Verschwinden von zwei Gästen gefährdet wird. Würde doch im Notfall ein Anruf bei der Polizei genügen.

Er hielt es für das Beste zu verschweigen, was ihm durch den Kopf ging. Die unbekümmerte und stets fröhliche Aneta war einer anderen gewichen. Auch tagsüber blieb jetzt die Eingangstüre verschlossen. Sie lauschte insgeheim auf jedes Geräusch, das von draußen zu hören war, und zuckte zusammen, wenn ihm ein Löffel klirrend zu Boden fiel. Im Schlaf fletschte sie mit den Zähnen, als würde sie ein Beutetier zerlegen, und gab angstvolle Laute von sich. Er tat so, als schlafe sie wie immer. Nur mehr ungern wich er von ihrer Seite und dachte zunehmend über seine eigene Zukunft nach.

Bleiben oder gehen, fragte er sich immer öfter.

Bleiben, bis Aneta ohne ihn ein wieder unbeschwertes Leben führen könnte, waren es doch nur mehr acht Wochen bis Weihnachten, bis ihre Eltern zu Besuch kämen? Gehen, weil er der kroatischen Polizei ausweichen wollte? Und weil er Geld brauchte.

Und dann gab es noch Elsa. Die seit Wochen Vergessene. Sie müsste inzwischen aus Afrika zurück sein. Aneta könnte er um ein kurzes Telefonat nach Hause bitten, unter einem Vorwand, der rascher als der Geburtstag der Mutter gefunden würde. Was sollte er davon halten, wenn Elsa den Hörer nicht abnimmt? Um seine Ungewissheit noch zu steigern, stellte er sich sogar einmal vor, eine männliche Stimme aus dem Orient würde das Gespräch entgegennehmen. Der Gedanke daran ließ ihn auf den Anruf verzichten. Während Aneta zu ihrer Freundin Ilona fuhr, holte er Elsas Notizbuch aus seinem Gepäck und schlug die letzte beschriebene Seite auf.

Khalil trägt immer noch Gips. Sein Humpeln sagt alles über die beiden Iraker aus. Geduld. Sabr. Elsa nimmt das Wort bei jeder Begegnung aus ihrer Placebo-Packung. Unverdrossen will sie Trost bringen. Vielleicht dürfen sie doch bleiben. Obwohl die Chancen sinken. Die Regierung stempelt Asylwerber zu Eindringlingen. Die Lichter der Menschlichkeit sind abgedreht. Umso heller leuchtet der Fremdenhass. Europa schottet sich ab.
Dein Flug geht schon in drei Tagen.
Wer soll den beiden helfen, wenn du in Asmara bist? Wäre Eugen bereit einzuspringen? Da müsste ein Wunder geschehen. Du verlässt ihn für ein halbes Jahr und er soll zum Retter in der Not werden. Er kennt die Männer doch gar nicht. Besuchen weiterhin einen Deutsch-Kurs. Ohne brauchbare Sprachkenntnisse werdet ihr nicht Fuß fassen. Sie hören es dort jeden Tag. Ob man sie abfragen soll wie Schulkinder vor einer Prüfung? Kann man ihrem Stolz nicht zumuten. Sind sie noch da, wenn du zurück-

kommst? Eine Kaskade von Fragen. Wie kann es für die
beiden zu einem guten Ende kommen? Unverständnis,
als sie das Wort Eritrea hören (Wissen sie mehr über As-
mara?). Viel chauf.

Jetzt käme die Wahrsagerin von Zell am See wie gerufen.
Gewiss würde sie ihm etwas ankündigen, das er erst
verstünde, wenn er am nächsten Wendepunkt seines
Lebens angelangt sei. Wahrscheinlich würde es ihm
diesmal gefallen, seine Hand auf ihren festen Busen zu
legen. Ohne das peinliche Gefühl beim zweiten Mal.
Wenn es um nichts mehr geht, ist alles möglich. Wenn
ich eine falsche Entscheidung treffe, könnte ich Aneta
verlieren und von Elsa vor die Tür gesetzt werden. Erst in
Salzburg kann ich feststellen, ob die vielen Jahre mit Elsa
von den wenigen Wochen mit Aneta weggespült wurden. Alles zurück auf Anfang? Dem Gehirn fehlt die Re-
set-Funktion. Für uns ist ein einziger Anfang vorgesehen,
wie es auch nur ein Ende gibt. Ein tief verwurzeltes Zusammenleben lässt sich nicht von heute auf morgen aus-
löschen, um mit derselben Frau neu zu beginnen. Wir
zwei haben uns vom gemeinsamen Mittelpunkt für ein
halbes Jahr entfernt. Was aus dem Paar geworden ist,
wird sich daheim in Salzburg zeigen. Spüren wir das Gefühl von damals, als wir zusammengezogen sind? Als wir
noch in keiner Gewohnheit gelebt haben. Ein so starkes
Gefühl wie hier für Aneta.

Kommen an einem der nächsten Tage die so genannten Scouts zurück, dann wird es Zeit zu gehen, legte er sich fest.

Zwei Tage später hielt ein Wagen der Polizei vor dem Garten. Aneta vermisste den fehlenden Hintereingang. Eugen musste auf der Stelle unsichtbar werden. Es war zu spät für ihn, das Haus zu verlassen.

Versteck dich im Keller, zischte sie ihm zu, und wehe, du hustest!

Als der Polizist anläutete, hielt sie die größte Gefahr für gebannt, bis ihr der Esstisch einfiel. Geschirr, das von zwei Personen benützt worden war. So weit durfte er nicht kommen. Wozu auch? Wichtiger war doch das Zimmer, das die Verschwundenen benützt hatten. Sie öffnete dem inzwischen bekannten Beamten und bat ihn ohne zu zögern in den Vorraum, wo nur mehr das Schlüsselbrett auf den Pensionsbetrieb hinwies. Unter dem Arm trug er den beschlagnahmten Laptop der Gäste. Während sie seinen Mitteilungen lauschte, hielt sie die Luft an. Er bringe das Gerät zurück, sie möge es wieder hinter dem Schrank verstecken. Im Übrigen sei das Verschwinden der Gäste geklärt. Nachforschungen durch die Polizei hätten jedoch niemals stattgefunden. Sie lebe hier allein, welch ein Glücksfall, betonte er erleichtert. Hoffentlich habe sie noch niemandem von der heiklen Sache erzählt. Nachdrücklich schärfte er ihr ein, die Polizei sei niemals hier gewesen und wisse demzu-

folge auch von keinem Laptop der Gäste. Die Vermiss-
tenanzeige sei inzwischen gelöscht. Also Schwamm
drüber, Frau Medinic!

Ein neues Rätsel, dachte Aneta. Sie musste sich zusam-
mennehmen, um dem Beamten nicht laut höhnisch ins
Gesicht zu lachen. Sie gab sich mit seinen Ausführungen
nicht zufrieden und legte los: Damit lasse ich mich nicht
abspeisen. Ich verlange klare Auskünfte über meine Gäste. Wo sind die beiden? Wann kommen sie wieder nach
Ika Garden? Sie sind doch hoffentlich nicht – tot, fügte
sie zögernd hinzu.

Der Polizist fixierte sie lange, ohne ein Wort zu sagen. Er
befand sich in einer unverkennbaren Verlegenheit, bis er
allmählich mit Informationen herausrückte. Es war ihm
höchst unangenehm, der aufgebrachten jungen Frau
Einzelheiten anzuvertrauen.

Wenn Sie darauf bestehen, meinetwegen, aber alles
inoffiziell, Sie verstehen, begann er zaghaft. Einer sympathischen Frau werde er doch einen an sich verständli-
chen Wunsch nicht abschlagen. Sie hätten einen Autoun-
fall gehabt auf der Fahrt durch die Mirna-Schlucht. Über
die Ursache könne man diverse Spekulationen anstellen.
Ein anderes Auto sei offensichtlich nicht beteiligt gewesen oder es habe keine Spuren hinterlassen. Eine Zeitung
habe den Vorfall sogar zu einer mysteriösen Sache auf-
gebauscht. Die vorübergehend Abgängigen seien in das
Krankenhaus von Rijeka gebracht worden. In ein paar

Tagen vermutlich erst ansprechbar. Beide schwerverletzt. Es sei aber nichts bewiesen, was diese Zeitung darüber geschrieben habe. Damit müsse sie sich begnügen.
Und, wie gesagt, er sei niemals bei ihr gewesen. Darauf
müsse er sich verlassen können. Obwohl, er unterstrich
es mit einem Augenzwinkern, halb privat und halb
dienstlich komme er gerne wieder. Er könne sie unentgeltlich in Sachen persönlicher Sicherheit beraten. Eine
hübsche junge Frau wie sie solle doch von kompetenter
Seite erfahren, wie sie sich am besten schützen könne,
wenn sie allein im Haus sei, nicht wahr. Er mache das
gerne in seiner Freizeit. Sie wisse auf alle Fälle, wie sie
ihn erreichen könne. Bis dahin wünsche er ihr alles Gute.

Und die Habseligkeiten der beiden bleiben, wo sie sind,
fragte Aneta, während er ihr schon die Hand zum Abschied entgegenstreckte.

Natürlich. Sie sind immer noch Ihre Gäste.

Na, was habe ich immer gesagt, tönte Eugen, als sie ihn
aus dem muffigen Keller holte. Es gibt eine vernünftige
Erklärung für ihr Ausbleiben und deine Angst wird dich
nicht mehr attackieren.

Bin ich froh, dass du Recht hast, konterte sie eingeschnappt. Wenn du erlebt hättest, wie sich der Polizist
gewunden hat, weil ich Nachfragen gestellt habe, würdest du nicht so tun, als sei alles in bester Ordnung. Irgendetwas hat er mir verschwiegen. Das habe ich gespürt und ich lasse es mir nicht ausreden, mein Lieber.

In den Alpen lag längst Schnee und er schlief die letzte Nacht bei Aneta. Wirklich das letzte Mal, fragte er sich, während sein Mund ihre Brust küsste. Für eine Atemlänge schreckte ihn der wehmütige Gedanke und er nahm seine Lippen weg. Dumm von mir, jetzt daran zu denken. Was hat mich überhaupt auf diesen Unsinn gebracht? Lieber genoss er den Geruch ihrer Haut und umklammerte die weiche Hüfte. Das darf nicht das letzte Mal sein, redete er sich ein. Jederzeit kann ich zurück, solange Aneta es will. Jederzeit kann ich ihre Liebe wieder für mich haben und ihre Pička bespielen. Das Wort vom letzten Mal gibt es für uns nicht so schnell. Also weg mit diesem finsteren Gedanken. Während sie ihre Körper aneinanderpressten und ihr Atem heftiger wurde, ahnte die junge Frau noch nichts von seinem Entschluss. Sie spürte bloß einen veränderten Mann über sich, einen nachdenklich und sanft Liebenden, der länger als sonst zögerte, sich aus der Bucht ihrer Schenkel zu lösen.

Lange genug sei er von ihr ausgehalten worden. Morgen werde er gehen, kündigte er leise an. Von Satz zu Satz klammerte er sich fester an sie. Im Nachklang der Lust sollte sie spüren, dass aus seiner Liebe noch keine Gewohnheit geworden war. Wie glücklich er wäre, könnte er noch bleiben. Er werde versuchen, Geld aufzutreiben für die Modernisierung von Ika Garden. Sie brauche nur auf seine Rückkehr im nächsten Jahr zu warten.

Rechne mit mir, auch wenn es länger dauert, sagte er der schockierten Aneta, was er als Nachricht einst für Elsa hinterlassen hatte. Wiederholungen machen das Leben auch nicht leichter, wurde ihm schmerzhaft bewusst. Mit einer der beiden würde er sein weiteres Leben teilen. Davon ging er aus.

Sie schwieg ein paar Sekunden, starrte zur frisch gemalten Decke und stieß schließlich seinen schweißnassen Körper zur Seite.

Deswegen also, ließ sie pfauchend ihrer Enttäuschung freien Lauf. Deswegen diese übertriebene Zärtlichkeit. Ein Soft-Exit auf unbestimmte Zeit. Wie rücksichtsvoll von dir. Mann, das war der falsche Zeitpunkt, sagte sie laut und eisig. Hättest du nicht wenigstens warten können, bis es einmal so richtig kracht? Bis ich dich am liebsten zum Teufel gejagt hätte. Was geht eigentlich in einem Mann vor, der mit seiner Geliebten schläft und sie gleich danach seelenruhig verlässt? Hast du deinen Kopf schon länger in Salzburg? Hast du hinter meinem Rücken mit Daheim telefoniert? Ach was, antworte am besten nicht, wütete sie in einem fort. Ich will`s nicht wissen. Du machst ohnehin, was du willst. Wo nehme ich die Gewissheit her, dass du jemals wiederkommst? Jedenfalls habe ich wunderbare Aussichten für den November. Zum Zeitvertreib warte ich auf dubiose Gäste, die beim nächsten Attentat nicht mit dem Leben davonkommen. Oder ich langweile mich, bis mich der Ex überfällt? Zur

Entspannung schaue ich im Garten der Wäsche beim Trocknen zu. Die tote Hose bleibt hängen. Dauerbeflaggung bis Ostern. Kann mir nichts Schöneres vorstellen. Mann, du hättest mich einladen können, für ein paar Wochen zumindest mit dir zu kommen. Ich war noch nie in Salzburg, wie du weißt. Aber du hast sicher einen wichtigen Grund, allein zu gehen. Mit meinem Auto könnten wir fahren, bequemer geht`s gar nicht. Aber nein, das kommt dir gar nicht in den Sinn. Du überfährst mich mit deiner einsamen Entscheidung und ich soll sie schlucken wie eine Kurtisane des Herrn Noland.

Aneta setzte sich ruckartig auf, steckte den Polster zwischen ihre Oberschenkel und hielt sich an ihren Knien fest.

Es tue ihm leid, beteuerte er zerknirscht. Aber dass er wieder zurück müsse, könne doch keine Überraschung für sie sein. Schließlich habe sie selbst ihn zu einer Beteiligung eingeladen. Das nötige Geld könne er nur in Salzburg auftreiben. Das wisse sie genau. Ika Garden sei zuletzt zu seinem Lebensraum geworden. Ihm falle es nicht leicht zu gehen. Aber daran werde seine Liebe nicht zerbrechen. Das müsse sie ihm glauben. Uns bleibt immer noch die Zukunft, lag ihm nach nichts schmeckend noch auf der Zunge.

Aneta stellte sich taub und Eugen verstummte. Er kniete neben ihr in seiner Betthälfte und schloss die Augen. An Schlaf war nicht zu denken.

Das Frühstück am nächsten Morgen würgte er hinunter, allein am Tisch sitzend. Sie stand am Fenster, starrte auf den wolkenverhangenen Himmel und schwieg. Sie wollte ihm den Abschied leichter machen und zählte auf die Unterstützung von Nick Cave. Nocturama hatte sie aufgelegt. Der Titel allein könnte einem Schlafmittel alle Ehre machen. Der Kaffee schmeckte bitter, das Brot war alt und trocken wie der Käse. Nichts war wie gewohnt am Tag des Abschieds. Ein plötzliches Unwetter hatte ein wärmendes Feuer eingedämmt.

Er blieb auf der regennassen Zufahrt stehen, drehte sich um, als wollte er noch etwas sagen. Ihr schien es einen Augenblick lang, er besänne sich eines Besseren. Als habe er seinen Entschluss verworfen und käme zu ihr zurück. Er sah eine bewegungslose junge Frau vor dem Eingang einer Pension, die einen gepflegten Eindruck auf die Touristen des kommenden Jahres machen sollte. Vielleicht war er der letzte Gast mit einem Rucksack in Ika Garden. Dann hob er kurz die Hand, drehte sich um und ging rasch weg. Wie Elsa damals zu ihrem Flugzeug nach Eritrea.

Anetas Enttäuschung hatte keine Träne.

Epilog

Sie sitzt zu Hause. Ihr Kopf rennt gegen hundert Fragen an. Sie versucht sich vorzustellen, welches Leben er in ihrer Abwesenheit geführt hat.

Wo bist du bloß gewesen? Was wolltest du dir beweisen, wenn du wie ein Wanderemit herumziehst? Zu Fuß und ohne Handy. Wer macht sowas heute? Hast du jemanden kennen gelernt, der dich auf diese verrückte Idee gebracht hat? Du bist doch immer vernünftig gewesen. Warst du mit einer Frau zusammen? In Slowenien, hat die Polizistin ängstlich mitgeteilt, bist du verunglückt. Sie hätte lieber eine schriftliche Nachricht übergeben, als in der Rolle einer Todesbotin zu agieren. Morsche Trittbretter einer schmalen Brücke für Mensch und Vieh sind gebrochen. Du bist ins reißende Wasser eines Flusses gestürzt. Der Sog eines Strudels hat dich nach unten gezogen, vermutet man. Augenzeugen gibt es keine (wurden welche gesucht?). Stunden- oder gar tagelang wurdest du im Kreis herumgeschleudert, schließlich ausgespuckt und noch mit dem Rucksack am Rücken angeschwemmt. Manchmal denke ich, die Tür geht auf und du bist zurück. Manchmal denke ich, die Polizei dort unten hat sich geirrt und du bist gar nicht ertrunken. Dann kommt für Momente ein Zweifel auf. Dann liegt für

Momente der Hoffnung eine unbekannte aufgedunsene Leiche im Sarg. Für die Identifizierung hat sich die slowenische Polizei auf das Foto im Pass gestützt. Ein hohes Maß an Übereinstimmung, hat es geheißen. In Salzburg hat man keinen Grund gesehen, die Identität nochmals zu überprüfen. Beim Leichnam im Transportsarg handelt es sich um Eugen Noland, steht offiziell fest. Hätte ich den Sarg öffnen lassen sollen? Kann mir gut vorstellen, wie du jetzt aussiehst. Aufgedunsen, mit Waschhaut überzogen, Verletzungen im Gesicht von den Felsen. Ich will dich nicht mehr sehen, schon gar nicht als Ertrunkenen. Wozu auch? Du könntest meine Fragen nicht beantworten.

Von Asmara würde ich dir erzählen, wenn du die kaputte Brücke nicht betreten hättest. Afrika hat mir geholfen. Kann sich kaum einer vorstellen, aber es war die richtige Entscheidung. Ich musste da allein durch, ohne dass ich dir wehtun wollte. Mir ging es wieder besser bei der Landung in Salzburg. Schon erstaunlich, was in diesem Jahr alles passiert ist. Es hätte wieder so werden können wie früher, wenn du nicht ...

Wie nennt die Sprache das, was mit dir passiert ist? Hat dir der Heckenschütze aufgelauert, den andere das unergründliche Schicksal nennen? Oder war es ein entsetzlicher Leichtsinn, der zu einem tragischen Unfall geführt hat, oder wie sonst? Du bist in keinem rasenden Unfallauto gesessen, mit keinem überladenen Schiff gekentert, mit keinem Flugzeug abgestürzt. Mit deinen Füßen warst du unterwegs. Ist doch die sicherste Art der Fortbewegung, sollte man glauben, langsam und beschaulich. Unbegreiflich, dass man dabei sein Leben verlieren kann und als Wasserleiche endet. Wer soll das verstehen? Dein Tod hat etwas Banales.

Mein Notizbuch war im Rucksack. Gewellt und unleserlich durch das Wasser. Weggelöscht, was mich einmal umgetrieben und gequält hat. Wenigstens weiß ich, dass du darin gelesen hast. Vorbei, aber noch nicht vergessen. Ich war nicht stark genug, darüber mit dir zu sprechen. Spiegelelsa habe ich absichtlich zurückgelassen. Die Unglückliche sollte zu Hause bleiben. Elsa, du hast das halbe Leben noch vor dir, hätte ich damals geschrieben. Mein Buch war bei dir, als du umgekommen bist. Wo kommt man hin, wenn man ums Leben kommt? In einem Transportsarg nach Hause, das steht fest. Dein letzter Wagen war ein schwarzer Mercedes. Die Prominenten der Festspiele mögen diese Automarke, hast du oft gesagt. Genau das richtige Taxi für Reiche. Nur ein Mercedes ist ein echtes Taxi, war dein Kredo. Auf deiner letzten Fahrt bist du in einem schwarzen Mercedes gelegen. Hätte dich sicher gefreut, der letzte Weg in einer vertrauten Limousine, blank poliert, vornehm. Deine Papierrose auf dem Tisch ist verblasst und verstaubt. Ich werde sie auf dein Grab legen, damit sich der Kreis schließt. Und daneben diese Muschelhälfte, die du im

Rucksack mit dir getragen hast. Leicht beschädigt und verblasst, dieses Andenken an ein Meer. Solange sie miteinander verbunden waren, haben die beiden Klappen im Wasser geglänzt. Von wo hast du gerade dieses unvollständige Exemplar mit in den Tod genommen? Dorthin, wo unzählige Antworten aufbewahrt sind.

Mit dem zerknitterten Zettel aus deiner Brieftasche kann ich nichts anfangen. Die Ziffern lassen eine Telefonnummer vermuten, gut leserlich, weil mit Kugelschreiber geschrieben. Aber unter dieser Nummer existiert kein Anschluss. Weder in Österreich noch in Slowenien. In Kroatien hebt niemand ab, Italien will ich noch probieren. Oder bist du noch woanders gewesen? Ich begreife es nicht. Irgendwer muss dich doch näher kennen gelernt haben. Du kannst doch nicht überall der unauffällige Unbekannte geblieben sein, der vorbeizieht wie ein flüchtiger Wind in der Nacht.

Morgen muss es sein. Ich hab`s lange genug aufgeschoben. Morgen besuche ich deine Eltern. Vorwürfe wegen Eritrea werde ich hören. Ich habe dich nicht gezwungen, den Job aufzugeben und das Weite zu suchen (ein heftiger romantischer Melancholieschub, eine Trotzreaktion oder was kommt sonst noch in Betracht?). Ich habe dich auch nicht veranlasst, diesen verdammten Steg zu betreten. Sollte genügen zu meiner Verteidigung. Warum wolltest du dort hinüber? Im November noch dazu (bei Nebel und Kälte?). Gab es ein Unwetter, sodass du Zuflucht gesucht hast auf der anderen Seite? Was war am anderen Ufer so interessant, dass du dein Leben aufs Spiel gesetzt hast? War`s eine Abkürzung? Auf dem Heimweg? Oder wolltest du nur nachsehen und wieder zurück, weil dir das andere Ufer unwegsam vorkam? Beim Umkehren eingebrochen? Wenn du den Sturz überlebt hättest, würde ich dir meinen Zorn zeigen. Einer Sanduhr gleich rinnt er ohne Unterlass und ich kann nicht spüren, wie viele Körner sich vor dem schmalen Hals noch stauen.

Je länger du tot bist, desto weniger verstehe ich, was du gemacht hast.

Und trotzdem, ein Feuer brennt weiter. Buchstaben in Flammen, sechs an der Zahl. Habe ich eine Schuld, weil ich nach Afrika gegangen bin? Du wärst noch am Leben, wenn ich geblieben wäre. Oder wärst du trotzdem gegangen, weil ich unter meinem Beruf gelitten habe? Wurde dir das Leben mit mir zu schwer? Die Fragen ersticken mich langsam. Ich möchte sie auskotzen wie ein verdorbenes Essen.

Ein halbes Jahr weg und nichts mehr wie erhofft. Der Mann kommt tot nach Hause, die beiden Iraker sind weg, abgeschoben. Die Mühe war vergeblich. Wer ist mir geblieben? So muss sich eine Strafgefangene fühlen nach ihrer Haftentlassung. Freiheit ist auch der Zustand, wenn man nichts mehr verlieren kann. In dem man zurechtkommen soll allein.

Am Mittwoch gebe ich meine Kündigung ab. Fast 20 Jahre sind genug. Nach zwei Jahrzehnten im Krankenhaus ist Schluss. Die Station sieht mich nicht mehr. Mir ist nach einem Neuanfang. Du hättest wohl nichts dagegen.

Anmerkungen/Quellenangaben

August Klingemann: Die Nachtwachen des Bonaventura. Hg. Jost Schillemeit, Frankfurt a.M., Insel, 1974

Immanuel Kant wird zitiert nach dem dtv-Atlas Philosophie, München 1998, S. 145

Albrecht Dürer: Das Meerwunder (Amymone), Kupferstich, um 1498, Kulturgeschichtliches Museum Osnabrück

Tipps für den Sonntagsausflug stammen aus einer Bilderrezeptsammlung des Nährmittelvertriebs König & Komp., Villach (Autor und Jahr unbekannt)

Zeitfracht Medien GmbH
Ferdinand-Jühlke-Straße 7
99095 Erfurt, Deutschland
produktsicherheit@kolibri360.de